SHERRYL WOODS

el viaje más largo

Cualquier forma de reproducción, distribución, comunicación pública o transformación de esta obra solo puede ser realizada con la autorización de sus titulares, salvo excepción prevista por la ley.
Diríjase a CEDRO si necesita reproducir algún fragmento de esta obra.
www.conlicencia.com - Tels.: 91 702 19 70 / 93 272 04 47

Editado por Harlequin Ibérica.
Una división de HarperCollins Ibérica, S.A.
Núñez de Balboa, 56
28001 Madrid

© 2017 Sherryl Woods
© 2019 Harlequin Ibérica, una división de HarperCollins Ibérica, S.A.
El viaje más largo, n.º 180 - 1.3.19
Título original: Lilac Lane
Publicada originalmente por Mira® Books, Ontario, Canadá

Todos los derechos están reservados incluidos los de reproducción, total o parcial. Esta edición ha sido publicada con autorización de Harlequin Books S.A.
Esta es una obra de ficción. Nombres, caracteres, lugares, y situaciones son producto de la imaginación del autor o son utilizados ficticiamente, y cualquier parecido con personas, vivas o muertas, establecimientos de negocios (comerciales), hechos o situaciones son pura coincidencia.
® Harlequin, HQN y logotipo Harlequin son marcas registradas por Harlequin Enterprises Limited.
® y ™ son marcas registradas por Harlequin Enterprises Limited y sus filiales, utilizadas con licencia. Las marcas que lleven ® están registradas en la Oficina Española de Patentes y Marcas y en otros países.
Imagen de cubierta utilizada con permiso de Harlequin Enterprises Limited. Todos los derechos están reservados.

I.S.B.N.: 978-84-1307-426-9
Depósito legal: M-42079-2018

Esta novela es para los lectores que se han interesado por mis personajes y mis historias de todos estos años. Habéis sido una gran bendición en mi vida y, para mí, vuestra amistad es un tesoro.

Prólogo

La muerte de Peter McDonough habría sido un golpe terrible en cualquier momento, pero, al ocurrir justo el mismo día en que ella, Kiera Malone, había aceptado su proposición de matrimonio, la dejó destrozada. Su primer marido, Sean Malone, la había abandonado con tres niños pequeños, y ella se había jurado que nunca más le abriría su corazón a ningún otro hombre. Se había aferrado a su independencia con uñas y garras, y había convertido en un arte el hecho de alejar a los hombres con una lengua afilada y una actitud dura, aunque sabía que se estaba condenando a sí misma a la soledad. Eso era mejor que permitir que sus hijos y ella sufrieran a causa de otra pérdida. A causa de otro error.

Después de la muerte de su esposa, Peter, un hombre bondadoso, había estado esperando a Kiera mientras llevaba su propio pub en Dublín. Él había apoyado a la hija de Kiera, Moira, para que siguiera adelante con su carrera de fotógrafa, algo que Kiera había considerado una mera afición.

Para su desconcierto, y a pesar de sus esfuerzos, no había conseguido disuadirlo. Él se tomaba sus rechazos con calma, y se había ido enamorando más y más de ella.

Lo más inquietante de todo, aparte de su cabello espeso y rizado y su mandíbula fuerte, era que tenía una combinación de rasgos que la atraían: fuerza pero, a la vez, gentileza, y determinación, pero también, paciencia. Sus carcajadas podían llenarle el corazón con una inesperada ligereza. Era, en todos los aspectos, un hombre que sabía exactamente lo que quería, y quería a Kiera. Ella no tenía ni idea de por qué.

Además, había contado con el apoyo de su padre, Dillon O'Malley, y el de su hija. Hasta aquel momento, tanto Moira como Dillon habían estado de acuerdo con muy pocas de las elecciones vitales de Kiera. Sin embargo, por una vez, su padre y Moira conspiraron para que Kiera y Peter se vieran a la menor oportunidad, y ella había pensado que, después de todo, ¿qué daño podía hacer, si sabía que la relación no iba a llegar a ningún sitio? Las relaciones se deterioraban con el tiempo, incluso aquellas que comenzaban con pasión y esperanza, y terminaban. Al menos, esa era su experiencia.

Entonces, Moira y Dillon habían convencido a Kiera de que volviera a Dublín, donde, según ellos, había más oportunidades. Le dijeron que cualquiera de aquellas oportunidades sería un avance con respecto a un trabajo sin futuro en un pub de barrio de una pequeña localidad costera al norte de Dublín, donde había trabajado largas horas, a cambio de un sueldo muy bajo, la mayor parte de su vida. Su hija se había atrevido, incluso, a reprenderla por poner la seguridad de su familia por encima de su sueño de tener un restaurante propio.

–¿Dónde están tu confianza y autoestima? –le había preguntado su hija–. Eres mucho mejor camarera y cocinera que yo. Y también tienes capacidad de gestión. Mira lo bien que has sabido mantener a nuestra familia a flote.

Kiera era consciente de la realidad. Moira era una mujer muy competente, pero su vocación no era tener un restaurante, ni siquiera en aquel pub irlandés que esperaba dirigir con su nuevo esposo en Chesapeake Shores, un pueblo de Maryland. Allí, ese negocio estaba en las buenas manos de Luke O'Brien.

El inteligente argumento de Moira dio otro giro.

—Después de todo lo que Peter ha hecho por mí, no es justo que le deje en la estacada cuando me vaya a vivir a Chesapeake Shores. Ven a Dublín, donde ganarás el doble en propinas y tendrás el apoyo de un hombre que ha sido un ángel conmigo, y que lo sería también para ti. Tal vez, esa pudiera ser la clase de asociación que ha faltado en tu vida.

A Kiera le hizo gracia que Moira no hubiera utilizado la palabra «romanticismo». Debía de saber que ella habría salido corriendo en dirección contraria.

—Peter ya tiene a sus propios hijos para ayudarle a dirigir el pub —protestó Kiera, aunque gran parte de lo que decía su hija tenía sentido.

Sin embargo, la perspectiva de volver a empezar era un asunto aterrador. Por dura y difícil que hubiera sido su vida, era un ámbito en el que se sentía cómoda. Como tenía que mantener ella sola a sus hijos, había dejado de correr riesgos. Moira estaba en lo cierto al decir que había puesto a su familia por delante de todo lo demás. ¿No era eso lo que debía hacer una madre? La idea de correr un riesgo audaz ahora era más que aterradora y, sin embargo, tal vez, solo un poco intrigante.

—Para consternación de Peter, a sus hijos les interesa muy poco el pub —dijo Moira—. Habrá sitio para ti. Peter te agradecerá la ayuda y la compañía. A mí me parece que ha estado un poco solo desde que murió su mujer.

Al final, Kiera se había ido a Dublín, pero solo después de decirle a Peter, con firmeza, que no debía tener expectativas de carácter personal. Él aceptó sus condiciones, pero, seguramente, ella no debería haber ignorado su sonrisa y la chispa que ardía en sus ojos azules.

Y allí estuvo él, día tras día, durante casi dos años, siempre con un comentario ingenioso que la hacía reír o un gesto que le ablandaba el corazón. Su paciencia había sido una verdadera revelación para ella. Peter no había hecho nada que la agobiara ni la pusiera en guardia. Tampoco se dejaba llevar por el consumo de la Guinness, algo que habría hecho que Kiera saliera huyendo, después de haber tenido que vivir con las incontrolables borracheras de Sean y su comportamiento grosero.

De ese modo fueron cayendo sus defensas, una por una. Se dio cuenta de que esperaba con interés las conversaciones que mantenían por la noche, después de que el pub cerrara. Tal vez, por encima de todo, había disfrutado de su compañía amable y de su carácter sólido. Ambas cosas conseguían que se sintiera segura, cosa que no había vuelto a ocurrirle desde los primeros días de su matrimonio, antes de que Sean empezara a beber y la abandonara con dos hijos que aún no tenían edad para comenzar la escuela y una hija recién nacida.

Como había hecho tal demostración de rebeldía al casarse con Sean, Kiera no se había permitido a sí misma ir corriendo a casa de sus padres después de que él la abandonara. Había luchado por mantenerse, aunque fuera con poco. Cuando su madre se estaba muriendo, se reconcilió con sus padres y, finalmente, les permitió formar parte de su vida y la de sus hijos. Los niños ni siquiera sabían que tenían unos abuelos que los habrían adorado si hubieran tenido la oportunidad.

Ahora, sus tres hijos eran adultos y estaban buscando su propio camino en la vida, aunque, en el caso de los chicos, se trataba de un camino que ella no habría seguido: el mismo que había elegido Sean. Y ella estaba perdida, y se sentía muy vulnerable, cuando había decidido regresar a Dublín.

Sin embargo, no podía decir que Peter se hubiera

aprovechado de ello, porque era demasiado bueno para hacer algo así. Lo cierto era que, por fin, ella estaba preparada para alcanzar la felicidad, y él le había prometido eso y más. Y, tal y como Moira pensaba, a los hijos de Peter les hizo muy felices que formara parte de la vida de su padre y que trabajara a su lado en el pub. El futuro parecía muy brillante, lleno del amor y de la estabilidad con los que ella había soñado siempre.

Entonces, el mismo día en que ella le dijo que sí, cuando había abierto el corazón y había permitido que Peter le pusiera un anillo en el dedo, él la había traicionado tan certeramente como Sean Malone. Había sufrido un infarto mortal tan solo unas horas más tarde de su declaración y, una vez más, Kiera se había quedado sola y a la deriva. Abandonada.

¿Acaso no era así el asqueroso mundo?, se preguntó, a la vez que volvía a sentir de lleno aquella amargura que la protegía de todo y, una vez más, se le hacía pedazos el corazón.

Capítulo 1

Moira O'Brien estaba sentada en la cocina de la acogedora casa de su abuelo, situada junto a la bahía de Chesapeake. Él vivía en aquella casa con Nell O'Brien O'Malley, con quien se había reunido hacía pocos años, después de haber pasado toda la vida separados. Olía a deliciosos bollos de arándano y naranja que se estaban cociendo en el horno, y encima de la mesa había una tetera de flores antigua llena de té Irish Breakfast. Nell había llevado aquella tetera de Irlanda, tras una visita a sus abuelos, hacía décadas. Decía que era la favorita de su abuela irlandesa.

—¿Qué hacemos con Kiera? —les preguntó Nell.

Aunque Kiera ni siquiera había ido a Chesapeake Shores para la boda de su propio padre con Nell, ni para la boda de Moira con Luke O'Brien, que se había celebrado el mismo día, Nell siempre la había considerado de la familia y se había preocupado por ella tanto como se preocupaba por sus hijos, nietos y bisnietos. Nell era la persona más protectora que Moira conocía.

Moira meció a su niña en las rodillas mientras reflexionaba sobre el problema por el que todos estaban preocupados desde que se habían enterado de la muerte prematura de Peter, justo después de la noticia, mucho más feliz, de su compromiso con Kiera.

—Kiera tomará sus propias decisiones –dijo Dillon, resignadamente–. Conozco bien a mi hija, y no serviría de nada que tratemos de convencerla de lo que debe hacer. Más bien, sería contraproducente, porque actuaría por mera obstinación, como hizo cuando se casó con Sean Malone en contra de mi voluntad. Seguramente, ahora se está arrepintiendo de habernos hecho caso y haberse ido a vivir a Dublín. No creo que hiciera caso de nuestros consejos.

—Bueno, mis hermanos no deben de estar ayudándola mucho –dijo Moira, con desdén–. Ella no ha vuelto a mencionarlos desde que murió Peter. Dudo que estén con ella estos días, salvo para pedirle dinero.

Nell la miró con severidad, pero Moira sabía que tenía razón. Sus hermanos seguían el camino del alcoholismo, como su padre.

—Mi madre tiene que venir aquí, con nosotros –dijo, con vehemencia, sin apartar la mirada de su abuelo–. Sabes que es verdad. Necesita una familia como la que nosotros hemos encontrado aquí. Una buena dosis de O'Briens será lo que le cure la tristeza. Después de que mi padre la abandonara, malgastó muchos años de vida con la amargura y el arrepentimiento. Sé que diría que tenía demasiado trabajo como para volver a enamorarse, pero lo cierto es que tenía demasiado miedo a equivocarse otra vez. No podemos dejar que ahora le pase lo mismo.

Para su sorpresa, Nell asintió.

—Estoy de acuerdo; lo que necesita es venir aquí –dijo, mientras le acariciaba la mejilla al bebé–. Y creo que la pequeña Kate necesita a su abuela, y que Kiera no nos va a llevar la contraria en esto.

Moira se dio cuenta de que Nell había encontrado la solución perfecta.

—¿Quieres que le diga que necesito ayuda desesperadamente con la niña, aunque Kate está perfectamente en la guardería de Carrie? –preguntó.

–La guardería está llenísima desde el día que abrió –respondió Nell, con cara de inocencia.

–Sí, horriblemente llena –dijo Dillon, asintiendo, con una expresión increíblemente seria para ser un hombre que sabía que estaban manipulando un poco la verdad. La guardería de la bisnieta de Nell iba viento en popa, eso era cierto, pero Carrie tenía empleados de sobra para atender a todos los niños.

–Si crees que hace falta algo más para convencerla, también está el pub de tu marido, donde necesitan con urgencia que les echen una mano –dijo Nell–. Tú estás demasiado ocupada con la fotografía y las exposiciones y los viajes como para ayudar a mi nieto, como hacías antes.

Moira asintió.

–Sí, eso es cierto. Megan me obligaría a viajar una vez al mes si me dejara. Sospecho que exagera un poco, pero me ha dicho que ha tenido que rechazar varias exposiciones porque yo no estoy disponible tantas veces como a ella le gustaría. Tiene un don especial para crear sentimiento de culpabilidad en los demás.

–Exacto, pero podemos utilizar eso en nuestro beneficio con Kiera –dijo Nell–. Y yo ya no tengo salud como para estar en la cocina del pub vigilando para que el cocinero no altere las recetas irlandesas tradicionales.

–Nell, nos has dado uno o dos sustos, pero tú estás como un roble –respondió Moira, aunque se estaba riendo de aquella estrategia tan inteligente. Si resultaba convincente, acertaría en todos los puntos débiles de su madre, sobre todo, en su necesidad de ser útil sin renunciar a su independencia.

–Además, eres muy astuta –le dijo a Nell–. Dos cosas que admiro mucho.

—Muchas gracias por el cumplido —respondió Nell—. Con una familia tan grande y respondona como la mía, siempre es bueno tener algún as en la manga. Lo triste es que, a estas alturas, ya me conocen.

—¿Y no deberíamos hablar de esto con Luke? —preguntó Dillon—. Si tenemos intención de convencer a Kiera de que acepte un trabajo en su pub, por lo menos deberíamos ponerle al corriente de nuestro plan.

—A Luke déjamelo a mí —dijo Moira, con seguridad—. Creo que puedo convencerlo de que sería una ventaja tenerla aquí. Así, él tendría más tiempo para estar con Kate y conmigo. Mamá tiene mucha más experiencia que yo llevando un pub. No solo es mucho más competente, sino que, además, le encanta. Va a ser toda una adquisición.

—Entonces, cuando Luke nos dé su bendición, ¿es Moira la que debe hacer la llamada? —preguntó Dillon—. Kiera aceptará mejor una sugerencia suya que mía. Aunque mi hija y yo hayamos hecho las paces, no tenemos una relación tan fluida —dijo, y observó atentamente a Moira—. ¿Qué tal se te da decir la verdad pero alterándola un poco sin que te pillen?

Moira se echó a reír.

—Tengo tu misma habilidad, pero un poco mejorada.

Luke entró en su casa de Beach Lane después de la medianoche. Esperaba encontrarse a su hija y a su mujer durmiendo plácidamente, como de costumbre. Sin embargo, al abrir la puerta, vio el brillo de muchas velas, y a su mujer con uno de aquellos camisones que dibujaban todas sus curvas y que siempre le cortaban la respiración, al menos, durante los pocos segundos que pasaban antes de que se lo quitara.

La miró con fijeza, tratando de adivinar cuál era la

intención que brillaba en su mirada, y tomó la copa de champán que ella le ofrecía.

—Hacía tiempo que no tenía un recibimiento como este al final del día —murmuró, mirándole el escote del camisón.

—Cierto. Ya era hora —dijo Moira, con suavidad, en un tono lleno de promesas.

Lo empujó contra los almohadones del sofá y se acurrucó contra él.

—He echado de menos esto, ¿tú no?

—Bueno, tampoco es que nuestra vida amorosa haya decaído —comentó él, y se le entrecortó la voz al notar que ella le sacaba el bajo de la camiseta de la cintura del pantalón y metía la mano por debajo para acariciarle la piel desnuda.

—No, eso no —admitió Moira—, pero sí se ha convertido en algo menos espontánea. Con unos horarios tan apretados, casi necesitamos una cita para poder pasar un rato así.

—¿Y has echado de menos la espontaneidad?

—Las parejas que llevan mucho tiempo casadas necesitan animar un poco las cosas de vez en cuando, darle chispa —dijo ella, con una cara seria.

—Ah, ¿o sea que somos una pareja que lleva mucho tiempo casada? ¿Así es como nos ves ahora? ¿Cuándo se nos puso el pelo gris y empezamos a caminar con tembleque? En mi opinión, casi no hemos acabado la luna de miel.

Ella frunció el ceño al oír su tono de broma.

—Si no estás interesado, después de todas las molestias que me he tomado... —refunfuñó ella.

Él le apartó un mechón de la mejilla y respondió:

—Yo siempre estoy interesado en ti. Lo estaré hasta el día que muera. Sin embargo, Moira, amor mío, te conozco demasiado bien como para no saber que hay algo detrás de esta seducción. Estás tramando algo. Dime qué es y, después, seguiremos con todo lo que hayas pensado para esta noche.

Moira suspiró y se apoyó en el respaldo del sofá. Después, le dio un buen trago a su copa de champán, y Luke pensó que, seguramente, iba a decirle algo que él no quería escuchar.

—Es acerca de mi madre —confesó ella.

Luke se alarmó. Kiera y él habían firmado una tregua desde que él se había casado con su hija, pero no eran precisamente uña y carne. Y, aunque entendía lo que debía de estar pasando su suegra desde que Peter McDonough había muerto repentinamente, no sabía qué podía tener que ver con él.

—Antes he estado con Nell y con mi abuelo —le dijo Moira.

—Entonces, ¿ellos también están metidos en esto? —preguntó él. Para entonces, ya había recibido doce señales y ninguna de ellas era buena. Si su abuela estaba implicada, aquello tenía todos los visos de ser un entrometimiento de los que aterrorizaban a toda la familia. El único que la superaba era su tío Mick O'Brien. Por suerte, hasta aquel momento el nombre de Mick no había aparecido en la conversación.

—Dímelo —le pidió a su mujer—. ¿Por qué estáis conspirando vosotros tres en algo que tiene que ver con tu madre, y qué puede tener que ver conmigo?

Moira se inclinó hacia él con una expresión seria.

—Ya sabes que la muerte de Peter la dejó hundida. Creemos que necesita un cambio de aires para evitar que vuelva a sus viejas costumbres.

—¿A qué viejas costumbres?

—Ya sabes, a retirarse del mundo y regodearse en su tristeza y su amargura. Ya he detectado algún síntoma al hablar con ella por teléfono. Se siente traicionada. Está empezando a encerrarse en sí misma. Ocurrió lo mismo cuando mi padre la abandonó. Y yo no puedo permitir que se pase el resto de la vida sola otra vez. Todavía es muy joven y puede disfrutar de una vida plena, si se lo propone.

Luke recordó lo difícil que le había parecido Kiera cuando la había conocido en Dublín. La única mujer que la superaba en ese sentido era la que estaba sentada con él, con la piel radiante y la voz llena de pasión, aunque fuera una pasión distinta a la que él había detectado al entrar por la puerta de casa.

—Y seguro que vosotros tres habéis dado con la solución para salvarla —dijo, cautelosamente.

—Pues sí —respondió Moira, con entusiasmo—. Creemos que tiene que venir aquí, a estar con todos los O'Brien. Necesita sentirse rodeada de familia. Así aprendería que la vida es para vivirla. Nosotros le daríamos un buen ejemplo.

Aunque estaba desesperado por negarlo, por decir que era muy mala idea recordarle a Kiera el calor familiar que había perdido con la muerte de Peter, no fue capaz de hacerlo. A pesar de todos los conflictos, los desencuentros y las enemistades familiares, la unidad de los O'Brien tenía un efecto sanador. Él lo había experimentado durante toda su vida. Y Chesapeake Shores, también. Tendría que ser muy cruel para negarle eso a la madre de Moira.

—Está bien. Va a venir de visita —dijo—. ¿Por qué iba yo a poner objeciones? Cuando hicimos la casa, proyectamos una habitación de invitados precisamente para esto. La amueblaste según el gusto de tu madre con la esperanza de que le pareciera confortable la primera vez que viniese. Creo que hay una placa con su proverbio irlandés favorito colgado de la puerta.

—Estoy segura de que le va a encantar —dijo Moira—. Pero hay algo más. Hemos pensado que sea una temporada larga, no una visita.

«Y aquí llega la noticia», pensó Luke, conteniendo un suspiro de resignación.

—Vamos, dímelo.

—Voy a pedirle que me ayude con Kate —dijo Moira, lentamente. Después, añadió—: Y tú vas a darle mi antiguo trabajo en el pub. ¿No te parece una idea estupenda? —le preguntó con una sonrisa—. Con toda la experiencia que tiene, será mucho más útil de lo que yo lo fui nunca.

Él observó el brillo esperanzado de los ojos de su mujer y ni siquiera pudo contener el siguiente suspiro. Al ver que él no se negaba inmediatamente, Moira sonrió abiertamente. Estaba claro que se había tomado su silencio como una señal de aceptación.

—¿Vas a hablar con Connor para que le tramite el permiso de trabajo, como hiciste conmigo? —le preguntó, refiriéndose al primo de Luke, que era un gran abogado—. Sé que ahora va a ser un poco más difícil, por los cambios de las leyes, pero estoy segura de que Connor lo conseguirá.

—Me sorprende que no hayas hablado ya con él sobre esto —respondió Luke.

—No, nunca lo hubiera hecho antes de hablar contigo —respondió ella, con una indignación que hizo que él sonriera.

—Entonces, ¿no estabas completamente segura de que yo aceptara tu propuesta?

—Me cabía una pequeña duda. A veces tienes una vena muy obstinada que va en contra de mí.

—Le dijo la sartén al cazo —replicó él—. Sabes perfectamente que hago todo lo que dices. Y, si hay algo que tú no pudieras conseguir, lo conseguiría Nell. Estoy seguro de que habría venido a hablar conmigo a primera hora de la mañana si tú la hubieras llamado para pedirle ayuda.

—Pero no vamos a llegar a eso, ¿no? —preguntó ella, con esperanza.

—¿Significa mucho para ti que se quede aquí más tiempo?

—Creo que es lo que necesita, un cambio como este. Y Nell y mi abuelo están de acuerdo. Y estoy en deuda con ella, Luke. Ella lo dejó todo por mis hermanos y por mí. Yo no me había dado cuenta de lo mucho que había trabajado y lo mucho que se había sacrificado hasta que experimenté por mí misma lo que era trabajar en un pub. Antes le reprochaba que no hubiera estado más tiempo con nosotros, pero, ahora que tenemos a Kate, sé lo difícil que es separarse de un hijo tanto como tuvo que hacerlo mi madre. Para ella debió de ser terriblemente difícil poner su trabajo por delante de sus hijos. Puede que mis hermanos sean unos desagradecidos, pero yo, no.

—No, tú no lo eres, eso está claro —dijo Luke, aunque no pudo evitar sentir un poco de agobio. Pero, en realidad, tener a Kiera en casa sería un precio muy bajo que pagar a cambio de todo lo que le había aportado Moira a su vida—. Mañana por la mañana llamo a Connor.

—¿En serio? —preguntó ella, con los ojos relucientes.

—¿Acaso lo dudabas? Vamos, ven aquí, amor mío. No perdamos el esfuerzo que has hecho esta noche. Sé que piensas que vamos a tener más tiempo para nosotros con este plan tuyo, pero tengo dudas. Me parece que debemos aprovechar este momento de espontaneidad.

—Habrá más oportunidades, ya lo verás —dijo Moira, lanzándose a sus brazos.

El tirante del camisón se le deslizó hacia abajo por el hombro. Después de eso, Luke ya no pudo pensar en nada más, y mucho menos en los argumentos que hubiera querido darle a su mujer.

Moira estaba muy satisfecha con lo que había hecho la noche anterior. Tal vez hubiera sido un poco manipuladora para salirse con la suya, pero estaba segura de que Luke se había quedado muy complacido con la recompensa por su ayuda.

Llamó a la puerta de casa de Nell y, como nadie abrió, se encaminó hacia el jardín. Nell estaba de rodillas, escardando malas hierbas, mientras su abuelo la observaba.

Moira se sentó junto a él.

—¿No la ayudas? —le preguntó.

—La muy cabezota me ha echado —refunfuñó él—. Dice que no distingo las flores de las malas hierbas, pero ¿cómo voy a distinguirlas en esta época del año? Solo son cosas verdes que asoman en la tierra.

Al oír aquello, Nell alzó la vista.

—¿Tú no tenías un vivero en Irlanda, entre otras cosas? —le preguntó.

—Sí, y otros lo dirigían por mí, con mucho éxito, por cierto —replicó él.

Nell se dirigió a Moira.

—A mí me parece que no quiere que le enseñe la diferencia. Creo que le viene mejor no saberla.

Moira se echó a reír.

—Algo me dice que tienes razón, Nell. Mi abuelo ha aprendido muchísimas cosas durante la vida. Si no aprende esta, tiene que ser por algún motivo.

Nell se quitó los guantes de jardinería y se puso en pie.

—Vaya, por lo menos vas a venir a tomar una taza de té —dijo Dillon—. Llevo intentándolo desde que salí al jardín. Seguramente, ya se ha quedado frío.

De todos modos, sirvió una taza y la puso sobre la mesa, junto a la silla de Nell.

—Si tú también quieres una taza, tendrás que entrar en casa a buscarla, porque aquí no hay más —le dijo a Moira.

—No, gracias. Acabo de dejar a Kate en la guardería y me he pasado por aquí a contaros las novedades.

—Entonces, ¿ya has hablado con Kiera? —le preguntó Nell.

—No, solo con Luke. Y a él le ha parecido bien el plan.

—No voy a preguntarte cómo lo has convencido —dijo su abuelo—. Solo voy a aceptarlo como una bendición.

—Me dijo que hablaría con Connor esta misma mañana para que empezara el papeleo. Si tú le reservas un billete de avión a mamá, creo que podemos poner el plan en marcha —le dijo Moira.

Dillon asintió.

—Voy a hacerlo ahora mismo, aunque voy a comprar uno que se pueda devolver, por si acaso se niega a venir —le dijo a su nieta, y le acarició la mejilla a Nell—. ¿Quieres que te caliente el té?

—No, está perfectamente así —dijo ella, y le apretó los dedos suavemente.

Moira los observó y se le cortó el aliento. ¿Sentirían Luke y ella el mismo amor después de tantos años? Por supuesto, Nell y Dillon se habían enamorado de adolescentes, pero se habían separado y habían formado diferentes familias antes de reencontrarse. Tal vez fuera por ese motivo por el que se sentían tan agradecidos de tener aquella segunda oportunidad.

Moira se dio cuenta de que Nell la estaba observando.

—¿Te alegra la idea de que tu madre esté aquí? —le preguntó Nell—. Sé que no siempre os habéis llevado bien.

—Sí, es cierto —admitió Moira—, pero creo que ahora entiendo un poco mejor las decisiones que ella tomó en la vida. Quiero que por fin consiga la felicidad que se merece, y creo que puede encontrarla aquí. Le vendrá muy bien empezar de cero.

—Sobre todo, en Chesapeake Shores.

—Sí, sobre todo aquí.

Aquella tarde, y con los lloros de Kate de fondo, Moira llamó a su madre y le rogó, en tono de desesperación, que fuera a Chesapeake Shores a hacerles una visita larga.

—No tengo por qué irme a otro país —le dijo Kiera—. Los hijos de Peter me han ofrecido trabajo en el pub durante todo el tiempo que quiera. Me han dicho que me subirían mucho el sueldo si acepto el puesto de encargada, para que ellos puedan seguir con su vida sin más preocupaciones.

—¿Y vas a aceptar su caridad? —le preguntó Moira, tratando de conferirle el peor significado a una oferta que, seguramente, era bienintencionada, y que los beneficiaría a todos, incluyendo a su madre.

Su madre se quedó callada al oír el comentario, y Moira dedujo que había pensado lo mismo que ella. Las dos eran muy parecidas a la hora de analizar los verdaderos motivos que había detrás de un gesto de bondad que consideraban inmerecido.

—Tu familia somos nosotros, no ellos. Yo no te voy a molestar mientras estés aquí. Necesito que me ayudes con la niña, y así podrías pasar más tiempo con tu primera nieta. Y, como últimamente tengo que viajar tanto, a Luke le vendría muy bien que le echaras una mano en el pub. A los clientes les gusta charlar con alguien que tenga acento irlandés. Le da un toque de autenticidad al ambiente.

—Entonces, ¿voy a ser un adorno irlandés? —preguntó Kiera, con su acostumbrado sarcasmo—. ¿Te parece que eso es mejor que aceptar la caridad de los McDonoughs?

—El trabajo sería mucho más que eso —le prometió Moira—. Es un negocio familiar, y tú eres de la familia. Sería casi como si estuvieras en tu propio restaurante.

—No creo que Luke piense eso. ¿No decíais que ese pub era su sueño? Además, no puedo ir a Estados Unidos y ponerme a trabajar como si nada. Hay leyes para regular eso.

—El primo de Luke, Connor, te conseguiría el permiso de trabajo como hizo conmigo. Por ahora, tú concéntrate en cuidar a Kate. Estoy deseando que la conozcas. Crece muy deprisa y es de armas tomar. Seguramente, pensarás que se parece mucho a mí en ese sentido.

Con los gritos de la niña, que se oían de trasfondo, Moira levantó el puño en silencio cuando Kiera aceptó de mala gana tomar el vuelo que le había reservado Dillon. Después de colgar, Moira le dio un sonoro beso a Kate, y la niña pasó de las lágrimas a las sonrisas.

—Ahora ya solo tenemos que encontrar la manera de que se quede aquí —le dijo.

Seguramente, eso iba a ser lo más difícil. Aunque su madre estuviera vulnerable en aquel momento, eso no iba a durar mucho. Y Moira sabía que, cuando se recuperara, iba a hacer que pagara cara su manipulación.

Capítulo 2

Kiera había visto fotografías de Chesapeake Shores hechas por su hija y, algunas, en revistas. Sin embargo, no estaba preparada para lo que se encontró cuando Moira y Luke la llevaron en coche por el centro de la pintoresca ciudad, con sus tiendas y el parque lleno de tulipanes, y cuando tomaron el paseo marítimo de camino a su casa. A la izquierda, la bahía brillaba bajo el sol. El cielo estaba muy azul, y había algunos barcos de vela navegando.

—Se parece a un pueblo costero de Irlanda, ¿verdad? –comentó, mientras lo observaba todo–. La arquitectura es muy distinta, eso sí, pero la sensación es muy parecida.

Moira sonrió.

—Eso es lo que me pareció a mí cuando llegué al pueblo. Me sentí en casa al instante. Y ya sabes que fue el tío de Luke, Mick O'Brien, quien diseñó el urbanismo del pueblo de cero. Es un arquitecto famoso, y el hermano de Luke, Matthew, ahora trabaja para él.

—Es increíble que alguien pueda tener la visión necesaria para diseñar todo un pueblo –dijo Kiera, con admiración–. Los pueblos de Irlanda tienen siglos de antigüedad y son una mezcla de estilos. Mick debe de tener una imaginación portentosa.

—Y yo ni siquiera pude construir una casa de muñecas para Kate —dijo Luke—. Tuve que pedir ayuda a Mick y a Matthew. Fue un baño de humildad.

Kiera sabía lo que era verse obligada a pedir ayuda, y entendió a su yerno.

—¿Te hicieron sufrir mucho?

—Mi hermano nunca me permitirá olvidarlo —dijo Luke, y se encogió de hombros al recordar la humillación—. Pero no me importa. Él no distingue una cerveza de otra. Cada uno tenemos nuestras habilidades.

Kiera se echó a reír.

—Ah, mira, justamente ahí está el O'Brien's —dijo, al ver el pub.

Tenía un letrero verde oscuro con las letras en dorado, de los que podían verse en cada esquina de su país.

—Has captado la esencia a la perfección —le dijo a Luke.

—Gracias. Esa era la idea.

—¿Has pensado en poner jardineras con flores debajo de las ventanas? —le preguntó Kiera—. Eso le daría otro toque de autenticidad. A los irlandeses nos encantan las flores de colores y las ponemos siempre que tenemos oportunidad. Creo que es para compensar los días grises y lluviosos.

Luke sonrió.

—Muy bien, Kiera, te estás ganando un puesto de consultora.

—Ya te dije que tendría muchas ideas —le dijo Moira—. Ya verás cuando lo veas por dentro, mamá. Luke importó una barra antigua de un bar cuando estuvo en Irlanda. El hijo del dueño de un pub muy antiguo convenció a su padre para que lo modernizaran. Nosotros no le dijimos que estaba cometiendo un gran error; Luke se la compró y salimos por la puerta. Te va a parecer que estás en casa.

—Pero ¿no se suponía que iba a empezar de cero en un sitio nuevo? —bromeó Kiera.

Moira la miró con seriedad.

—¿Es que no lo entiendes? Será más fácil si se parece un poco a casa. Yo casi no he tenido morriña desde que estoy aquí.

Kiera le tomó la mano y le apretó los dedos.

—Ya lo sé. Te estaba tomando el pelo.

Moira se quedó asombrada.

—¿De verdad? —preguntó, como si aquello fuera algo totalmente extraño para ella.

Kiera suspiró.

—Me imagino que no debería sorprenderme de tu reacción. Cuando eras niña no hacía muchas bromas. Peter me recordó que tenía sentido del humor, aunque estuviera bien escondido en alguna parte. Él me ayudó a recuperarlo. Me recordó que la risa nos sirve para superar los malos momentos. Y, ahora que nos ha dejado, me gustaría quedarme con esa muestra de sabiduría suya.

A Moira se le empañaron los ojos.

—Mamá, siento mucho que haya muerto.

—Yo, también. Pero quisiera conservar siempre los buenos recuerdos y disfrutar de los cambios que trajo a mi vida. Al principio, no sabía si iba a ser capaz, pero es como si él me estuviera susurrando al oído que tengo que hacerlo, que no puedo volver a lo de antes. Y ya sé que eso es algo que también os preocupa a tu abuelo y a ti.

—Te ayudaremos a conseguirlo —dijo Moira—. Y Kate va a ser la respuesta a tus plegarias. No se puede estar con ella sin sonreír constantemente por las cosas que hace. Es una bendición.

—Estoy deseando conocer a mi primera nieta —le dijo Kiera—. Imagínate, yo, tan vieja como para ser abuela. Muchas veces, cuando era madre, pensé que no iba a sobrevivir, y aquí estás tú, madre a tu vez y convertida en una gran fotógrafa.

Luke se detuvo delante de una tienda que estaba antes del pub. En el escaparate había varios cuadros deslumbrantes, modernos. Aunque Kiera no entendía de arte, lo salvaje de aquellas pinturas alcanzaba su alma de un modo inexplicable para ella. Era como si hubiera experimentado las emociones que le evocaban con tanta intensidad.

—Aquí es donde se expuso la obra de Kiera por primera vez —dijo Luke, con orgullo—. Sé que Peter la animó, pero mi tía Megan, la dueña de la tienda, es la experta que descubrió su fotografía.

—Y casi ha conseguido que yo crea que tengo talento de verdad —dijo Moira—. Algunas veces ni siquiera doy crédito cuando veo un anuncio de mi trabajo en alguna galería famosa de Nueva York o de la Costa Oeste.

—Peter estaba muy orgulloso de ti —le dijo Kiera—. Presumía de ti delante de todos los clientes del pub, y les enseñaba las fotografías que estaban colgadas en las paredes. Les decía que eran obras originales de Moira O'Brien y les enseñaba los programas de tus exposiciones de Estados Unidos. Y le encantaba que se los enviaras. Te quería como a una hija, ¿sabes?

—Para ya, o me voy a echar a llorar —protestó Moira—. Vamos a casa, Luke. Quiero que mi madre conozca a la niña y que vea la casa. Además, seguro que después de estar en un avión toda la noche, querrá descansar.

—Sí, estoy deseando abrazar a mi nieta y darme una ducha caliente —dijo Kiera—. Y tomar una taza de té. Después, estaré en forma para ver a tu abuelo y a Nell, y para lo que me depare el día.

—Nell ha invitado a toda la familia a una parrillada esta tarde, en tu honor —le dijo Moira—. Intenté convencerla de que tal vez fuera demasiado intenso para ti, después de un vuelo tan largo, pero se empeñó. Quiere darte la bienvenida. Y el abuelo está impaciente por comprobar cómo te encuentras después de todo lo que ha pasado.

—¿Cuándo voy a empezar a trabajar para ti, Luke? Porque, si voy a estar aquí para una temporada, quiero pagar mis gastos.

Como estaba observando atentamente a su yerno, notó una ligerísima vacilación y el intercambio de miradas entre Moira y él.

—¿Hay algún problema que no me hayáis mencionado?

—No, solo un pequeño retraso con el permiso de trabajo —dijo Luke—. Mi primo dice que no es nada preocupante, pero que tal vez tengas que esperar un poco para empezar a trabajar.

Kiera se desanimó. Claramente, su nuevo comienzo no iba a ser tan fácil como se lo habían pintado.

—¿No tengo trabajo?

—Por supuesto que sí —le dijo Moira, mirando a Luke con una expresión desafiante—. Lo que pasa es que al principio va a tener que ser algo no oficial. Pero estarás asesorando.

—¿Y ese trabajo de asesoramiento será un puesto sin sueldo? —preguntó Kiera, con afán por aclarar su situación—. ¿Voy a tener que vivir de vuestra caridad?

—Kiera, eres nuestra familia, así que no se trata de caridad —le dijo Luke, rápidamente—. Se te pagará por el trabajo que hagas, aunque no podrás ser una empleada de pleno derecho hasta que acabemos con la documentación.

—¿Y cuánto puede tardar eso?

—Connor lo va a hacer todo lo rápidamente que pueda —dijo Moira.

—Como mucho, unas pocas semanas —dijo Luke.

Kiera suspiró.

—Ya entiendo —dijo. Había cortado todos los lazos en su país natal y en su hogar para enfrentarse a un futuro incierto.

—Sé lo que estás pensando —le dijo Moira—. Y te equivocas. Esto va a salir bien, ya lo verás.

—A lo mejor deberíamos haber estado más seguros de eso antes de que viniera —respondió ella, con cansancio.

—Kiera, puedes hablar con Connor hoy mismo —le dijo Luke—. Él te explicará la situación y podrá calmar tu inquietud.

De repente, ella se sintió demasiado cansada como para discutir.

—Está bien. Tendré que esperar y ver qué ocurre —dijo, y añadió, en silencio: «E intentar no sentirme tan desanimada».

Si el asunto de su trabajo no iba a poder solucionarse rápidamente, tendría que llamar a los McDonoughs para preguntarles si podía volver a trabajar para ellos en Dublín. Aunque Luke y su hija habían hecho lo posible por convencerla de que tenía un sitio allí, con ellos, se había pasado demasiados años sin contar con nadie como para conformarse con eso. Siempre se había sentido orgullosa de poder ganarse su sueldo y, en aquel momento, mucho más que en ningún otro, necesitaba conservar aquella fe en sus capacidades.

Sin embargo, cuando entró en casa de Moira y vio a su nieta, se olvidó de todo lo demás. La niña tenía las mejillas rosadas, redondas, el pelo rubio pelirrojo y los ojos muy azules, llenos de lágrimas. Era la viva imagen de Moira de bebé, y tenía una rabieta exactamente igual que las de su hija.

—Lo siento muchísimo —dijo la canguro, cuando llegaron—. Quería que estuviera perfecta para cuando aparecierais, pero no me ha dejado que la cambiara, se ha sacado las zapatillas a patadas y ha empezado a gritar cuando he intentado ponerla en el parque infantil.

Kiera tomó a la niña, de todos modos, y sintió una emoción que no había vuelto a experimentar desde que había tomado en brazos a Moira en el hospital, tanto tiempo atrás. La bebé la miró con asombro y se quedó quieta entre sus brazos. Estaba agotada de la rabieta.

—Tienes un don —le dijo Moira, alegremente—. Lo sabía.

Kiera sonrió.

—Es la experiencia —le dijo a su hija.

Luke se echó a reír.

—Entonces, ¿Moira también empezó a mostrar su genio tan temprano?

—En la cuna —le confirmó Kiera—. Y, como en el caso de Kate, era difícil tenérselo en cuenta, porque en lo demás era perfecta.

Cuando miró a Moira, vio que su hija tenía las mejillas llenas de lágrimas.

—¿Qué te pasa? —le preguntó, con angustia.

—Tú pensabas que yo era perfecta —susurró Moira.

—Por supuesto. Y me imagino que Luke también te ve así.

—Entonces, es que el amor debe de llegar con anteojeras —dijo Moira, sonriendo—. Me alegro.

—Kiera, cariño, te has quedado muy callada —dijo Dillon, alejando un poco a su hija de la multitud de O'Brien que había en el jardín de Nell—. ¿Necesitas descansar un poco? Seguro que a nadie le importaría que te fueras a casa de Moira, o que subieras a echarte una siestecita a la habitación de invitados, aquí mismo.

Kiera vio que su padre estaba preocupado por ella y, no por primera vez aquel día, tuvo ganas de echarse a llorar. Había derramado muchas lágrimas a causa de la muerte de Peter, pero solo durante los días posteriores. Desde entonces, no había vuelto a llorar. Había tenido ganas de hacerlo cuando Moira y Luke le habían dicho que iba a tardar en tener el permiso de trabajo, pero se había contenido, se había mantenido fuerte y había ocultado su pánico, tal y como había aprendido a hacer con el paso de los años. Nunca había querido que sus hijos sintieran la incertidumbre que a ella tanto la asustaba.

Sin embargo, en aquel momento quería que su padre la abrazara, que la consolara como cuando era pequeña y se hacía heridas en las rodillas, o de adolescente, cuando le rompían el corazón. Se preguntó qué pensaría él si apoyara la cara en su pecho y empezara a sollozar, pero consiguió contenerse y sonrió forzadamente.

—Estoy bien, papá.

—No estoy muy convencido de eso —respondió su padre—. Noto que estás triste, y es lógico, después de la muerte de Peter. Además, venir a Estados Unidos es un cambio muy grande para ti. Hace mucho tiempo que no te arriesgabas tanto.

Ella se quedó sorprendida por la clarividencia de su padre, y murmuró:

—Ni te lo imaginas.

—Yo también tuve mucha incertidumbre cuando estaba planteándome si dejarlo todo en Irlanda para venir a vivir aquí, con Nell.

Kiera sonrió al oír la confesión de su padre.

—¿Tú, con incertidumbre? No me lo creo.

—Es normal que todo el mundo se sienta inseguro ante un gran cambio. La gente valiente sigue adelante de todos modos, porque saben que merecerá la pena. Estar con Nell para el resto de mi vida me compensaba por todo lo que iba a dejar a un lado. Y, a pesar de lo que ocurrió, sé que tú estás contenta por haber tenido a Peter en tu vida, aunque fuera un tiempo tan breve.

A Kiera se le hizo un nudo en la garganta y no pudo hablar. Se limitó a asentir. Al final, susurró:

—Era el mejor hombre que he conocido.

—Ya verás como venir a Chesapeake Shores va a ser otro de esos riesgos que compensan —le prometió él—.

Algún día, cuando eches la vista atrás, no te imaginarás cómo podías estar en otro sitio que no fuera este.

Kiera frunció el ceño.

—Solo me voy a quedar temporalmente —le recordó a su padre—. Aunque me den el permiso de trabajo, no dura para siempre. No creas que esto es algo permanente.

—Espero que cambies de idea. Todos lo esperamos —dijo Dillon. Después, llamó a un joven para que se acercara—. Connor, por favor, dile a Kiera que, al final, todo saldrá bien.

—Yo estoy haciendo todo lo posible por acelerar el proceso —le aseguró Connor a Kiera.

—Y yo también he hecho unas cuantas llamadas —añadió Mick O'Brien, que se unió a ellos.

Connor frunció el ceño.

—Papá, ¿no te he advertido ya que intentar eso en inmigración puede ponernos las cosas más difíciles?

—Hijo, ¿no te he dicho ya que los contactos son para usarlos con inteligencia?

—Vaya, y ahora resulta que estoy causando una disputa familiar —dijo Kiera, con pesar.

Los tres hombres se echaron a reír.

—No te preocupes, Kiera —le dijo Mick—. Connor y yo discutimos hasta por el color del cielo. No tiene ninguna importancia. Algún día, mi hijo llegará a respetar mis decisiones, en vez de poner en tela de juicio todos mis intentos por ayudar. Creo que el hecho de enfrentarse a mí le ha convertido en alguien más efectivo en los juzgados, aunque no va a admitirlo, por supuesto.

—En realidad, no puedo negar que he tenido más experiencia en ganar debates acalorados que la mayoría de los abogados que conozco —dijo Connor, y sonrió a Mick—. Te doy las gracias por eso, al menos.

Después, miró de nuevo a Kiera y, para reconfortarla, le dijo:

—No te preocupes más. Déjamelo a mí.

Mick asintió.

—Estás en buenas manos, Kiera.

Aquellas palabras de apoyo a Kiera fueron una sorpresa para Connor.

—Bueno, ¿por qué no vamos a servirnos un trozo de tarta de la de mamá, antes de que desaparezca? —preguntó Mick—. Sé dónde hay una tarrina de helado de vainilla para acompañarla —añadió, y miró a Dillon con el ceño fruncido—. No le digas a mi madre que sé que tiene una reserva secreta en la cámara del porche trasero.

—Ni hablar —le dijo Dillon—. Yo también estoy muy contento de conocer ese secreto. Ahora, cuando me dice que se nos ha terminado mi helado preferido, sé que me está diciendo una mentira para que no me exceda.

Kiera se tranquilizó un poco mientras oía conspirar a los hombres, y pensó en la seguridad del tono de voz de Mick O'Brien. Quería creer, con todas sus fuerzas, que Connor tenía su situación bajo control, y la fe que Mick había demostrado en su hijo hacía unos instantes hizo que se sintiera más esperanzada de lo que estaba unos minutos antes.

Durante unos días llenos de felicidad, Kiera se permitió a sí misma recuperarse de los efectos del *jet lag*. Se dedicó a jugar mucho con Kate, que era una constante fuente de alegrías incluso cuando tenía una rabieta que le recordaba a Kiera lo difícil que era Moira a su edad.

Pero, al final de la primera semana en Chesapeake Shores, estaba impaciente por ir al pub y ver por sí misma lo estupendamente que había recreado Luke un pedazo de Irlanda en aquel pueblo, en la bahía de Chesapeake, en Mariland.

Para asegurarse de que él no pudiera disuadirla de nuevo, a las nueve de la mañana estaba perfectamente arreglada. Aquella era la hora a la que él le daba un beso a Kate y se marchaba a O'Brien's a hacer papeleo antes de que el pub abriera para la hora de la comida. Ella ya tenía a la niña en el carrito. Moira se había ido a una reunión con Megan para revisar algunas de sus últimas fotos, y eso encajaba a la perfección en el plan de Kiera.

–¿Qué es esto? –preguntó Luke, mirándolas a las dos con recelo. Estaban sentadas en el porche cuando él salió de casa.

–Hemos pensado en acompañarte al trabajo –respondió Kiera, alegremente–. No nos vamos a quedar mucho. Moira está en esa calle, en una reunión con Megan, así que ella nos puede traer a casa de vuelta, o podemos venir andando, porque hace un día espléndido de primavera.

Luke enarcó una ceja.

–Has pensado en todo.

Kiera asintió.

–Siempre intento ser minuciosa.

–Entonces, ¿ya te has cansado de estar en casa, cuidando a la niña?

–Yo nunca me cansaré de estar con mi preciosa nieta, pero quiero ver tu pub para poder empezar a hacer contribuciones. Puedes decirme cuáles son tus necesidades y tus expectativas.

Luke asintió e, inesperadamente para ella, sonrió.

–¿Por qué sonríes así? –le preguntó Kiera.

–Tu hija me debe una cena en Brady's –respondió–. Le dije que se te iba a acabar la paciencia en un día más. Ella estaba segura de que aguantarías otra semana.

–¿Habéis hecho apuestas sobre esto?

–Lo siento. Creo que no debería habértelo dicho. Siempre que vemos algo de diferente manera, nos apostamos algo. Es una forma de aprovecharse del que no tiene razón, al final.

—Entonces, ¿mi Moira no es un reto suficiente para ti tal y como es? —le preguntó Kiera.

Luke se echó a reír.

—Bueno, nunca dejará de ser un reto, pero se ha suavizado un poco desde que está aquí. Creo que está muy contenta con su vida.

—Me alegro de eso —respondió Kiera—. De pequeña no lo tuvo fácil. Su padre y yo no podíamos dejar de trabajar para mantener la casa. Sé que ella percibía lo amargada y resentida que estaba yo, pero no creo que se diera cuenta de lo mucho que le afectó todo eso, y cómo cambió su visión del mundo. Y me he dado cuenta de que ahora está más satisfecha. Lo he oído en su tono de voz cada vez que hablamos por teléfono. Tú, tu familia y este pueblo habéis sido muy buenos para ella.

—Pues yo creo que la mayor parte lo ha conseguido Moira por sí misma. El hecho de ir descubriendo que tiene un gran talento y que su obra es muy apreciada le ha dado una confianza en sí misma que no tenía cuando llegó. Estaba llena de vida, sí, pero su energía se basaba en su valor y en su terquedad. Ahora, sin embargo, proviene de su autoestima.

Kiera lo miró con aprobación.

—La conoces bien.

—La quiero. Creo que la quiero desde el día en que nos conocimos. Conocerla bien me ha llevado un poco más de tiempo y mucha comprensión.

Kiera se quedó sorprendida con su franqueza y su madurez.

—Pues a mí me parece que me va a gustar mucho conocerte mejor a ti, Luke O'Brien. Eres un hombre bueno.

—Ya veremos lo que opinas después de haber trabajado para mí una temporadita.

Kiera se echó a reír.

–He trabajado para varios tiranos durante mi vida –respondió–. Si fueras uno de ellos, no podrías darme muchas sorpresas.

–Espero no ser un tirano.

–Ya veremos lo que opinan tus empleados de eso –replicó Kiera–. Háblame de ellos.

Durante el trayecto hasta el pub, él fue enumerándole a los empleados. La lista no era demasiado larga, y la mayoría eran estudiantes de universidad que trabajaban por turnos.

–Vas a trabajar sobre todo con el chef –le dijo–. Se llama Bryan Laramie. Tiene buen carácter, pero piensa que la cocina es su reino.

–El apellido no es irlandés.

Luke se rio.

–No, Bryan es nativo de Nueva York. Se graduó en el Instituto Culinario y terminó, por algún motivo, trabajando en un deli de Baltimore. Nunca he llegado a enterarme bien de la historia. No habla mucho de sí mismo, ni de su pasado.

–¿Un deli no es uno de esos sitios donde dan sopa de bolas de *Matzah* y sándwiches de pastrami con pan de centeno?

–Sí, entre otras cosas.

–¿Y por qué has contratado a alguien así para llevar una cocina irlandesa?

–De todos los candidatos, fue el que más nos gustó a Moira y a mí. Y Nell le hizo un examen con algunas de sus mejores recetas. Bryan fue el que mejor salió de la prueba con diferencia. Ya verás. Sabe llevar muy bien la cocina, y el pub se está haciendo una buena reputación por su comida, además de por la selección de cervezas y las buenas bandas irlandesas que traemos los fines de semana para que haya música en vivo.

—Entonces, tendré una mentalidad abierta.

Luke la miró con preocupación.

—Kiera, O'Brien funciona como la seda porque todos trabajamos en equipo. Todos sabemos cuáles son nuestras responsabilidades y respetamos la contribución de los demás: la de los camareros, la del personal de cocina, la de Moira y la mía.

—¿Y dónde encajo yo?

—Cuando hayas pasado un tiempo aprendiendo cómo funcionan las cosas y conociendo a los clientes, harás recomendaciones como las hacemos todos los demás. Siempre estamos abiertos a las nuevas ideas, sobre todo, aquellas que les proporcionen a los clientes la verdadera experiencia irlandesa. En eso, confiamos en ti.

A Kiera le pareció muy razonable, aunque le ofrecía un poco menos de autoridad de la que esperaba. Sin embargo, estaba decidida a dejarle las cosas bien claras a Luke si veía que había que hacer cambios en nombre de la autenticidad irlandesa.

—¿Y cómo me vas a presentar a los empleados? —le preguntó—. ¿Voy a ser una más de ellos, o una simple asesora, o una suegra metomentodo que ha venido de visita desde Irlanda y no puede dejar de dar sus opiniones sobre todo?

Luke la miró con curiosidad.

—¿Necesitas un título formal?

—No es por mi ego —respondió ella, con sequedad—, pero sería una ayuda para todos nosotros que yo supiera cuál es mi sitio.

—Como no puedo asignarte un puesto hasta que Connor tramite el permiso de trabajo, ¿por qué no decimos que estás echando una mano y compartiendo con nosotros tus conocimientos después de trabajar durante muchos años en pubs en Irlanda?

Kiera asintió.

—Entonces, tengo voz, pero no autoridad.

—Algo así —dijo Luke, con cautela—. ¿Te parece bien eso por ahora?

—Haré todo lo posible porque funcione bien —respondió ella.

Se había pasado años con unas restricciones semejantes en su antiguo trabajo. En el pub de Peter tenía más control y más libertad de movimientos, pero, por el momento, podía dejar eso aparte. Al menos, esperaba ser capaz de hacerlo, aunque solo fuera en nombre de la armonía familiar.

Bryan alzó la vista. Estaba a punto de meter un pan de soda irlandés en el horno, cuando se dio cuenta de que Kiera Malone lo estaba observando con cara de desaprobación.

—¿Querías decirme algo? —le preguntó.

—No, solo estaba mirando —dijo ella, y dio un paso atrás.

—Pero tienes algo que decir. Te estás mordiendo la lengua. Vamos, dímelo.

Desde que había llegado al pub, Kiera había estado acechando o, tal y como ella lo llamaba, «mirando». A él lo estaba volviendo un poco loco. No le gustaba que hubiera gente ajena en su cocina, y menos, juzgando todo lo que hacía. Se había acostumbrado a que lo respetaran, a que le hicieran alabanzas, y no solo los clientes, sino la misma Nell O'Brien, que era la persona a la que acudía en busca de inspiración con la carta del pub y su ejecución.

En honor a la verdad, por lo que él había visto, Kiera era muy trabajadora y se llevaba bien con los clientes y los camareros. Siempre estaba dispuesta a hacer cualquier tarea que le encomendaran, incluso lavar platos o fregar el suelo por las noches. Todo eso era admirable.

Sin embargo, su forma de observarlo mientras trabajaba le daba ganas de prohibirle el paso a la cocina. Por respeto a Moira y a Luke, mantenía cerrada la boca e intentaba aceptar su presencia.

—Vamos —le dijo—. Di lo que tengas que decir antes de que te explote la cabeza.

—El pan de soda te va a quedar más duro que una piedra —respondió ella, sin poder contenerse.

Él frunció el ceño.

—¿Por qué?

—Porque estabas golpeando la masa como si te hubiera hecho algo —dijo Kiera.

O'Brien tomó aire para calmarse y no decir algo de lo que pudiera arrepentirse. Era cierto que había descargado con la masa su frustración por la presencia de Kiera. Y, seguramente, ella tenía razón. El amasado excesivo era la sentencia de muerte para un pan de soda irlandés. Seguramente, iba a ser incomible.

No obstante, en vez de reconocerlo, señaló los ingredientes.

—¿Quieres enseñarme cómo se hace?

Ella se alegró al instante.

—¿No te ofenderías?

Teniendo en cuenta que eso iba a salvarle cuando su pan acabara en la basura, no, no se ofendería en absoluto.

—Inténtalo —le dijo—. Yo tengo que hacer otras cosas para cuando abramos a la hora de comer.

Cuando volvió, un poco después, Kiera estaba amasando cuidadosamente el pan, con unos movimientos suaves que despertaron en él una especie de anhelo muy molesto. De repente, se le pasó por la cabeza la escandalosa imagen de aquellas manos sobre él, masajeándole los hombros al final del día. Eso le ofuscó. No solo era algo completamente inapropiado sino, también, indeseado. Si seguían así, aquella mujer lo iba a volver loco, y ni siquiera llevaba una semana allí.

Capítulo 3

Cuando Kiera salió de su habitación, en su día libre, se encontró a Moira en el porche, con una taza de té y con un aspecto mucho más relajado de lo normal durante las ajetreadas mañanas familiares.

—¿Qué estás haciendo aquí sola? —le preguntó Kiera—. ¿Y por qué no llevas jersey? El aire es húmedo y frío, y te vas a acatarrar.

Moira se echó a reír.

—Hacía muchos años que no me regañabas así. ¿Y esto te parece frío y húmedo, después de haber vivido en la costa irlandesa? Yo me acuerdo de lo húmedo y frío que era el tiempo allí. La bruma entraba en la tierra desde el mar y la humedad se te metía en los huesos. Lo de hoy aquí no es nada que no se pueda solucionar con una buena taza de té. ¿Quieres una?

—No, yo misma me la preparo más tarde —respondió Kiera—. ¿Qué planes tienes para hoy? Normalmente, a estas horas ya te has marchado con la cámara en la mano.

—Hoy tengo todo el día para mí —dijo Moira—. Luke se ha llevado a Kate a la guardería, y la canguro la recogerá más tarde. Y, como tú también tienes el día libre, he pensado que podríamos hacer algo juntas, empezando con un desayuno en Sally's.

–¿No prefieres que prepare algo para las dos aquí? –preguntó Kiera.

–Las mujeres de la familia O'Brien que tienen negocios en el centro se reúnen todos los días allí antes de empezar a trabajar –le explicó Moira–. Tú ya llevas aquí dos semanas, y deberías conocerlas. Es muy interesante oírlas hablar de cómo concilian la vida laboral y familiar. Cuando tengo un día malo, me ayudan a creer que voy a conseguirlo.

–Pero si ya las he conocido –le recordó su madre.

–En Navidad, en Irlanda, hace años, y en casa de Nell, cuando llegaste. Pero no es suficiente. Seguro que todavía no te sabes sus nombres.

Kiera enarcó una ceja.

–¿Eso es un desafío? Tu marido piensa que tu matrimonio depende de esas pequeñas apuestas que hacéis entre vosotros. ¿Vas a empezar también conmigo?

Moira se ruborizó.

–¿Luke te ha contado lo de nuestras apuestas?

–Pues sí –dijo Kiera, entre risas, para consternación de Moira. Tuvo la sensación de que no estaban hablando del mismo tipo de apuestas. Algunas de ellas debían de tener un final interesante e íntimo de vez en cuando. Seguramente, lo mejor era que ella no supiese nada más.

–¿Me estás desafiando a que diga el nombre de las mujeres O'Brien cuando las veamos en la cafetería? –insistió Kiera–. ¿Se te ha olvidado que una buena camarera debe tener el don de recordar los nombres de los clientes y su comida favorita, y otros detalles importantes?

–Entonces, ¿aceptas? –le preguntó Moira, con sorpresa.

–Por supuesto. Pero ¿qué gano si lo consigo?

–Te invito a un día entero de lujos: una manicura, una pedicura, un tratamiento en el spa, una sesión de peluquería...

En vez de sucumbir a aquellas tentaciones, Kiera se molestó.

—¿Qué tiene de malo mi peinado?

—Nada, nada —respondió Moira—. Pero hacerte una coleta sencilla no es precisamente un peinado, sino un asunto de comodidad.

—Así lo he llevado durante años. Me favorece y cumple con las normas de un restaurante. Además, ¿no te parece que ya has alterado lo suficiente mi vida cotidiana? ¿También te preocupa mi aspecto?

—No, no. Pero a la mayoría de las mujeres les gusta hacerse algún cambio de vez en cuando. Pensaba que te apetecería. No quería criticar nada.

Kiera suspiró.

—Ya lo sé. Es una invitación encantadora. Si gano, te dejo que hagas conmigo lo que quieras.

Moira entrecerró los ojos.

—No irás a perder a propósito para librarte, ¿no?

—Vaya, parece que no me conoces. ¿Desde cuándo iba a perder yo en algo a propósito? En ese sentido, somos iguales.

Moira se echó a reír.

—Cierto.

—¿Y qué pasa si ganas tú porque no puedo ponerle nombre a todas ellas? ¿Qué tendré que darte?

—Tendrás que pasar el día conmigo en el spa —dijo Moira.

—Qué lista —dijo Kiera—. Eres muy hábil para salirte con la tuya.

—Algo que mi marido ya sabe muy bien —respondió Moira, con una sonrisa descarada.

Media hora después entraban por la puerta de Sally's. La cafetería estaba alegremente iluminada y era muy acogedora, y estaba enfrente del parque del pueblo. Había mucha gente tomando café y charlando antes de empezar a trabajar. Algunos estaban desayunando salchichas, beicon o huevos revueltos, otros tomaban *croissants* de chocolate o de frambuesa. Todo tenía un aspecto delicioso, y a Kiera se le hizo la boca agua.

Cuando pudo apartar la vista de la comida, divisó a varias de las mujeres de la familia sentadas al fondo, en una mesa grande.

—Antes nos sentábamos en una mesa más pequeña —le explicó Moira, mientras se abrían paso entre las mesas—, pero éramos tantas, que al final nos instalamos en esa mesa. Se la quitamos a algunos de los hombres del pueblo, que creían que se habían ganado el derecho de ocuparla para siempre. Creo que esa es la verdadera razón por la que nos cambiamos.

Kiera se echó a reír. Le agradaba la idea de conocer a algunas mujeres que no se dejaban intimidar por nadie. Antes de llegar, se detuvo y tomó a Moira de un brazo.

—¿Quieres que pongamos a prueba mi memoria ahora, antes de estar con ellas, o prefieres que las salude una por una, por su nombre?

—Como tú quieras —le dijo Moira, con una mirada de diversión.

—Entonces, les diré «hola» —respondió Kiera. Cuando llegaron a la mesa, se acercó a la mujer de Mick en primer lugar—. Buenos días, Megan. Me encantaría saber más cosas sobre los cuadros que hay en el escaparate de tu galería. Llevo admirándolos desde que he llegado. Ah, Bree, ¿qué tal estás hoy? En cuanto abras la floristería hoy por la mañana, voy a ir a comprar un ramo para casa. Shanna, también voy a ir a tu librería después. Me han dicho que tienes una buena selección de novelas de misterio, y son mis preferidas. Heather, la colcha que tienes en el escaparate es preciosa. ¿La has hecho tú?

Cuando terminaron los saludos, se giró hacia Moira.

—¿Lo he hecho bien?

Moira se ruborizó cuando las demás la miraron con curiosidad.

—Me temo que he cometido el error de apostarme con mi madre que no se acordaría de vuestros nombres. Además de acordarse, también ha mencionado todas vuestras tiendas.

—¿Es que no sabes que no se puede subestimar el poder de una madre? —comentó Megan, riéndose—. Kiera, creo que es una maldición que todas tenemos en común: nuestros hijos nunca piensan que tengamos talentos ocultos.

—No volveré a cometer ese error —dijo Moira—. Me va a costar un viajecito al spa.

—Oh, lo que daría yo por un día de relajación —dijo Bree, con un suspiro, inspeccionándose las manos—. Tengo las manos llenas de arañazos y pinchazos de las espinas y del alambre para los ramos, y las uñas, desconchadas.

—Pues ven con nosotras —le dijo Kiera.

—Oh, sí —añadió Moira—. Sería muy divertido.

—Por desgracia, hoy no hay nadie que pueda sustituirme en la floristería —dijo Bree—. Pero, si repetís, contad conmigo.

La charla se convirtió en un cotilleo familiar y en un intercambio de noticias del pueblo. Aunque Kiera no conocía a la gente que estaban mencionando, le resultó muy reconfortante que la trataran como un miembro más de aquel animado grupo. Las mujeres se reían mucho durante la conversación, y ella se sintió totalmente aceptada. Después de pasar tantos años viviendo sola contra el mundo, le pareció asombroso lo bueno y fácil que parecía aquel acto de aceptación.

Bryan había estado nervioso durante todo el día. Había mirado hacia atrás, por encima del hombro, varias veces, con la esperanza de ver llegar a Kiera Malone observándolo, acechándolo. Sin embargo, no había ni rastro de ella. E, irónicamente, eso le molestaba casi tanto como su presencia. Obviamente, se estaba volviendo loco.

–Parece que hoy estás un poco desconcentrado –le dijo Luke, durante un descanso. Estaban tomando un café en el intervalo de tiempo que había desde la comida a la cena–. ¿Va todo bien?

–Perfectamente –dijo Bryan–. Pero todo ha estado más tranquilo de lo habitual, ¿no te parece?

Luke lo miró con incredulidad.

–Pero, ¿es que no has contado todas las comidas que hemos servido? Han entrado un millón de turistas, además de los clientes habituales.

Bryan se dio cuenta de que le ardían las mejillas.

–Bueno, sí, claro que ha habido muchos clientes –dijo, y se quedó callado. No había forma de explicarse sin delatarse.

–¿Acaso te refieres a la ausencia de Kiera? –preguntó Luke, con una mirada llena de astucia.

–Ah, ¿es que no está? –preguntó Bryan, tratando de aparentar indiferencia.

Luke se echó a reír.

–Buen intento, amigo mío, pero sé que te pone muy nervioso.

–No, no, en absoluto. Es solo que...

–Es solo que se ha metido en tu cocina –dijo Luke.

Bryan suspiró.

–Bueno, más o menos.

–¿Es demasiado para ti? –le preguntó Luke con preocupación–. Puedo pedirle que se retire y que, si tiene sugerencias, me las haga primero a mí.

–No, sería darle demasiada importancia. Es solo que no estoy acostumbrado a que alguien vigile todos mis movimientos.

–Pero... ¿es que hace eso? Tú sabes que confío en ti. Y, lo que es más importante, mi abuela confía en ti, en que sabes lo que haces, y nosotros respetamos absolutamente su opinión con respecto a la comida. Todo el mundo disfruta mucho cuando recibe una invitación para comer en la mesa de Nell O'Brien, y sabe que aquí comerá ese tipo de comida cuando quiera. No quisiera que nadie te diera a entender que no confiamos en tu forma de llevar la cocina.

–Para ser sincero, Kiera no dice nada de eso; es solo su forma de mirarme. Sé que se muerde la lengua para no ofenderme. Me pone nervioso.

–¿Seguro que no tiene nada que ver con el hecho de que es muy atractiva? Aunque es un par de años mayor que tú, y yo solo puedo verla como la madre de Moira, he visto cómo la miran algunos de los clientes. No me extraña que tú tampoco seas inmune.

Bryan frunció el ceño.

–No, no es nada de eso –dijo–. Es atractiva, sí, pero a mí no me interesa. No sería apropiado, puesto que es la suegra de mi jefe. Está fuera de los límites, y punto.

–Bueno, no seas tan vehemente –le dijo Luke, riéndose–. Pero te creo. Si quieres que hable con ella para que no se entrometa en la cocina, avísame. Ya le dije que es tu dominio, pero puedo recordárselo.

–No, eso sería darle demasiada importancia –repitió Bryan.

Se sentía un poco estúpido por haber iniciado aquella conversación. Kiera Malone lo alteraba, pero no sabía por qué. Ni siquiera estaba seguro de si podía explicárselo a sí mismo. Y no estaba dispuesto a soportar las bromas de Luke a costa de sus intentos de explicárselo a él.

Kiera y Moira salieron del spa más tarde de las seis, y se dirigieron a O'Brien's para comer algo. Kiera tenía el presentimiento de que Moira estaba más impaciente por lucir el cambio de su madre que el suyo propio.

Kiera aún no se había acostumbrado a la imagen que veía cuando se miraba al espejo. Parecía diez años más joven. Se había cortado el pelo, y se sentía más ligera y femenina. Y no todo el color de sus mejillas era por el colorete que le habían puesto en la peluquería. Sorprendentemente, se sentía muy bien con aquel cambio, aunque también se sentía insegura por presentarse así en el pub.

Cuando su hija le sujetó la puerta para que pasara, Kiera vaciló.

—Mamá, ¿qué es lo que te da miedo? Estás guapísima.

—Estoy un poco descolocada. A mi edad, no hay necesidad de estas cosas.

—¿A tu edad? —preguntó Moira, burlonamente—. Todavía tienes mucho que decir. Las uñas pintadas con un color precioso, la piel brillante y el pelo enmarcándote la cara... todo eso no son tonterías. Todo el mundo tiene derecho a sentirse guapo, sea cual sea su edad. En cuanto entremos voy a sacar la cámara del despacho de Luke y voy a sacarte algunas fotos.

—No, no quiero que se monte ningún alboroto. No quiero llamar la atención —dijo Kiera, con nerviosismo.

Moira suspiró.

—Bueno, vamos a entrar, y tú acepta amablemente todos los cumplidos que te van a hacer.

—¿Y se supone que eso me va a calmar el nerviosismo? —refunfuñó Kiera.

Sin embargo, entró al pub. Se sintió aliviada al darse cuenta de que estaba tan lleno que, tal vez, nadie se fijara en ella. Sin embargo, no había tenido en cuenta que Mick y Megan estaban sentados en la barra con los padres de Luke, Jeff y Jo O'Brien.

La primera que la vio fue Megan.

—Oh, vaya, ¡qué guapa! —dijo, acercándose a ella para

tomarle las manos, que se le habían quedado heladas–. Estás fabulosa, Kiera –añadió, y se volvió hacia su familia–. ¿A que sí?

–No te habría reconocido –dijo Mick–. Me gusta mucho tu nuevo corte de pelo. Te favorece.

Jo sonrió.

–Necesito que alguien me dé un empujoncito, como ha hecho Moira contigo. Hace años que no me hago un cambio de imagen, y creo que me hace falta. Después de pasarme tantos años en el campo de atletismo del instituto, tengo el pelo y la piel muy estropeados. Kiera, estás dando una lección a todas las mujeres de la familia con esta nueva imagen –dijo. Después, sonriendo, miró a Megan–. Bueno, a ella, no. Megan siempre ha sido muy estilosa.

–Es por esos viajes a París que Mick se empeña que hagamos –dijo Megan–. Me siento en las cafeterías y miro lo que llevan las francesas, y lo adapto para Chesapeake Shores. Creo que he aprendido a atar pañuelos de veinte formas distintas.

–Y yo que pensaba que solo hay una manera –dijo Jo, con pesar.

Kiera se alegró de que ya no le prestaran atención, y observó con fascinación cómo bromeaban las dos cuñadas. Le asombraba lo unida que estaba la familia O'Brien, a pesar de las diferencias de estilos, opiniones y personalidades.

Luke llamó a Kiera para que se acercara a la barra.

–Necesitaba ver de cerca esta transformación –dijo–. ¿Eres la misma mujer que estaba limpiando la barra anoche?

–Bueno, bueno –dijo Kiera, riéndose por fin–. Me siento halagada con tantos cumplidos, pero no me importaría tomarme una pinta de cerveza en este momento. ¿Es que el servicio ha decaído porque no estoy yo?

—Encantado de servirte —dijo Luke, al instante—. ¿Y os apetece cenar algo? Moira y tú debéis de estar muertas de hambre. El plato del día es el shepherd's pie.

«Uno de mis favoritos», pensó Kiera. Sin poder evitarlo, se preguntó si a Bryan se le daría bien prepararlo, porque no lo había visto en la carta desde que había llegado.

—Tú quédate aquí —le dijo a Luke—. Yo voy a buscar un plato para Moira y otro para mí.

Antes de que él pudiera detenerla, Kiera pasó detrás de la barra y entró a la cocina.

—Dos platos de shepherd's pie —gritó.

Bryan giró la cabeza y, al verla, se quedó boquiabierta de un modo muy halagador.

—¿Kiera? —preguntó, con la voz ahogada.

—Sí, claro. ¿Quién, si no, iba a colarse en la cocina de esta forma?

Él entrecerró los ojos.

—Estás distinta.

—Después de todo el dinero que se ha gastado hoy mi hija, eso espero —dijo ella, con ironía. Después, lo miró con inseguridad—. ¿Es una buena diferencia?

Él sonrió ligeramente al percibir aquella inseguridad.

—Pareces más amable, más cercana —dijo él, aunque, por su tono de voz, parecía que eso era un problema.

—Y diez años más joven, según la peluquera —dijo ella—. Claro que lo que quería era asegurarse la propina.

—No sé —dijo Bryan—. Antes también estabas bien —dijo—. Pero, claro, supongo que todas las mujeres queréis parecer más jóvenes.

Kiera lo observó con curiosidad. Aquel evidente nerviosismo de Bryan tenía algo de encantador. Normalmente, era muy brusco, casi maleducado, pero en aquella ocasión había reaccionado de un modo muy diferente al verla. Ojalá ella pudiera identificar cuál era la diferencia, aunque, tal vez, sería mejor que no... Porque eso podría causarle nerviosismo a ella también.

—¿Por qué has tardado tanto? —le preguntó Moira a su madre, cuando Kiera volvió a la barra, por fin.
—Bryan no ha sido amable contigo, ¿no? —preguntó Luke, con preocupación—. ¿O tú eres la que no has sido amable con él?
—No ha sido nada de eso en absoluto —respondió ella, mientras ponía los dos platos en la mesa. El shepherd's pie tenía un aspecto delicioso y olía muy bien—. Estoy impaciente por probar esto. Moira, pruébalo tú primero y dime si es como los de Irlanda.
—Ya lo he probado —dijo Moira—. Está tan rico como los de casa, sí, salvo el que haces tú. Lo único que te sale mejor que el shepherd's pie es el estofado irlandés, aunque tengo que avisarte de que el estofado de Bryan se ha convertido en uno de los éxitos del pub. Él está muy orgulloso de su estofado. Nell le enseñó a prepararlo.
Kiera dejó el estofado para otro momento y tomó un bocado de shepherd's pie. Al probarlo, se llevó una agradable sorpresa y asintió. No estaba mal para un hombre que se había dedicado en una ocasión a hacer sándwiches en un deli.
—¿Aprueba? —le preguntó Luke.
—Sí —dijo ella—. De hecho, está muy rico.
—¿Se lo vas a decir tú misma a Bryan? Sé que le gustaría.
—Bryan no necesita mis halagos —dijo Kiera; no estaba segura del motivo por el que no le apetecía en absoluto hacerle cumplidos a sus guisos.
Luke la miró fijamente.
—Es para que se mantenga la armonía —le sugirió.
—Está bien —dijo ella, de mala gana—. Voy a decírselo.

Se levantó del taburete, pero Luke le indicó que volviera a sentarse.

—Cuando termines. El plato bien limpio hablará por sí solo —le dijo—. Aunque no lo parezca, a Bryan le vendría bien que le dieras tu aprobación de vez en cuando. Nell ya lo hace, pero tú eres como un nuevo examen para él, y no está seguro de que tenga el aprobado. Se siente como si lo estuvieras juzgando cada vez que entras en la cocina.

Kiera se quedó confusa.

—Pero ¿no estoy aquí para eso? Se supone que tengo que encontrar los puntos en los que hay que mejorar.

—Claro que sí —respondió Luke rápidamente—. Y estoy seguro de que a Bryan le gusta que le hagas algunas sugerencias. ¿Le has hecho algún comentario?

Kiera se dio cuenta de que, aunque había observado y juzgado, se había reservado sus opiniones, y de que eso podía haber hecho que Bryan se sintiera inseguro. Probablemente, prefería que le hiciera algún comentario a que se mantuviera en silencio.

—Está bien, trataré de no ponerle nervioso —dijo, al recordar la conversación que había mantenido con Bryan unos minutos antes en la cocina. Ella nunca había tenido la intención de agobiarlo, pero parecía que habían empezado con mal pie.

—Te lo agradezco —dijo Luke, con satisfacción.

—Hasta ahora, he tenido cuidado de no decir lo que pensaba, pero si tengo que ser más sincera con él, entonces tampoco voy a poder callarme cuando piense que se ha equivocado.

Luke sonrió.

—No, yo nunca te pediría eso —le dijo—. Sería tan inútil como pedirle al viento que no soplara.

Kiera se echó a reír. Sí, eso era cierto.

Capítulo 4

En vez de encerrarse en el despacho, Luke había sacado el papeleo del pub a una mesa junto al ventanal con vistas a la bahía. Por lo menos, con aquellas vistas, la perspectiva de pasarse dos horas haciendo números y revisando facturas le parecía menos agobiante.

Acababa de empezar a trabajar cuando se abrió la puerta del local y entraron Moira y Kate.

—¡Pa! —gritó la niña, desde su carrito, al verlo. Al instante, tendió los brazos hacia él.

A Luke se le olvidó todo cuando tomó a su hija en brazos y miró a su esposa.

—¿Qué te trae por aquí? ¿Tenías una reunión con Megan? ¿Y por qué te has traído al angelito y no lo has dejado con tu madre?

—Después de desayunar en Sally's, he dejado a mi madre en el despacho de Connor. Tenían que rellenar algunos formularios.

Ella respondió en un tono de ansiedad, y Luke le preguntó:

—¿Por qué estás preocupada? ¿Ocurre algo con el permiso de trabajo?

—No, no, al contrario. Connor piensa que, con estos documentos, le concederán por fin el permiso.

—Eso es muy buena noticia —dijo Luke, mientras levantaba a su hija por el aire y la hacía reír.

—No la menees mucho. Acaba de comerse una tortita entera en Sally's, y después se lanzó por los huevos revueltos de mi madre. Tiene el apetito de un caballo y no sabe cómo parar.

—Sí, sí —dijo Luke, quitándole importancia. Después, puso a la niña en el suelo y la acercó a su rodilla para que pudiera sujetarse erguida—. ¿Sabes? Creo que está a punto de andar.

Moira lo miró con incredulidad.

—Solo tiene once meses, y se cae de culo cada vez que lo intenta.

—Pero ya lo está intentando. Ya no se conforma con gatear.

—Bueno, sí, supongo que sí —respondió Moira, y empezó a pasearse de un lado a otro.

—Está bien, está bien. Sé que hay algo que te preocupa —le dijo Luke—. Vamos, cuéntamelo. ¿Es algo de tu trabajo?

Moira se encogió de hombros.

—Megan está satisfecha con eso, o, por lo menos, eso es lo que dice. Quiere que haga más fotografías, y más deprisa, pero yo prefiero trabajar a un ritmo que me permita estar tiempo en casa. Le he dicho que no estoy dispuesta a sacrificar eso.

—¿Y te está presionando?

—No me lo dice, pero sé que está decepcionada. Ella pensaba que, con mi madre aquí, tendría más tiempo para trabajar.

—¿Y no lo tienes? —preguntó Luke.

—Pues claro que tengo más tiempo libre ahora que antes. Salgo con la cámara casi todos los días mientras mi madre está con Kate. Tengo tiempo más que suficiente. No se trata del trabajo, Luke.

—Moira, mi amor, dime con claridad lo que mi mente masculina no es capaz de adivinar. ¿Qué ocurre?

Ella frunció el ceño al oír su broma y, después, suspiró.

—Para ser sincera, echo de menos estar aquí, trabajando contigo.

Él sonrió.

—¿Me echas de menos a mí, o el papeleo? —dijo él, y deslizó la documentación hacia ella—. Yo estaría encantado de pasarte todo esto e irme a dar un paseo con Kate.

Ella cabeceó, pero acabó por sonreír.

—Buen intento, pero el papeleo siempre ha sido cosa tuya. Yo echo de menos a la gente. No me lo esperaba, porque había días que creía que me iban a volver loca cambiando los pedidos o quejándose de todo.

—Pero... tú vienes aquí casi todos los días, y sigues viendo a todo el mundo.

—No es lo mismo. A lo mejor te parece que he perdido la cordura, pero creo que siento celos de que mi madre haya ocupado mi lugar.

—Moira, fue idea tuya que viniera tu madre y que trabajara aquí.

—Sí, ya lo sé. Me siento ridícula. Lo que quería era que estuviera aquí. Nos llevamos bien, mejor que nunca, y creo que ella cada vez se siente más integrada. Tendrías que verla en Sally's por las mañanas. Dentro de pocos días ya se habrá convertido en una de las mujeres O'Brien. Todas le piden su opinión y le ríen las historias sobre Irlanda. Y están deseando volver allí de vacaciones, así que ve preparándote para el viaje.

—Y... ¿tú te sientes excluida? ¿Sustituida? ¿O qué?

—Es lo mismo que aquí, como si ya no supiera cuál es mi sitio —dijo ella, y se tapó la cara con las manos. Estaba avergonzada—. Lo próximo será que me queje de que también ha ocupado mi lugar en casa.

Luke tuvo que contener una carcajada.

—No creo que nunca pueda reemplazar tu sitio a mi lado, Moira —dijo, intentando mantener la seriedad.

Ella también sonrió, pero brevemente.

—No estoy pensando en eso, bobo. Pero mi madre también se está haciendo indispensable en casa. Me sorprende lo rápidamente que está ocurriendo.

—Moira, ¿acaso es que te veías como la salvadora de tu madre al sugerir que viniera aquí? —le preguntó Luke. Por el modo en que se ruborizó, él se dio cuenta de que había dado en el clavo—. ¿Y ha resultado que, al final, ella es capaz de salvarse a sí misma?

Ella lo miró con los ojos entrecerrados.

—¿Cuándo te hiciste tan listo y clarividente?

—Contigo he adquirido mucha práctica a la hora de captar las indirectas que me lanzas. Estoy aprendiendo a encajar las piezas del rompecabezas.

—Enhorabuena —dijo ella—. Entonces, dime, ¿cómo arreglo mis sentimientos? Incluso yo me doy cuenta de que debería sentirme feliz porque mi madre esté adaptándose y las cosas vayan tan bien.

—A lo mejor deberías felicitarte a ti misma por saber lo que necesitaba y traerla aquí. Tú no podías curarle la tristeza, pero te empeñaste en que viniera a un sitio donde ella misma podría encontrar el camino hacia la recuperación.

—No creía que fuera a ocurrir tan rápidamente —reconoció Moira—. Es como si se hubiera olvidado de Peter.

—¿Acaso crees que lo está traicionando porque haya decidido vivir la vida?

Ella frunció el ceño al oír aquella pregunta.

—Por supuesto que no. Es lo que yo esperaba, ¿no?

—Sí, eso dijiste cuando la invitaste aquí. Aunque puede que la realidad te esté resultando un poco más complicada.

Moira se quedó callada, y Luke esperó. Su mujer nunca guardaba silencio durante demasiado tiempo.

—Está bien, sí —dijo Moira, por fin—. El otro día, cuando salió de la cocina después de hablar con Bryan, estaba ruborizada. Hay algo entre esos dos. Y creo que eso es irrespetuoso con la memoria de Peter.

—Vaya, así que de eso se trata —dijo Luke, al darse cuenta de que, por fin, habían dado con el origen de su tristeza. Ella adoraba a Peter, y esperaba que su madre compartiera su futuro con él. Y, ahora, temía que Kiera no estuviera guardando el luto como él merecía. Aunque sus emociones eran contradictorias, él tenía que aceptar que existían, e intentar consolarla.

—Moira, para empezar, no creo que tengas que preocuparte porque tu madre se haya olvidado de Peter ni de lo que sentía por él —le dijo, con calma—. Yo la he visto llorar más de una vez al llegar a casa, y siempre me ha dicho que lo echa mucho de menos.

Moira se quedó estupefacta.

—¿Te has encontrado a mi madre llorando y no me has dicho nada?

—Eran momentos privados. Yo no tenía derecho a revelarlo —respondió él—. Y, en cuanto a Bryan, creo que te estás preocupando sin motivo.

—Sé lo que he visto.

Luke se echó a reír.

—Y yo también lo he visto, por parte de Bryan, pero ninguno de los dos va a hacer nada al respecto. Por lo menos, Bryan se niega a sí mismo que sienta algo por tu madre. La ve como una molestia necesaria o, por lo menos, eso es lo que dice. Y tu madre solo ve que están luchando por el control de la cocina, porque él ha rechazado todas las sugerencias que ella le ha hecho desde que yo la animé a que diera su opinión. Tengo la tentación de poner a Kiera de ayudante de cocina, solo por ver los fuegos artificiales.

—¡Ni se te ocurra! —exclamó Moira, pero se echó a

reír–. Aunque sería divertido. Bryan siempre me ha parecido muy callado y reservado. Me cae muy bien, pero la verdad es que sabemos muy poco de él y de su vida personal. Sería entretenido verlos sacándose de quicio el uno al otro.

–Bueno, podemos pensarlo cuando el papel de tu madre quede claro y podamos contratarla legalmente –dijo Luke–. Creo que ahora está intentando dar con la forma de hacer las cosas hasta que su estatus quede resuelto. Espero que Connor tenga razón al decir que el papeleo acabará pronto. Me parece que tu madre necesita sentirse segura.

De repente, Kate se soltó de la rodilla de su padre y cayó al suelo con un sonoro golpe. Sus gritos se oyeron por todo el pub. Moira la tomó en brazos y la consoló.

–Creo que se ha cansado de que no le prestemos atención –dijo.

–Entonces, a lo mejor es que está siguiendo tus pasos –bromeó Luke–. ¿No venías tú con la misma actitud cuando has entrado en el pub?

–Bueno, sí, puedes echármelo en cara si quieres –refunfuñó ella.

Sin embargo, Luke hizo que su mujer y su hija se sentaran en su regazo, y le dio un beso a Moira.

–Si alguna vez necesitas que te recuerde lo importante que eres en mi vida, solo tienes que decirlo. Kate y tú sois mi mundo.

–¿Más importante que los O'Brien? –preguntó ella, con una sonrisa.

–Más importante que ninguna otra cosa –respondió él.

Kiera se había quedado un momento fuera del pub, observando a Moira, a Luke y a Kate y esperando a que terminaran aquel momento de intimidad. Se sentía en medio de sus vidas, tal vez un poco más de lo aconsejable, aquellos días.

Como no tenía que empezar a trabajar hasta dentro de una hora, se dirigió a casa de su padre. Hacía una mañana muy agradable para pasear junto a la bahía. Los rayos de sol se filtraban entre las hojas de los robles y olía a lilas.

Dillon y Nell estaban en la cocina tomando té y bollos de mantequilla recién salidos del horno.

–¿Os interrumpo? –preguntó, con la sensación de haber invadido otra escena íntima. Aquello ponía de relieve lo vacía que estaba su vida. Era paradójico que nunca en la vida se hubiera sentido así y que, después de pasar unos meses junto a Peter, tuviera aquellos sentimientos deprimentes de una forma tan intensa.

–Eres de la familia. ¿Cómo vas a interrumpir? –respondió Nell, y sirvió una taza de té sin preguntar. Después, llevó un bollo de mantequilla a la mesa.

Aquellos aromas le recordaron tanto a Irlanda, que se le llenaron los ojos de lágrimas.

–¿Tienes nostalgia? –le preguntó Dillon.

–Sí y no –respondió ella, señalando el té y el bollo–. Me traen muchos recuerdos, pero, en general, me siento feliz aquí. De hecho, me sorprende lo bien que me estoy adaptando –dijo, y miró a su padre con ironía–. Tal y como tú dijiste.

Él se echó a reír.

–Vaya, qué raro que no te hayas atragantado al decir eso.

–Soy capaz de reconocer mis equivocaciones –dijo ella.

–Me alegro mucho de que te equivocaras –dijo Dillon, riéndose.

Kiera también sonrió. Después, pensó en revelar algo a lo que llevaba varios días dándole vueltas.

–He estado pensando en hacer algunos cambios –dijo,

por fin–. Creo que debería empezar a buscarme una casa. Esta mañana he estado con Connor, y me dijo que dentro de una semana, seguramente, ya tendré el permiso de trabajo. Si voy a quedarme unos meses, o algo más, no puedo seguir molestando a Luke y a Moira. Son prácticamente unos recién casados, y no tienen por qué tenerme en su casa. Y no os creáis que no me he dado cuenta de que no me necesitaban para cuidar a Kate.

–Un niño siempre necesita a su abuela, aunque solo sea para mimarlo y para transmitirle sabiduría –replicó Nell.

–Yo puedo hacer todo eso aunque viva en mi propia casa –dijo Kiera–. Voy a empezar a buscar en cuanto mi situación legal esté resuelta.

–Has mencionado algunos cambios –dijo Nell–. ¿Cuáles son los otros?

–Bueno, deseo sentirme parte de Chesapeake Shores. Últimamente he pasado algo de tiempo con tu familia, y todos tienen unas vidas muy activas y están muy ocupados. Creo que yo siempre he estado tan concentrada en el trabajo que no me he implicado en otros compromisos. Me gustaría intentarlo. Si quiero tener una vida plena, es el siguiente paso.

Dillon la miró con entusiasmo.

–Me parece maravilloso que quieras empezar a hacer algo nuevo. Ya verás como es muy gratificante.

–Estoy de acuerdo –dijo Nell, con una expresión pensativa–. Se me ocurren algunas ideas.

–Por supuesto –dijo Dillon–. Ten cuidado, Kiera. Nell tiene contactos en muchos asuntos de la comunidad y, antes de que te des cuenta, no tendrás un minuto libre.

–Por mí, perfecto –dijo Kiera–. Necesito tener más cosas que hacer y menos tiempo para pensar.

–Muy bien. Yo me encargo –dijo Nell. Parecía que le deleitaba la perspectiva.

—Muchas gracias a los dos por escucharme —dijo Kiera—. Y por el té y el bollo. Ha sido muy reconfortante para mí. Como estar en casa. Bueno, ahora tengo que irme al pub, o Luke y Moira van a empezar a preocuparse. Moira irá a buscarme por ahí en coche, pensando que me he perdido. Me vigila y se angustia como si yo no tuviera sentido común.

—Solo quiere estar segura de que eres feliz aquí —dijo Dillon—. Es lo que queremos todos. Bueno, ¿quieres que te lleve al pub en coche?

—No, me apetece pasear. Hace una mañana espléndida. Todo el mundo me dice que dentro de muy poco hará demasiado calor como para pasear junto a la orilla del mar, aunque yo no me lo imagino.

Le dio un beso en la mejilla a su padre y, después, impulsivamente, a Nell.

—Nos vemos pronto.

—Desde luego que sí —respondió Nell.

Kiera salió de la casa con un sentimiento de calidez que no solo se debía al té y al bollo. ¿Cuánto tiempo hacía que no era parte de una familia? Más del que podía recordar. Y era una sensación sorprendentemente buena.

—Has tardado mucho en venir —le dijo Moira a Kiera, al verla entrar por la puerta del pub.

—He ido a ver a tu abuelo y a Nell para que Luke y tú pudierais estar un rato a solas.

Moira la miró con extrañeza, y Kiera no supo interpretar su expresión.

—Necesito hablar con Luke para que me diga qué tengo que hacer hoy.

—Pero antes, dime qué tal ha ido la reunión con Connor después de que me dijerais que no me necesitabais para nada.

—Bueno, no era exactamente que no te necesitáramos, sino que Kate estaba muy inquieta y no iba a guardar silencio mientras nosotros revisábamos tantos detalles aburridos.

—Ah, ¿era solo por eso?

—¿Y por qué iba a ser? ¿Acaso pensabas que te estábamos ocultando algo? Tú has oído lo más importante, que Connor está convencido de que mi situación se resolverá dentro de una o dos semanas.

—Y ¿cuánto tiempo vas a poder quedarte? ¿Has hablado de un permiso de residencia?

Kiera frunció el ceño.

—Eso no estaba previsto, Moira. Estamos esperando un permiso de trabajo de seis meses o, como mucho, de un año. No creo que podamos alargarlo más.

—Tú tienes familia aquí –dijo Moira–. Vas a tener trabajo. Podrías pedir la residencia legal.

—Bueno, esa es una conversación para otro momento. No estoy preparada para tomar esa decisión.

Su hija se quedó consternada al oír aquella respuesta.

—¿Es que no eres feliz aquí? –preguntó Moira–. Creía que sí. De hecho, creía que te estabas adaptando muy bien.

—Querida, soy feliz. Este cambio ha sido muy bueno para mí, tal y como esperabas, pero ¿tenemos que ver el futuro tan a largo plazo ya mismo?

Moira se quedó callada. Parecía que se sentía culpable.

—Solo quiero que sepas que nos gusta mucho que estés aquí, con nosotros. Sé que el abuelo quiere que te quedes.

—Tu abuelo sabe cuál es mi opinión. Tenemos que concentrarnos en el momento presente y no adelantarnos demasiado. ¿Acaso crees que me he sentido rechazada?

—Puede que tenga miedo de haber hecho que te sintieras incómoda –reconoció Moira–. Algunas veces envío señales contradictorias. Pregúntaselo a Luke. Él es víctima de mis cambios de humor.

Kiera se echó a reír.

—Eso lo sé desde el día que naciste. Sin embargo, Luke y tú habéis sido maravillosos conmigo. Estoy muy agradecida por todo lo que habéis hecho. Me lo habéis puesto todo muy fácil. Sigo echando mucho de menos a Peter, pero sé que la vida continúa y que hay que tener la mente abierta. Además, aquí todo me resulta más fácil, porque las cosas no me recuerdan constantemente su pérdida.

—Y cada vez será más fácil, verás —dijo Moira—. Tu vida puede ser mejor que nunca aquí. Luke llegó a la mía cuando yo pensaba que no tenía nada valioso que ofrecer a los demás. Después, Peter y Megan descubrieron mi fotografía. Y, ahora, tengo a Kate, mi niña. Yo nunca me hubiera imaginado todo esto. Y quiero que tú también lo tengas.

—¿Un bebé, a mi edad? Creo que eso es un poco descabellado —bromeó Kiera—. Pero te agradezco la idea.

Moira se echó a reír.

—¿Sabes lo alegre que me siento al verte reír y hacer bromas?

—Eso demuestra que no he sabido disfrutar de la vida muy a menudo. Pero eso va a cambiar, Moira, y tengo que agradecértelo a ti.

—Vaya, me has hecho llorar —dijo Moira, mientras se enjugaba las lágrimas de las mejillas—. Voy al despacho de Luke a buscar a mi hija para llevármela a casa antes de que los clientes se asusten de verme así.

Kiera siguió a Moira hasta el despacho, pero se quedó fuera, esperando a que Moira recogiera a la niña y le diera un beso a su marido.

—Hasta luego, pequeñinas —les dijo, cuando salieron del despacho.

Moira se detuvo con cara de asombro.

—Es lo mismo que decías siempre cuando éramos pequeños y te marchabas a trabajar.

—Sí, es verdad. Me sorprende que te acuerdes.

—Tu marcha era el momento más triste y memorable de todos mis días —dijo Moira—. Nunca estaba despierta por las noches y no podía oírte llegar. Nunca tenía ese momento de alegría, aunque mis hermanos, sí. Recuerdo que algunas veces estaba en la cama y, al oír que llegabas, me sentía excluida.

A Kiera se le llenaron los ojos de lágrimas.

—Pero nunca te escapaste de la cama para venir con nosotros.

Moira se encogió de hombros.

—Supongo que pensaba que te ibas a enfadar si te enterabas de que todavía estaba despierta —dijo Kiera—. O tenía ataques de cabezonería. Eso se me daba muy bien.

—Sí, es verdad. Espero que hayas aprendido lo importante que es dejar claro lo que necesitas. Yo aprendí esa lección con mucho retraso.

—Yo todavía lo estoy aprendiendo. Luke me recuerda muchas veces que no puede leerme el pensamiento. Eso me obliga a expresarme, incluso cuando yo pienso que debería deducir las cosas.

—Es una forma mucho más sana de vivir —dijo Kiera—, en vez de permitir que el resentimiento aumente.

Después de un momento de vacilación, Kiera dijo:

—Uno de estos días deberíamos hablar de mis hermanos. Casi no los mencionas, y debes de tener tus motivos.

Kiera se puso rígida.

—Han seguido su propio camino —dijo—. Pero podemos hablar de eso en otro momento. Yo tengo que ponerme a trabajar ya.

Moira entrecerró los ojos.

—Esa respuesta tan críptica no me satisface, pero esperaré, porque tengo que irme a casa a dar de comer a Kate.

Kiera se quedó mirándolas mientras se alejaban y suspiró. Sus hijos eran un tema que le producía ansiedad. Aquellos recuerdos que tenía Moira de los tres riéndose por la noche, cuando ella llegaba de trabajar, pertenecían a un pasado muy lejano, un pasado que no creía que pudieran revivir.

Capítulo 5

—¿Te importaría sustituirme en la barra durante la comida? —le pidió Luke a Kiera, cuando ella entró en su despacho, justo después de que Moira se marchara con Kate—. Casi no he podido hacer nada del papeleo que tenía que terminar esta mañana.

Kiera asintió.

—Me parece que has tenido un poco de distracción.

—La mejor distracción del mundo. Pero me he retrasado con el trabajo, así que, ¿te importaría echarme una mano?

—Para eso estoy aquí —le dijo ella—. Se me da bien tirar unas cuantas pintas de cerveza y mantener conversaciones cordiales.

—Bueno, pero no lo hagas tan bien como para que todo el mundo empiece a preguntar por ti y a mí me encuentren irrelevante.

—Ya, como si eso fuera posible. Tú tienes el don de saber escuchar y de decir cosas graciosas para alegrar a la gente cuando es necesario. Eres perfecto para tener un pub, Luke. No lo harías mejor si fueras irlandés de nacimiento y te hubieras criado allí.

Él la miró con asombro.

—No podrías haberme hecho un cumplido mejor, Kiera. Cuando nos conocimos en Irlanda, yo no sabía cuál iba a ser mi camino en la vida –dijo.

Aquella sinceridad reveló una inseguridad extraña, sobre todo, para un O'Brien. Kiera se sintió conmovida al ver que él se sentía cómodo con ella, tanto como para hacerle partícipe de sus sentimientos.

–¿Y cómo es eso? Yo creía que todos los miembros de tu familia tenían mucha seguridad en sí mismos.

Luke se echó a reír.

–Eso parece, pero yo era el más pequeño, y no tenía vocación por ninguna profesión en concreto, como los demás. Descubrí lo que quería hacer cuando estuve en Dublín. Cuantos más pubs visitábamos Moira y yo por el campo, más seguro estaba de ello, pero no sabía cómo iba a reaccionar mi familia, en la que todo el mundo alcanza metas muy altas. Me temía que tener un pub aquí en Chesapeake Shores no iba a estar a su altura.

–¿Y a ellos les pareció mal tu elección? –le preguntó ella, con curiosidad.

Sabía que Mick y el hermano de Luke eran arquitectos de fama internacional. Su tío, Thomas O'Brien, dirigía una fundación para la preservación de Chesapeake Bay. Su tía Megan tenía importantes contactos en el mundo del arte, algo que beneficiaba a Moira. Su prima, Bree, era autora teatral, y sus obras se representaban en el pueblo, en Chicago e incluso en Broadway. Todos tenían éxito en sus profesiones. ¿Habrían pensado que las aspiraciones de Luke eran menores que las suyas?

–Al principio, mi padre sí me cuestionó. Pensaba que era un riesgo demasiado grande, pero el tío Mick me apoyó enseguida, como mi abuela. Además, para consternación de mi padre, mostraron su apoyo con toda claridad.

–Me parece lógico –dijo Kiera–. Los pubs son una preciosa tradición irlandesa. ¿No hay más bares parecidos en los Estados Unidos?

—Yo quería que este lugar fuera algo más que un bar. Quería que fuera un punto de reunión para la comunidad —respondió Luke.

Señaló las mesas, que estaban colocadas de modo que facilitaran las conversaciones entre unas y otras. La barra antigua que había importado desde Irlanda tenía sitio para doce personas. Los colores que él había elegido reflejaban la costa y la orilla del mar más de lo que hubiera sido normal en un pub irlandés, pero eran cálidos. También había una pequeña pista de baile delante de una zona donde tocaban bandas irlandesas los fines de semana.

—Bueno, pues a juzgar por lo que dicen tus clientes, lo has conseguido —dijo Kiera—. Has creado un lugar cómodo y acogedor, y es el primer sitio al que acudir si uno quiere enterarse de los cotilleos del pueblo. Eso, si no te has enterado en Sally's a primera hora, claro.

Luke se echó a reír.

—A mí me gusta pensar que algunas noticias se conocen primero aquí, aunque solo sea porque el tío Mick se entera de todo y lo cuenta en mi bar. Aunque O'Brien's sea mi pub, el tío Mick reina en él.

—Bueno, eso también es cierto, sí —dijo Kiera. Se dio cuenta de que se acercaba la hora de abrir, y de que tenían que volver a trabajar—. Será mejor que te pongas a terminar el papeleo. Yo me encargo de la barra.

—Estoy ahí mismo, si me necesitas —le dijo Luke—. También puedes pedirle ayuda a Bryan. Él me ha ayudado varias veces cuando estábamos cortos de personal.

—Intentaré hacerlo de modo que no tenga que molestaros a ninguno de los dos —dijo ella.

Se dio la vuelta y se encontró a Bryan sentado al extremo de la barra, tomando un café.

—¿Tú no deberías estar en la cocina? —le preguntó, con

ligereza, intentando controlar el nerviosismo que sentía de repente. ¿Qué tenía Bryan, que la afectaba tanto? Por supuesto, era un tipo molesto, pero había algo más.

—Kiera —respondió él, en un tono de irritación y acusación—, llevo bastante tiempo dirigiendo la cocina de una manera eficaz. No necesito que tú me digas cómo tengo que hacerlo. Creo que ya te lo había comentado.

Ella se estremeció.

—Más de una vez —respondió ella, con tirantez—. No estaba sugiriendo que tú no sepas lo que estás haciendo.

—¿De verdad? A mí me parece que te has arrogado el papel de ser los ojos y los oídos de Luke cuando él no está presente —dijo él, y entrecerró los ojos al ver que ella se metía detrás de la barra—. Y, ahora, ¿qué? ¿También vas a atender la barra? ¿Es que no te vale con entrometerte en cómo llevo yo la cocina? Toda la semana pasada me has estado haciendo sugerencias cada vez que entrabas por la puerta de la cocina.

Ella dejó de contar los vasos y lo miró con horror.

—¿Acaso estás diciendo que me meto donde no me llaman? No sé lo que esperabas, Bryan. Luke me dijo que te molestaba que no dijera las cosas. Ahora, resulta que hablo demasiado. Vas a tener que perdonarme, pero no sé cómo hacer que funcionen las cosas contigo.

Bryan puso una cara que parecía de culpabilidad, pero ella no lo conocía lo suficiente como para estar segura.

—Yo solo hago lo que me ha pedido mi yerno —le recordó—. Si eso te molesta, habla con él.

—Ya lo he hecho.

Kiera se quedó atónita con aquella respuesta.

—¿Has intentado boicotearme? ¿Por qué? ¿Es que quieres que me despidan antes de haber empezado a trabajar?

Entonces, la expresión de culpabilidad se reflejó en su semblante con toda claridad.

–No, por supuesto que no. Tu puesto aquí no está en tela de juicio. Luke y Moira quieren que estés aquí, y es lo único que yo necesito saber.

–Entonces, ¿qué ocurre?

–Solo he intentado enterarme de qué autoridad tienes tú sobre lo que hago yo.

–Entonces, ¿es una cuestión de autoridad? ¿Es algo personal contra mí, o es que te molesta escuchar lo que tienen que decir las mujeres? No, eso no puede ser, porque no te molesta tratar con Nell ni con Moira. Entonces, debo de ser yo. ¿Te pongo nervioso porque me acerco demasiado a la verdad y doy en el clavo de alguna de tus inseguridades al cocinar?

Bryan se quedó consternado con aquella conclusión, pero ella no estaba de humor para sentirse reconfortada por ello. Si él había perdido la paciencia, ella, también.

–No, Kiera. Mira, lo siento. He tenido una mala mañana, y no tiene nada que ver contigo. Esperaba algo que no ha salido bien. No hay ningún motivo para que desahogue mi malhumor contigo. Lo que ocurre es que has aparecido justo cuando había terminado la conversación telefónica.

Por su tono de voz, ella se dio cuenta de que aquella llamada le había afectado de verdad. Además, su disculpa había sido sincera. Y, además, tenía una mirada de desesperación.

Kiera dejó lo que estaba haciendo, tomó su taza de café y se la rellenó. Después, lo miró a los ojos.

–¿Quieres que hablemos de lo que te agobia? Yo no soy Luke, pero se me da bien escuchar, y luego no cuento nada.

Él sonrió apagadamente.

–Hablas como un verdadero camarero irlandés.

–Con sinceridad –dijo ella–. No podemos decir que seamos amigos, pero quiero ayudarte, si puedo.

—Te lo agradezco, pero no puedes hacer nada. Se trata de algo que, casi con toda seguridad, no voy a poder resolver. Uno de estos días voy a tener que aceptarlo.

La resignación con la que hablaba le recordó a Kiera todas las veces que ella había tenido la tentación de abandonar. En algunas ocasiones, había sido su propia fuerza la que la había ayudado a continuar, pero, en otras, había sido un apoyo de otra persona. Y ella quería ofrecérselo a él.

—Si es importante, no puedes dejar de intentarlo, por muchas vías muertas que encuentres.

Recordó como su padre había tratado de llegar a ella una y otra vez, aunque ella hubiera hecho lo imposible por rechazarlo. Y, por muy alejados que estuvieran, ella sabía que, si lo necesitaba de verdad, él estaría allí. Se lo había demostrado con todo lo que había hecho para que Moira fuera a Chesapeake Shores, en el momento en que necesitaba un verdadero cambio en su vida.

Miró a Bryan, y dijo con seriedad:

—Lo que tendrá valor algún día será que lo hayas intentado.

Él suspiró.

—Quiero creer eso, de verdad —dijo. Tomó la taza de café y se fue a la cocina—. Gracias por esto, y por el consejo.

Kiera lo vio alejarse, y notó que sus sentimientos cambiaban. Bryan Laramie era mucho más complicado de lo que ella pensaba. Y, a pesar de que se sentía muy alarmada por ello, no podía evitar sentir curiosidad por él.

Siempre había un periodo de descanso entre la comida y la cena en el pub. Los empleados cambiaban de turno en ese momento; los estudiantes de universidad que trabajaban media jornada se marchaban a clase, y aparecía el personal del turno de noche.

Normalmente, durante esas horas, Kiera solo quería sentarse, tomar una taza de té y no hablar con nadie. Aquel día, sin embargo, decidió que quería intentar llegar al fondo del problema de Bryan. Entró en la cocina y se la encontró impecablemente limpia, y vacía. Como la puerta trasera estaba abierta, ella se asomó a mirar por el callejón que había detrás del edificio. Bryan tampoco estaba allí. No era propio de él marcharse y dejar la cocina abierta de aquel modo, y Kiera se preocupó. También pensó, un poco molesta, que no debería haber sido tan descuidado.

Cerró la puerta, echó la llave y volvió al salón. Se sentó en una mesa con su té y con un libro. Sin embargo, no podía dejar de mirar a la calle. No parecía que Bryan tuviera prisa por volver.

Llevaba media hora, o más, observando el exterior, cuando Luke se acercó a ella.

—¿Va todo bien? —le preguntó.

—Sí, bien. A la hora de comer todo ha salido perfectamente. ¿Vas a necesitar que atienda la barra también por la noche?

—No, puedo hacerlo yo. Paul ha llamado diciendo que no podía venir, así que necesito que ayudes con el servicio de mesa.

Ella entrecerró los ojos.

—Es la tercera vez esta semana que no puede venir.

—Los exámenes finales están a la vuelta de la esquina, y creo que tiene mucha presión con las notas. Sus padres esperan mucho de él. Es el primero de la familia que puede ir a la universidad, y no quiere decepcionarles.

—Pero también tiene una responsabilidad hacia ti —dijo Kiera—. Eso también es importante.

—Le he dicho que sus notas son lo más importante en

este momento. Y tú estás aquí para echar una mano, también.

Ella asintió, y aceptó su decisión y su generosidad. No podía decirle que estaba disculpando demasiado a su empleado. Si Paul se estaba aprovechando de la bondad de Luke, Luke se daría cuenta muy pronto.

—Por supuesto que sí —dijo.

Luke la observó atentamente.

—¿Hay algo más?

—No, no, nada —respondió ella y, sin darse cuenta, volvió a mirar hacia la calle.

—Si te estás preguntando dónde está Bryan, le he enviado a hacer un recado, tal y como hago todos los días a estas horas.

—El paradero de Bryan no es cosa mía —dijo ella.

—Puede que no, pero sospecho que no dejas de preguntarte dónde está. A estas horas llegan los pescadores, y Bryan ha ido a ver si puede comprar pescado fresco para la cena de esta noche. Lo comprará si le gusta lo que ve.

—Ah —dijo ella.

Justo en aquel momento, alguien llamó a la puerta trasera con tanta fuerza que los sobresaltó. Acto seguido, se oyó una retahíla de obscenidades. Luke se echó a reír.

—Has cerrado la puerta de la cocina, ¿verdad?

—Creí que tenía que estar cerrada si no había nadie para vigilar —respondió ella, a la defensiva—. Voy a abrirle.

—Quédate aquí, creo que es mejor que vaya yo —dijo Luke, sonriendo—. Me parece que no te iba a gustar cruzarte en su camino en estos momentos.

—Será un placer —dijo ella.

Ya habían tenido demasiados desencuentros, y Kiera no tenía ganas de averiguar dónde podía llevarles otro más. Ciertamente, no sería hacia la paz y la armonía que Luke quería que reinara entre su personal.

El día había ido de mal en peor. Bryan había recibido una llamada de su detective privado, que le había dicho que habían llegado otra vez a un punto muerto. Él ya debería estar acostumbrado a aquellas decepciones, después de diecinueve años de investigación. Sin embargo, cada una de aquellas llamadas era como una cuchillada en el corazón.

Además, había tenido aquella extraña conversación con Kiera; el hecho de que ella le ofreciera apoyo había sido extraño para él. Hacía tanto tiempo que no podía apoyarse en nadie, que no tenía ni idea de cómo hacerlo.

Y, entonces, justo cuando estaba empezando a calmarse después de una mañana tan dura, Kiera le había cerrado la puerta del pub, y lo había dejado en el callejón cargado de cubos llenos de pescado y hielo. Él se había puesto de muy mal humor otra vez y, de nuevo, ella era la causa.

Eso le había dejado alterado y distraído para todo el día. Le había echado demasiada sal al estofado irlandés y había quemado una freidora entera de pescado con patatas, hasta que la cocina se había llenado de humo. Por suerte, se había dado cuenta antes de que saltara la alarma antiincendios y había abierto la puerta de par en par, para que la brisa de la primavera pudiera llevarse el olor a comida quemada.

—¿Estabas intentando quemar el edificio? —le preguntó Kiera, desde la puerta que comunicaba la cocina con el pub, con las manos en las caderas curvilíneas y su acostumbrada actitud de superioridad.

—Sal de mi cocina —le ordenó él, con brusquedad, para dejar claro que aquel era su territorio. Por supuesto, ella no se dio por aludida.

—Ah, así que es tu cocina, ¿eh? —le preguntó—. Pues yo creía que la cocina, como el resto del pub, era de mi yerno.

—Puede ser, pero este es mi dominio, y no quiero que estés metiendo las narices aquí constantemente. Sé lo que hago.

—Sí, se nota por el humo que hay en el aire.

—¿Tú nunca cometes errores, Kiera?

—Por supuesto, muchísimos. Pero nunca un error que pueda hacer huir a los clientes de los que depende mi sueldo.

—No es eso lo que tengo entendido —murmuró Bryan, y le dio la espalda a aquella mujer, que se estaba convirtiendo en una pesadilla para él. Hacía que se preguntara por qué había dejado de trabajar en aquel deli de Baltimore, donde era el maestro de la sopa de Matzo y de los sándwiches de pastrami. Aunque a la hora de la comida resultaba agobiante la cantidad de clientes que pedían la comida con impaciencia, el nivel de nerviosismo era mucho menor que el que padecía en O'Brien's desde que había llegado Kiera.

—¿Les digo a los clientes que esta noche no hay pescado con patatas fritas? —preguntó ella, dulcemente.

—No, no les digas eso. Diles que tendrán su pescado y sus patatas perfectamente cocinadas por el chef. Y, ahora, vete para que pueda hacerlo.

—Si puedes, claro —respondió ella, con sarcasmo—. ¿Y no quieres que me haga cargo del estofado irlandés, ya que el tuyo está un poco salado esta noche? Es una de las especialidades de mi familia desde hace muchos años.

—Vete, Kiera.

Bryan apretó los dientes cuando ella se marchó, cambió el aceite de la freidora y comenzó de nuevo. Se estremeció al ver que Luke había sustituido a Kiera en la puerta de la cocina.

–¿Una mala noche? –le preguntó Luke, con una sonrisa.

–Unas cuantas malas semanas –respondió Bryan, que no sintió la necesidad de controlarse. Luke sabía tan bien como él que Kiera había provocado un caos desde su llegada. Se había tomado demasiado en serio su papel de asesora y había puesto en tela de juicio todo lo que se hacía en O'Brien's. Él mismo la había visto interrogar a los empleados y hacer cambios en la colocación de las mesas que, en su opinión, ya funcionaba a las mil maravillas. Cuando la había sorprendido en la despensa, recolocando las cosas, la había echado de allí. Aunque Luke estuviera dispuesto a aguantar las críticas por el bien de la armonía familia, él no tenía por qué hacerlo.

–Bryan, ya hemos hablado de esto. Ella está intentando encontrar su lugar aquí –le recordó Luke–. Es una mujer orgullosa que quiere ganarse el poco dinero que se le está pagando. Y no es fácil estar en un país nuevo. Además, acaba de perder al hombre del que estaba enamorada.

Bryan suspiró.

–Moira me lo ha dicho muchas veces y, aunque entiendo vuestra situación, no estoy seguro de si puedo aguantarla más –respondió Bryan, mirándolo a los ojos–. Y, antes de que me lo preguntes, no sé por qué me molesta tanto. Debería ignorar sus comentarios, cosa que siempre he querido hacer. Esta misma mañana parecía que habíamos llegado a un punto de entendimiento, pero, antes de que yo pudiera darme cuenta, ya estaba diciendo o haciendo algo que provoca la pelea.

–Sé perfectamente que no se trata solo del hecho de que no te guste que te digan lo que tienes que hacer – dijo Luke–. Cuando mi abuela estaba dándote las clases de cocina, te pedía que repitieras cien veces las mismas recetas irlandesas hasta que se quedaba satisfecha, y tú no dijiste ni una sola palabra más alta que la otra, ni te quejaste una sola vez. Por favor, vuelve a tener la misma paciencia, por el bien de Kiera.

—Es cierto que Nell era una profesora severa, pero es un angelito en comparación con Kiera Malone. Y lo mismo podría decirse de Moira.

Luke abrió unos ojos como platos.

—¿Te parece que Kiera es más exasperante que Moira?

—Un mil por ciento más.

—¿De verdad? Bueno, es que tú no conociste a Moira cuando la conocí yo. Digamos que resultó todo un desafío para mí —dijo Luke, y observó atentamente a Bryan—. Algo parecido a lo que pasa con Kiera y contigo —añadió, y sonrió como si se hubiera confirmado alguna teoría suya—. Esto va a ser muy interesante.

Bryan lo miró con desconfianza.

—¿No le vas a decir que se controle?

Luke se echó a reír.

—Le he dicho que la cocina es tu terreno. ¿Qué más puedo hacer? —preguntó, con inocencia.

—Recuérdale que este es tu pub, y que ella no es la jefa, por lo menos, que no es mi jefa.

—Se lo comentaré, pero es una mujer muy tozuda.

—Vaya, parece que te está gustando este enfrentamiento, ¿no?

—Un poco —respondió Luke—. Siempre y cuando no afecte al buen funcionamiento del pub, voy a disfrutar de esto tanto como mi familia disfrutó al ver que Moira me ponía frenético.

—No es lo mismo. Ellos pensaban que tú necesitabas a alguien con quien compartir la vida. Yo no quiero tal cosa.

—Yo tampoco lo quería, pero ahí estaba Moira. Y, tal y como mi abuela me recordaba con gran deleite, uno no puede elegir cuándo le llega el amor.

Bryan lo miró con espanto.

–¿Amor? Eso no es lo que está pasando entre Kiera Malone y yo.

Luke se echó a reír.

–Yo creo que sí. Hay una química que va a explotar un día de estos.

–Pues reza para que el pub no salte por los aires –replicó Bryan.

Su jefe se alejó, y Bryan tuvo la sensación de que estaba condenado. Aquel deli de Baltimore cada vez le parecía mejor y mejor.

Capítulo 6

Después de su última discusión, Kiera evitó cruzarse con Bryan. Obviamente, le hablaba cuando tenía que hacerle llegar las peticiones de los clientes, pero ambos mostraban cortesía. Y ella debería sentirse agradecida, pero aquello le estaba alterando los nervios, tanto como sus desencuentros. Sabía muy bien cómo enfrentarse a un mal genio, pero aquella amabilidad tan tirante era otra cosa distinta.

—Parece que Bryan y tú habéis hecho las paces —le comentó Moira, una noche, cuando empezaba a marcharse la gente—. Esta semana no he oído comentarios sarcásticos ni respuestas malhumoradas. ¿Cómo es eso?

Kiera se encogió de hombros.

—Supongo que los dos lo estamos intentando con más ahínco. Luke me ha dicho repetidas veces que quiere paz y armonía entre el personal. Yo estoy intentando hacer mi parte, y debe de ser que Bryan también, aunque no parece que le esté resultando fácil. Corta sus frases a la mitad, cuando los dos sabemos que quiere decirme lo que piensa y ponerme en mi sitio.

Moira la miró con curiosidad.

—Pues no parece que te agrade que esté haciendo ese esfuerzo.

Kiera vaciló.

—Es que no es natural —reconoció—. ¿Acaso Luke le ha pedido que se comporte bien conmigo porque soy tu madre?

—Lo dudo. ¿Te ha dado a ti instrucciones para que seas más suave con Bryan?

—Me ha dicho una y otra vez que Bryan es muy valioso como cocinero y que tenemos que encontrar la forma de llevarnos bien. Yo me lo he tomado bien en serio, aunque creo que O'Brien es demasiado terco como para hacerle caso.

Moira sonrió.

—Bueno, sea como sea, los dos estáis haciendo lo que quería Luke.

—No exactamente. Lo que estamos haciendo es ser demasiado amables y evitarnos siempre que es posible. Eso no es lo mismo que trabajar de verdad en equipo.

Su hija contuvo la sonrisa.

—¿Y es eso lo que te altera? ¿Tienes alguna idea de por qué?

—Ya te lo he dicho. No actuamos con naturalidad.

—¿Y los enfrentamientos te parecían mejor?

—No, claro que no. ¿Quién quiere estar discutiendo día y noche por nimiedades?

Moira se echó a reír.

—¿Sabes lo que me han contado mis hermanos de cuando papá todavía estaba en casa?

Kiera se quedó asombrada por aquella mención a Sean Malone. Moira sabía perfectamente que a ella no le gustaba hablar del pasado ni de su marido.

—¿Vosotros tres hablabais de eso?

—Claro. Yo tenía curiosidad por saber del hombre a quien no llegué a conocer, y tú no querías responder a mis preguntas. Siempre te ponías triste o te enfadabas, así que dejé de preguntarte a ti y empecé a preguntarles a ellos.

Kiera debería haberse dado cuenta de que, lógicamente, su hija tendría curiosidad por el padre que la había abandonado, y de que iba a conseguir las respuestas de quien fuera.

—¿Y qué te dijeron tus hermanos? Aunque no sé si puedes fiarte mucho de ellos, porque también eran muy pequeños.

—Lo suficientemente mayores como para acordarse de que, antes de que papá perdiera el control de la bebida, vosotros discutíais noche y día.

—¿Y lo recuerdan como un tiempo feliz? —preguntó Kiera, con incredulidad.

—Dijeron que siempre había afecto, aunque discutierais, y que os reconciliabais con un beso.

Kiera suspiró. Aquello era cierto y, seguramente, los niños eran demasiado pequeños como para darse cuenta de que la dinámica entre sus padres era demasiado tormentosa.

—¿Es cierto que siempre os reconciliabais con un beso? —preguntó Moira.

—Hasta que dejamos de hacerlo —dijo Kiera.

—Ellos notaron el cambio —dijo Moira, y Kiera volvió a sorprenderse—. Dijeron que a vosotros se os olvidó arreglar los problemas y que ya solo os importaba discutir.

Era un buen resumen de lo que había ocurrido. Sin embargo, no estaba muy segura de qué era lo que quería decir su hija con todo aquello.

—¿Estás intentando comparar aquellos días con lo que sucede entre Bryan y yo? Pues te equivocas.

—He visto lo apasionadas que son tus discusiones con Bryan.

—No son de naturaleza personal. Es porque a mí me importa hacer bien mi trabajo. Lo mejor que pueda, por Luke y por el pub.

—Estoy segura de que hay gran parte de eso, pero hay

más cosas también. Hay química. Al principio, eso no me gustó. Se lo dije a Luke. Me parecía que era irrespetuoso hacia Peter, pero ahora tengo que reconocer que te ha dado mucha vida. Tienes una chispa en los ojos, y las mejillas con muy buen color. Y esto es lo que quiero para ti. Quiero que sigas viviendo.

–¿Y crees que mis peleas con Bryan Laramie acerca del estofado y el pescado frito son la clave para que lo consiga?

–Puede ser. Tú no tienes prisa con él, ni con ningún otro. Solo tienes que tener la mente abierta, tal y como estoy intentando hacer yo.

–Moira, cariño, me encanta que quieras verme feliz, pero la solución para eso no es que tenga una aventura con un hombre que me pone de los nervios. Lo único que veo cuando miro a Bryan es el deseo de transmitirle un poco de sentido común.

Moira se echó a reír.

–Exacto.

–Tienes una idea extraña de cómo deberían funcionar las relaciones –dijo Kiera–. Supongo que la culpa es mía, porque no te di buen ejemplo. Tu padre se había marchado hacía mucho tiempo y yo no volví a permitir que se acercara ningún otro hombre hasta que tú me empujaste hacia Peter. Él era otra cosa. Era bueno, respetuoso, sólido... El hombre que hubiera podido darme lo que nunca tuve en la vida.

–Pero... ¿te habrías conformado con eso?

–No era eso –respondió Kiera, con indignación–. Estaba muy cerca de la felicidad. ¿Por qué has dicho eso? Tu abuelo y tú pensabais que Peter era perfecto para mí. ¿Y ahora lo cuestionas?

–Sí, ya lo sé, yo misma me he quedado sorprendida. Es que lo has descrito como si solo fuera un hombre reconfortante.

−¿Y qué tiene eso de malo? A mi edad, y con el pasado que tengo con tu padre, un hombre que pueda reconfortarme es muy atractivo para mí.

−Hace algunos meses habría estado de acuerdo contigo, pero ahora veo que eso significa que has renunciado a la pasión, como una mujer que elige unos zapatos que no le hagan daño antes que unos que hagan que se sienta sexy y femenina.

−Bueno, puede que esté en ese punto de mi vida.

−No, no lo creo. He visto la diferencia cuando estás con Bryan. No me gusta decirlo, porque eres mi madre, pero me recordáis a Luke y a mí. Hay mucho calor y electricidad cuando estáis en la misma habitación.

A Kiera le daba un poco de miedo oír a su hija pintando una situación romántica. Tenía que acabar con las especulaciones y los intentos de emparejamiento que pudieran producirse.

−Si ves chispas, es solo porque es exasperante.

Moira no se dejó convencer.

−Y solo con decirlo, estás más animada que nunca −respondió Moira. Después, bajó del taburete de la barra y le dio un beso a su madre−. Ya tienes algo en lo que pensar.

Sí, iba a pensar en ello. Pero solo lo suficiente como para preguntarse si su hija había perdido por completo el juicio.

Al día siguiente de aquella desconcertante conversación con su hija, Kiera recibió el permiso de trabajo de seis meses. Casi hubiera deseado que se lo denegaran para poder volver a Irlanda, a un entorno familiar que le proporcionaba calma. Sin embargo, eso no iba a suceder; además, lo cierto era que quería pasar un poco más de tiempo en Chesapeake Shores, con los O'Brien.

Una de las cosas que iba a tener que hacer era sentarse con Luke para concretar su puesto en el pub. Otra, buscar una casa para ella sola, ahora que su futuro estaba decidido para los siguientes meses.

Luke y Moira le habían asegurado que estaban muy contentos de tenerla en casa, pero a ella le parecía que estaba de más. Por otro lado, después de la conversación de la noche anterior con Moira, no quería que su hija estuviera analizando todos sus movimientos.

Al día siguiente, en Sally's, decidió que iba a abordar el asunto sin darle a Moira la oportunidad de que la disuadiera.

—Tengo que buscar una casa —le dijo a Susie O'Brien Franklin, la hermana de Luke. Susie había superado un cáncer de ovarios y, después, su marido y ella habían adoptado a una niña casi recién nacida. Susie era agente inmobiliario y conocía todas las propiedades disponibles que había en Chesapeake Shores.

Como era de esperar, Moira la miró con consternación.

—Mamá, ya te he dicho que Luke y yo estamos encantados de que vivas con nosotros —protestó—. Tu permiso de trabajo solo es para seis meses. ¿Para qué te vas a mudar? Es muy poco tiempo. Casi no has tenido tiempo de instalarte. No necesitas buscar una casa hasta que decidas si vas a quedarte indefinidamente.

—Tu abuelo me ha dicho lo mismo —respondió Kiera, con paciencia—. Nell y él me han invitado a que me quede en su casa. Esto es lo mejor, porque yo no quiero estar por medio. Después de que tus hermanos y tú os fuerais de casa, me acostumbré a tener mi propio espacio y a no tener que darle cuentas a nadie.

—Y yo conozco el lugar perfecto —dijo Susie, antes de que Moira pudiera dar más argumentos en contra de la decisión de su madre—. Justamente ayer, el tío Mick terminó la reforma de una cabaña pequeña que está en una parcela con vistas a la bahía. Está completamente amueblada. La dueña ha tenido que irse a una residencia porque ya no podía mantener la propiedad, así que va a alquilar la casa principal y la cabaña, que es la casa de invitados, para cubrir sus costes.

—La casa de Lilac Lane —dijo Bree O'Brien Collins, con los ojos muy brillantes—. Jake siempre se ocupaba del mantenimiento del jardín. Todavía sigue haciendo la mayor parte, pero ahora…

Estaba a punto de decir algo más, pero Susie le clavó una mirada que la dejó callada. Fuera cual fuera el mensaje que se transmitieron las dos mujeres, Bree tartamudeó ligeramente antes de añadir:

—No hay ningún sitio en el pueblo donde haya unas lilas más bonitas en esta época del año.

—Suena muy bien —dijo Kiera, dejando que pasara aquel momento embarazoso—. Me encanta el olor de las lilas en el aire de la primavera.

—Si te apetece, Kiera, vamos a verla —le dijo Susie—. En Chesapeake Shores, las casas de alquiler nunca duran mucho. Lo mejor sería que la alquilaras enseguida. Voy a buscar la llave a la oficina y te llevo.

—Kate y yo también vamos —dijo Moira—. No quiero que mi madre tome una decisión apresurada solo porque piense que está molestando.

Kiera puso los ojos en blanco con resignación, pero accedió a que su hija y su nieta la acompañaran a inspeccionar la cabaña.

Media hora más tarde, Kiera se quedó encantada con la casita. Las habitaciones estaban recién pintadas e inundadas de luz natural, el suelo era de tarima de madera nueva y el olor de las lilas lo impregnaba todo. Su hija puso objeciones al tamaño, pero a Kiera le pareció perfecta para sus necesidades. Le recordaba a las pintorescas cabañas que había en la costa irlandesa y, tal y como le había dicho Susie, desde la casa se veía el mar. Seguramente, las vistas serían mucho mejores desde la casa principal, pero, para ella, era más que suficiente.

—Es perfecta —dijo, con deleite.

El alquiler también fue una agradable sorpresa, y podría hacerle frente con el sueldo que le había puesto Luke en el pub, una vez que había obtenido el permiso de trabajo. La noche anterior, su yerno le había pagado la primera nómina. En aquella situación no había nada que a ella le pareciera un obstáculo. Hasta que salió al jardín y vio a Bryan Laramie caminando por el césped con cara de pocos amigos.

—¿Qué es esto? —preguntó.

Susie ignoró su brusquedad y sonrió.

—He encontrado una inquilina para la cabaña —le dijo, alegremente—. Kiera y tú vais a ser vecinos. ¿A que es perfecto? Así podréis ir juntos al trabajo.

No pareció que a Bryan le gustara la idea mucho más que a ella. Kiera se giró hacia su hija.

—¿Tú lo sabías? —le preguntó.

—Mamá, esto sería una artimaña demasiado grande incluso para mí —dijo Moira, aunque estaba fingiendo un tono de inocencia y conteniendo la risa.

—¿Y tú? —le preguntó Kiera a Susie—. ¿Es este el motivo por el que has mandado callar a Bree en Sally's? ¿Acaso ella estaba a punto de mencionar quién iba a ser mi nuevo vecino?

—Yo me limito a alquilar casas, nada más —dijo Susie, aunque su sonrisa también la delataba a ella.

Claramente, aquella era una de las conspiraciones de los O'Brien, de las que ella había oído tanto hablar. Parecía que Moira había visto llegar aquel día y lo había preparado todo con Susie. No le sorprendería que su hija hubiera elegido los colores, puesto que eran los preferidos de su madre.

Si no se hubiera enamorado a primera vista de la cabaña, no habría accedido a alquilarla. Sin embargo, al ver la cara de enfado de Bryan, acabó por decidirse. No estaba dispuesta a permitir que su expresión o los tejemanejes de Susie y de su hija la amedrentaran. Además, la perspectiva de incomodar a Bryan le resultaba divertida. Y, si había otros motivos por los que estaba pensando en hacerse bien visible para él... bueno, mejor no pensar demasiado en eso.

Bryan recorrió la calle de su casa, Lilac Lane, aún furioso por el descubrimiento de que su nueva vecina era Kiera Malone. Se había mudado el día anterior. La había visto llevar unas pocas maletas a la casita, y había tenido que reprimirse para no ofrecerle su ayuda. Sabía que ella iba a tomárselo como un insulto. Aquella mujer era tan celosa de su independencia que, seguramente, habría rechazado con desdén su ofrecimiento.

Aquella mañana, al tomar una curva, aquella misma mujer apareció de la nada entre la bruma matutina y, con una maldición entre los labios, él pisó el freno.

—¿Es que quieres matarte? —le preguntó, con el corazón en la garganta—. Hay que ser idiota para cruzar así la carretera cuando no hay visibilidad.

—Esto no es una carretera, ¿no? Es una calle privada. Tú eres la única persona que vive en esta propiedad que tenga coche.

—Entonces, ¿has pensado en probar suerte conmigo? ¿No se te ha ocurrido pensar que puedo ser un conductor peligroso, después de todos los encontronazos que hemos tenido en el pub?

Ella se encogió de hombros.

—Mi hija Moira piensa que eres un caballero, y Luke te pone por las nubes. Aunque yo tengo una opinión menos entusiasta, no creo que seas más peligroso al volante que en la cocina.

—En donde tú piensas que dejo mucho que desear —le recordó él. Después, suspiró—. ¿Quieres que te lleve?

—¿Que me lleve un hombre tan peligroso como tú?

—Te prometo que intentaré que los dos lleguemos al pub de una pieza.

—Entonces, sería grosero rechazar el ofrecimiento.

Se sentó en el asiento del acompañante con gracia, y sus movimientos dejaron al descubierto la piel blanca de su pierna, justo por encima de la rodilla. A Bryan le costó apartar la mirada hasta que se acordó de que era Kiera Malone, la suegra de su jefe, y una mujer que había convertido su existencia en un caos. Tenía que reprimir aquellos pensamientos tan inapropiados.

—Kiera, ¿crees que es posible que alcancemos una tregua? —le preguntó, en un tono más quejumbroso del que hubiera querido. Se había enterado de que le habían concedido el permiso de trabajo, así que tenía que encontrar la forma de llevarse bien con ella.

—¿Acaso estábamos en guerra? —preguntó ella, con sarcasmo.

—No exactamente, pero parece que tenemos opiniones diferentes en todo. Por el amor de Dios, has intentado, incluso, recolocar las especias de la despensa del pub. Y te he pillado moviendo las cacerolas y las sartenes.

—Me pareció que era más eficiente —le dijo ella—. Si te hubieras dignado a mirarlo, seguramente te habrías dado cuenta.

—A mí me funciona perfectamente tal y como está todo —dijo él, aunque terminó por mover la mano para acabar con aquella discusión.

—Kiera, estoy seguro de que podemos llegar a un entendimiento. Por ejemplo, a los dos nos cae bien tu hija, y yo, por lo menos, respeto mucho a Luke. Dudo que te tuviera trabajando en el pub si no creyera que puedes mejorar el ambiente. Es obvio que tienes mucha experiencia de trabajo en pubs de Irlanda, experiencia que yo no tengo. Tu padre y Nell, gente a la que admiro, también están de tu lado. ¿No podría ser ese nuestro punto de partida, la gente a la que tenemos en común?

Ella lo observó con los ojos entrecerrados.

–¿Tiene mucha importancia para ti que nos llevemos bien? Solo voy a estar aquí unos meses. Después, te librarás de mí y podrás volver a hacer las cosas a tu manera, aunque te equivoques casi siempre.

Bryan terminó poniéndose furioso.

–¿Tú crees? Pues le haré llegar tu opinión a Nell, ya que hago las recetas exactamente como ella me las enseñó.

–¿De veras? ¿Y la carta? ¿Puso ella la sopa de cangrejo en la carta? Eso es algo que no vas a encontrar en ningún pub irlandés.

–Fue una concesión para los turistas que visitan Chesapeake Shores, y fue introducida en la carta con su total aprobación. Como los cangrejos al vapor y las ostras, en temporada.

–¿Y esas cosas tan raras con queso? ¿También las sugirió ella?

–¿Te refieres a las quesadillas de cangrejo?

Kiera asintió.

Bryan se quedó callado. Nell había accedido a hacer aquel experimento, pero había despotricado diciendo que ningún pub de Dublín lo tendría en la carta. Después de probarlas, había accedido, porque le habían gustado, pero había hecho una sugerencia cautelosamente:

–Pero ponedlas solo de vez en cuando, como plato especial del día. A menos que la demanda popular dicte otra cosa.

La demanda popular las había puesto en el primer

puesto de los platos del pub, y Bryan estaba orgulloso de ello. Miró a Kiera, y dijo:

–No veo ningún motivo por el que la comida tradicional irlandesa no pueda mezclarse con los platos locales. Hace que el pub sea único.

–Pues yo creo que una carta de platos irlandeses, la oferta de cervezas y la música son más que suficientes en el pub –replicó ella–. ¿Hay algún otro restaurante cerca que yo no haya visto? En Irlanda hay un pub en cada esquina, y no tienen necesidad de apartarse de lo tradicional. Lo que atrae a la gente es que cada uno tiene un ambiente único y una clientela particular.

–Sí, de una población mucho más amplia –replicó Bryan–. Aunque no te lo creas, Luke y yo hemos convertido este pub en un éxito, con la ayuda de Moira y Nell.

Ella palideció.

–Entonces, yo no soy necesaria en absoluto, ¿no?

Él vio que se le reflejaba el dolor en la mirada, y se sintió muy culpable. Sabía que Luke, Moira, Dillon y Nell querían que se sintiera bien y que encontrara un hogar permanente en Chesapeake Shores. Y su puesto de trabajo en el pub era una pieza esencial en ese plan.

–No, no quería decir eso –respondió–. Lo que quiero decir es que no hay necesidad de cambiar todo lo que ves. Seguro que tú tienes ideas muy innovadoras que nos ayudarán a ser más auténticos y a tener aún más éxito. Pero, tal vez, pudieras escribirlas en un papel y pudiéramos hablar de ellas antes de abrir, algún día. No cuando esté en mitad de la hora punta y de un humor de perros.

Ella se quedó asombrada.

–¿De verdad estarías dispuesto a escuchar mis ideas?

–Claro. ¿Por qué no? Yo estoy tan dispuesto a probar cosas nuevas como cualquiera.

Hubo un tiempo en el que él había deseado hacer sus propios cambios. Había salido de la escuela de cocina con ganas de crear un sello propio. Quería impresionar a los críticos gastronómicos y conquistar a sus clientes. Sin embargo, había perdido el entusiasmo por el camino. Podía señalar el momento exacto, pero ya había dejado de obsesionarse con el motivo.

Miró a Kiera y se dio cuenta de que ella lo estaba observando con atención, con una expresión de escepticismo. Por fin, Kiera asintió.

–Bueno, acepto tu palabra –dijo–. Y, tal vez, podamos empezar la tregua que has propuesto.

Bryan dejó el coche en el aparcamiento que había detrás del pub, apagó el motor y se giró hacia ella. Se sorprendió, porque Kiera tenía una chispa en la mirada. Esa chispa hacía que sus ojos parecieran zafiros, pero Bryan se apartó de la cabeza aquel pensamiento repentino e inapropiado. Ya había llegado a la conclusión de que debía evitar esas digresiones.

No iba a fijarse en los ojos brillantes de Kiera Malone, ni en sus caderas exuberantes, ni en la blancura de su piel. No podía pensar en ella como mujer, se recordó.

Porque, según su experiencia, lo único que conseguían las mujeres era volver locos a los hombres y romperles el corazón. Él ya lo había sufrido para toda una vida. De hecho, habían pasado muchos años y todavía no había conseguido recuperarse.

Capítulo 7

Deanna Lane estaba en la consulta del centro de salud del campus de la Universidad de Virginia, apretando los puños. Llevaba una semana sintiéndose mal. Tenía muy pocas energías, y casi no era capaz de levantarse de la cama por las mañanas.

Los exámenes finales eran dentro de una semana y el semestre iba a terminar ya, así que, en otras circunstancias, habría esperado y habría ido a la consulta de su médico de familia, que estaba en Richmond, pero temía que la enfermedad de la que se hubiera contagiado le impidiera estudiar y sacar buenas notas. Su compañera de piso se había fijado en su palidez y falta de energía y le había preguntado si estaba embarazada, pero eso era imposible. Estaba saliendo con un chico, pero no tan en serio como para que hubiera posibilidades de eso.

En sus cursos de preparación para la carrera de Medicina había aprendido lo justo para tener terror a estar padeciendo alguna enfermedad sanguínea o un cáncer. Ese era el peligro de esos cursos, según le habían dicho. Podían convertir a cualquier estudiante en un hipocondríaco. Tenía que ser eso: que su imaginación se había desbordado. La explicación más lógica era que padecía una mononucleosis. O un caso de gripe ligera.

Cuando la doctora Robbins, que no solo era uno de los médicos, sino también profesora y tutora de Deanna, entró en la habitación, su expresión no delataba nada.

—Bueno, y ¿cuál es el veredicto? —preguntó Deanna—. ¿Cuál es el resultado de los análisis?

—Que estás perfectamente bien —dijo la médica, sonriendo—. Deanna, los resultados del análisis de sangre son completamente normales.

Aquella respuesta tenía que haberla reconfortado, pero quería respuestas. Necesitaba soluciones.

—¿Y no se pueden hacer otros análisis de otro tipo?

—Sinceramente, no me parece necesario.

—Entonces, ¿por qué me siento tan cansada? ¿Es que estoy deprimida?

La doctora Robbins contuvo la sonrisa.

—¿Crees que estás deprimida?

—No, pero debe de haber alguna explicación. Ha buscado la mononucleosis, ¿no?

—Eres estudiante de universidad. Claro que sí —respondió la médica pacientemente—. Aunque este año no he visto ningún caso en el campus.

—Ayúdeme. Tengo que saber qué me pasa y arreglarlo.

—Está bien —dijo la doctora Robbins—. Aunque no encuentro nada en tus análisis, tengo la impresión de que estás quedándote hasta muy tarde a estudiar, que tienes pánico a los exámenes finales y que ya estás pensando en ese puesto para el verano que vas a ocupar en la empresa de tu padrastro.

Todo eso tenía sentido, pero Deanna no estaba completamente convencida.

—No puede ser que todo esté en mi cabeza, doctora Robbins. No puede ser.

—Los síntomas son reales —dijo la médica—, pero desaparecerán en cuanto descanses y termines los exámenes. Algún día entenderás a la perfección el significado de la conexión entre el cuerpo y la mente. Yo creo que es posible curarse y enfermarse a uno mismo –dijo, y añadió–: Aunque, por supuesto, el diagnóstico de un médico tiene una gran importancia.

La doctora miró a Deanna a los ojos.

–Además, puede que haya otro asunto del que ya hemos hablado. Quizá tengas que admitir que no quieres trabajar en la constructora de tu padrastro, ni este verano, ni nunca. Puede que esta decisión que has tomado esté creándote angustia.

Deanna se estremeció. Casi lamentaba haberle contado aquel secreto a aquella mujer en la que había llegado a confiar.

–No es que no quiera trabajar con él –dijo la muchacha–. Es solo que...

–Que lo que de verdad te interesa es la Medicina. ¿Y no crees que él lo entenderá, y más, teniendo en cuenta todo el tiempo que pasasteis en los hospitales cuando tu madre estaba enferma? Por lo que me has contado, él parece un hombre razonable. Y tú estás haciendo los cursos de preparación para entrar en la carrera.

–Claro que es razonable, pero yo no le he mencionado que iba a hacer esos cursos.

La doctora Robbins se quedó atónita.

–¿Por qué no?

–Es que... él ha estado un poco perdido desde que mi madre murió, el año pasado –le explicó Deanna. En realidad, se preguntó si no había estado buscando excusas para no decepcionarlo–. Cuando volví al colegio, el otoño pasado, me preguntó qué necesitaba para la matrícula y la residencia, y me hizo un cheque. No quería disgustarle explicándole que había cambiado las asignaturas de los cursos de preparación de Empresariales a Medicina.

–Seguro que se va a disgustar mucho más cuando sepa que vas a trabajar en su constructora durante el verano solo para complacerlo, y que vas a renunciar a la oportunidad de hacer trabajo voluntario en el Hospital Johns Hopkins, que es lo que verdaderamente quieres hacer. Me dijiste que el dinero para los estudios no es problema, y que el voluntariado te proporcionará mucha experiencia. Y en el hospital desean que vayas a trabajar.

—Sé que tiene razón —admitió Deanna, con un enorme suspiro—. Pero me da miedo tener esta conversación con él. Está deseando que vuelva a casa para el verano. Ahora solo estamos nosotros dos.

—Y ahí está. Ese es el sentimiento de culpabilidad que me da a entender que tienes un cuadro de ansiedad. Lo he visto muchas veces. Estoy segura de que ese es el motivo por el que te sientes tan mal.

—Supongo —dijo Deanna, de mala gana.

—Hay más cosas de las que tienes que hablar con tu padrastro —le recordó la doctora Robbins—. Tienes que averiguar más sobre el historial médico de tu familia. Conoces el de tu madre, pero no el de tu padre biológico. Tu padrastro puede tener las respuestas, o, al menos, decirte cómo conseguirlas.

Ciertamente, esa era otra de las conversaciones que tenía que mantener con su padrastro.

—Me siento como si preguntarle por mi padre biológico fuera una traición. Él es el único padre que recuerdo.

—Deanna, esto es necesario. Ya has aprendido lo suficiente en los cursos de preparación como para entenderlo. La genética es clave para entender a qué riesgos médicos podrías tener que enfrentarte. ¿Me prometes que vas a hablar con él? Además, tendrás que hacerle otras preguntas, dado que tu madre no te contó casi nada de tu padre biológico, ni de lo que ocurrió entre ellos.

—Ella lo abandonó y eso es suficiente para mí. Debía de tener sus razones —dijo Deanna. Sin embargo, no podía dejar de preguntarse si se había confundido al tenerle una lealtad tan ciega a su madre y a Ash. Conocía a muchos hijos adoptados que querían tener información sobre sus padres biológicos, y nadie pensaba mal de ellos por no conformarse con la familia que tenían. ¿Acaso ella tenía miedo de las respuestas que iba a encontrar? No lo sabía.

–Bueno, no voy a insistir más. Sin embargo, las cuestiones médicas podrían cobrar importancia cualquier día. Piénsalo.

Deanna asintió. Sabía que la doctora tenía razón. Ella sí se había hecho muchas preguntas sobre aquel hombre al que casi no recordaba, pero ninguna le había parecido tan urgente ni importante como para darle un disgusto a su madre formulándola. Y Ashton Lane había sido un padre maravilloso, todo lo que ella necesitaba.

La doctora Robbins asintió.

–Está bien. Avísame si decides que quieres trabajar como voluntaria en el Johns Hopkins este verano. Yo lo organizaría todo. Y, en cuanto a cómo te sientes estos días, te recomiendo que descanses al menos veinticuatro horas, que duermas bien y comas comida sana, no solo pizza y cafeína. Lo más efectivo para que prepares bien los exámenes será que estés descansada y relajada. Vuelve a pasar por aquí si dentro de dos días no te encuentras bien.

–Gracias –dijo ella.

Y, sorprendentemente, se encontraba un poco mejor al salir de la consulta. Tal vez solo necesitaba que le aseguraran que no padecía ninguna enfermedad grave o, tal vez, solo necesitaba hablar con alguien que comprendiera los dilemas de su vida.

Aquella mejoría continuó durante la tarde, justo hasta que su padrastro la llamó por teléfono. Entonces, sintió todo el pánico de nuevo.

–¿Qué tal estás? –le preguntó.

—Estupendamente —dijo él, en un tono alegre que casi estuvo a punto de engañar a Deanna—. Quería preguntarte si vas a poder venir a casa este fin de semana. Sé que estarás muy ocupada con los exámenes finales, pero...

Deanna pensó en la conversación que había mantenido con la doctora Robbins y respondió:

—Mañana estoy allí.

Él se quedó sorprendido por su rápida respuesta.

—¿Seguro que dispones de ese tiempo?

—Claro que sí —dijo ella.

Richmond estaba muy cerca de Charlottesville. Podría ir a clase por la mañana y estar en casa a la hora de cenar. Tal vez pudiera matar dos pájaros de un tiro: descansar y quitarse un peso de encima.

Deanna se quedó mirando el recorte de revista que le había dado su padrastro. Estaban sentados en su restaurante favorito, el viernes por la noche. Se trataba de un artículo publicado en una revista regional, sobre un pub irlandés de Chesapeake Shores, un pueblo de Maryland, que estaba consiguiendo excelentes críticas por su ambiente y su estupenda cocina. El chef era Bryan Laramie, un nombre que ella conocía bien, aunque sus recuerdos fueran lejanos.

Se le llenaron los ojos de lágrimas. No era posible que su padre hubiera estado tan cerca, a unos ciento sesenta kilómetros de distancia, durante todo aquel tiempo.

—No puede ser la misma persona —dijo ella. Sin embargo, al mirar a los ojos a Ashton Lane, vio la verdad—. ¿Cómo es posible? Yo creía que estaba en Nueva York.

—Ahí es donde estaba cuando tu madre lo abandonó. Yo no tengo ni idea de por qué terminó en un pueblecito tan pequeño. Vi el artículo hace un par de días y lo investigué. Es tu padre biológico, Dee. Como vive tan cerca, he pensado que tenías que saberlo. Sabía que me estaba arriesgando a desconcentrarte cuando estás tan cerca de los exámenes finales, pero temía que, si esperaba, al final iba a inventarme una docena de excusas para no decírtelo. Nunca hemos hablado de tu padre y, en parte, yo quería evitarlo. ¿Crees que debería haberme esperado?

–No, no –dijo ella. Estaba desconcertada. Miró a su padrastro y le preguntó–: ¿Qué crees que debería hacer ahora?

–Eso no puedo decírtelo yo –respondió Ash, con suavidad–. Lo que hagas con esta información es cosa tuya.

Deanna casi no lo entendía. Pasaban meses sin que pensara en su padre, incluso años; sin embargo, en aquellos últimos tiempos parecía que siempre estaba presente en su mente y en sus conversaciones.

Observó a su padrastro y se preguntó qué estaría sintiendo él. Su expresión no daba ninguna pista. Él se había pasado la vida dirigiendo una constructora pequeña, una empresa familiar, en Richmond, su lugar de nacimiento. Había conocido a su madre cuando ella era una niña que apenas sabía andar. No conocía las circunstancias, pero su padrastro le había dado trabajo a su madre y, dos años después, se habían ido a vivir juntos. Él había adoptado legamente a Deanna cuando ella había empezado el colegio y le había preguntado por qué no tenían el mismo apellido. Su madre y Ash no habían tenido otros hijos, así que Ash siempre la había adorado como si fuera de su carne y de su sangre. En casi todos los sentidos, ella había tenido una infancia perfecta, feliz.

–Sabes que tú eres el único padre que me importa, ¿no? –le preguntó–. Y eso no va a cambiar porque sepa que Bryan Laramie vive cerca.

–Tú has sido la mejor hija que yo hubiera podido desear –dijo él–. Pero debes de tener muchas dudas. Si necesitas respuestas, ya sabes dónde buscarlas. Yo te apoyaré en todo lo que hagas. Iré contigo si quieres verlo y me necesitas. Lo que quieras.

Así era Ash. No se había separado de su madre durante su batalla contra el cáncer y nunca se había quejado de los sacrificios que había tenido que hacer para estar con ella.

—Aquí es donde tengo que estar —le había dicho a Deanna, cuando ella le había preguntado por el impacto que debía de tener su ausencia en la empresa—. La constructora saldrá adelante.

Y, en aquel momento, Ash estaba dispuesto a poner sus sentimientos en un segundo plano con tal de apoyarla.

—Necesito pensar en todo esto —le dijo.

Quería estar a solas para poder analizar todo lo que sentía. ¿Cómo era posible que su padre hubiera estado siempre tan cerca y no la hubiese buscado? ¿Qué clase de hombre hacía eso? No era el hombre a quien ella quisiera en su vida a aquellas alturas.

Sin embargo, tal vez ella debiera verse por lo menos una vez con Bryan Laramie para conseguir su historial médico. Tal vez, con una sola vez, fuera suficiente. En realidad, ella no había tenido ningún vacío en su vida, porque Ash había ocupado el puesto de su padre biológico. Él siempre había estado a su lado, fuerte, comprensivo, sabio y divertido.

Aquella era una decisión pragmática, se dijo Deanna. Y, por la mañana, se lo explicaría todo a su padrastro; le diría lo que sentía sobre el trabajo en la constructora y lo mucho que deseaba ir a trabajar a uno de los hospitales más importantes del país. Irónicamente, aquel trabajo la acercaría más a Chesapeake Shores y a su padre. Tal vez fuera una señal de lo que debía hacer en el futuro.

—Los caminos del Señor son inescrutables —decía a menudo su madre, cuando hablaba del día que había conocido a Ashton Lane.

Y, en aquel momento, Deanna tenía su propio ejemplo como prueba de ello.

Bryan estuvo dando vueltas en la cama toda la noche. En parte, era culpa de Kiera y de la nueva imagen que se había procurado dos semanas antes en el spa, aquel aspecto tan femenino que le había tomado por sorpresa y que le cortaba la respiración sin que pudiera evitarlo.

Él había salido con varias mujeres, muchas de ellas, atractivas, pero ninguna le había impactado tanto como Kiera Malone. Eso la convertía en alguien peligroso, y hacía que los sueños que tenía por las noches fueran más inquietantes.

Sin embargo, eran mejor esos sueños que los que llegaban después, aquellos que eran tan familiares y que nunca cambiaban. Siempre había llanto de bebé, susurros que no entendía y, cuando despertaba, el mismo sentimiento de vacío que había sentido aquella mañana de hacía casi veinte años, al descubrir que su mujer se había marchado sin dejarle ni siquiera una nota de despedida.

No le sirvió de nada salir a correr, ni darse una ducha fría, ni tomar un café bien cargado. Nada de eso le ayudó. Sentía el dolor con tanta intensidad como aquel día que su mujer lo había abandonado llevándose a su hija. Y, cada vez que daba con un callejón sin salida en la búsqueda, el dolor se multiplicaba, y los sueños eran el motivo por el que no quería dormir. Había amado con todo el corazón a su mujer, pero el amor que sentía por su niña le cortaba la respiración.

No pasaba ni un día que no imaginara cómo podía ser Deanna en la actualidad, dónde estaría, qué dirección habría tomado su vida. Con respecto a la mujer que se la había llevado, tenía sentimientos encontrados. La parte de él que había querido a Melody con pasión todavía sufría, pero cuando recordaba lo que le había robado, el futuro que les había robado a los tres, la odiaba por ello.

Se repetía a sí mismo que otras personas superaban los fracasos matrimoniales. Reconocían que habían cometido un error y lo arreglaban, o lo repetían, quizá. Él sabía qué errores había cometido. A veces, había elegido el trabajo por delante de su mujer y su hija. Melody se lo había repetido a menudo, pero, al final, no se había quedado a su lado lo suficiente como para que él intentara arreglar el problema. Un día había hecho las maletas y se había marchado. Tal vez hubiera alguien esperándola, aunque él nunca había tenido ninguna sospecha de que lo engañara. Lo más probable era que se hubiera cansado y hubiera hecho lo único que se le ocurría para castigarlo por no considerar prioritario su matrimonio.

Él habría podido perdonarla por eso, pero no por la falta de contacto, ni por haberle impedido que viera a su niña de vez en cuando. Había ido a los tribunales una vez en busca de ayuda, pero no la había encontrado. Solo había encontrado escepticismo por el hecho de que su esposa se marchara con su hija si no tenía una buena razón: que, quizá, él las maltrataba. Ninguno de ellos había entendido que una mujer podía ser tan inmadura como para querer, simplemente, vengarse. Así que él había vuelto a gastarse una fortuna en detectives privados.

Cuando habían perdido el rastro en Baltimore, él también había perdido toda esperanza, pero había aceptado un trabajo en un deli de la ciudad por si acaso alguna vez sus caminos se cruzaban. Por supuesto, eso no había ocurrido. Y la inercia le había mantenido allí durante casi quince años.

Cuando Luke había puesto un anuncio buscando un chef para su pub en Chesapeake Shores, él había aprovechado la oportunidad para empezar de cero. Y el cambio había sido muy bueno para él. Le gustaba aquel pequeño pueblo costero. Los O'Brien le caían bien, y los respetaba. Tenía un jardín en su casa de alquiler, y le daba serenidad trabajar en él, ver crecer las hierbas aromáticas y las verduras en la huerta. Allí había encontrado cierta paz, por lo menos, durante el día.

Lo único que quería era aquella paz. No necesitaba nada más. Ni a nadie. Quizá fuera tan egoísta y egocéntrico como le había dicho Melody.

Sin embargo, la llegada de Kiera Malone había hecho que se cuestionara aquella vida que había elegido. Si iba a cambiar su soledad, no sería por una mujer que le molestaba tanto y que solo iba a estar allí durante unos meses. ¿De qué iba a servirle, si ella iba a volver a Irlanda? Lo mejor era guardar las distancias.

Se quedó satisfecho con la severa charla que se había dado a sí mismo, tomó otra taza de café y se marchó a O'Brien, convencido de que no iba a permitir que Kiera le pusiera nervioso aquel día.

Desgraciadamente, a la hora siguiente, aquella mujer ya le había sacado de quicio y le había hecho sentir lujuria por el mero hecho de entrar a la cocina con una melodía irlandesa en los labios y un par de pequeñas sugerencias para su menú.

Kiera no sabía qué era lo que había hecho mal, pero al ver la expresión feroz de Bryan y al oír que le ordenaba que saliera de su cocina, se dirigió hacia el despacho de Luke.

—Seguro que vas directamente a quejarte de mí a tu yerno, ¿no? —le preguntó Bryan, que la había seguido.

Kiera se dio la vuelta.

—No iba a hacer tal cosa —replicó ella—. Si hay algún problema entre nosotros, debemos resolverlo como adultos que somos, aunque no sé si tienes la madurez necesaria.

Bryan se ruborizó.

—Kiera, lo siento. Tienes razón. Me estoy portando como un idiota. He pasado una noche terrible y me estoy desahogando contigo otra vez. Pero te prometo que voy a dejar de hacerlo. Me morderé la lengua antes que decirte otra palabra grosera.

Ella lo miró con diversión.

—Te agradezco la promesa, pero dudo que puedas cumplirla. Tú no estás hecho para quedarte callado, lo mismo que yo.

Él se echó a reír, y aquella fue toda una visión. A Kiera se le hinchó el corazón.

—Eso es cierto —dijo él—, pero puedo prometer que voy a intentarlo. Tráete las sugerencias a una mesa y vamos a hablar de ellas.

Ella lo observó, y se dio cuenta de que estaba muy cansado y de que sus disculpas habían sido sinceras.

—Está bien. ¿Te apetece una taza de té mientras hablamos?

—Creo que ya he tomado demasiado café esta mañana.

—Entonces, una infusión. Tengo un poco de manzanilla guardada para cuando me siento inquieta o nerviosa.

—Bueno, no me gustan demasiado las infusiones, pero voy a probar la tuya.

—Ah, ya eres más flexible —dijo ella, con aprobación. Después, preparó las dos manzanillas y puso una taza en la mesa, delante de él—. ¿Quieres que hablemos de por qué no has podido dormir?

—¿Estás sugiriendo que necesito una sesión de terapia? Bueno, después de la escena que acabo de montar, no me sorprende.

—No, nada de eso. Solo te estoy ofreciendo escuchar como una amiga.

Bryan la observó con curiosidad.

—¿También adoptas a perros sin hogar que te han mordido?

Kiera se echó a reír por aquella comparación.

—No, yo también he descargado mi mal humor en otras personas algunas veces. Si quería que me perdonaran y que me comprendieran, yo debo hacerlo también.

—Te agradezco el ofrecimiento, pero es una historia demasiado larga y aburrida para el tiempo que nos queda antes de que abra el pub —dijo él—. Vamos a ver la lista que te has metido al bolsillo cuando te he echado de la cocina.

Ella se sacó un papel arrugado del bolsillo y lo alisó. Después, lo miró con seriedad.

—No quiero decirte cómo tienes que hacer tu trabajo. Es solo que tengo una visión nueva del pub, y que he estado muchos años trabajando en un restaurante en Irlanda, y eso me ha proporcionado cierta sabiduría.

Él sonrió.

—Y eres irlandesa —dijo—. Lo entiendo. Voy a intentar tener la mente más abierta, en vez de ofenderme.

—¿Podrás hacerlo?

—Puedo intentarlo.

—Muy bien, de acuerdo. Estaba pensando que en la carta de la comida podría haber algunos sándwiches. Los he anotado aquí. Son los que hay en cualquier pub por toda Irlanda. Para ser sincera, creo que están en las cartas porque le gustan a cualquier granjero que tenga que volver a trabajar al campo y porque, además, hace falta bastante cerveza para acompañarlos.

Bryan se echó a reír.

—Interesante observación —dijo, mientras leía la lista de los sándwiches. Había mucho queso, tomate, rebanadas de pan grueso y embutidos—. Esto será como volver a trabajar en el deli —comentó, desdeñosamente.

Kiera frunció el ceño.

—Vaya, esa es la mente abierta que me has prometido.
—Lo siento, lo siento. Tienes razón. ¿Por qué crees que esto iba a tener tanta aceptación, aparte de vender muchas más cervezas?
—Porque son una oferta básica de cualquier pub irlandés, sobre todo, en el campo. Queremos que la gente que venga aquí tenga una experiencia auténtica, ¿no? Si incluimos un par de estos sándwiches en la carta, sabrán mejor lo que pueden encontrar si entran en un pub junto a una carretera en cualquier parte del país. Y, para cualquiera que haya estado en Irlanda, será un agradable recuerdo.
—Está bien. Haremos la prueba poniéndolos como plato especial del día y veremos qué tal funcionan.
Kiera sonrió.
—¿De verdad vas a aceptar mi sugerencia?
—A modo de experimento, sí.
—Me conformo —dijo ella—. ¿Ha sido muy difícil para ti ceder y concederme esta pequeña victoria?
Bryan se echó a reír.
—No, Kiera, ha sido casi indoloro.
—Entonces, tal vez podamos intentarlo alguna otra vez —dijo ella—. Quiero estar en el mismo equipo que tú, Bryan.
A él se le dibujó una extraña expresión en el semblante, y se levantó tan deprisa, que estuvo a punto de tirar la taza de manzanilla.
—Tengo que volver al trabajo.
—¿No quieres la infusión? —preguntó ella, aunque había visto que él dejaba de beber después de dar el primer sorbo.
—Tú y yo vamos a encontrar el camino hacia la paz, Kiera, aunque dudo que vuelva a tomar manzanilla. Es peor que una medicina.
—Pero es mejor que una medicina para ti —le dijo ella—. Algunas veces, la pastilla más amarga es la que te cura.

—Prefiero la enfermedad –dijo él, con vehemencia.

—Bueno, avísame si cambias de opinión. No voy a echarte en cara el cambio de actitud.

Él cabeceó con una sonrisa en los labios.

—Me alegro de saberlo.

Después, se marchó.

Un instante más tarde, Luke salió de su despacho y se sentó con ella.

—¿Habéis arreglado las cosas Bryan y tú?

—No había nada que arreglar.

—Vaya, pues no me lo parecía, por los gritos que han salido de la cocina hace un rato.

—Creo que ha tenido un mal comienzo de día. No tenía nada que ver conmigo –dijo ella, y observó la expresión preocupada de su yerno–. No te angusties por esto, Luke. Bryan y yo vamos a encontrar la forma de trabajar juntos. Hoy hemos dado un gran paso en esa dirección.

—Gracias.

—No las merece. Tengo mucha experiencia en el trato con hombres tercos. Uno más no es un gran desafío para mí.

Aunque aquel estaba dando señales de ser el más complicado de todos aquellos con los que se había relacionado en toda la vida.

Capítulo 8

Aunque era sábado por la mañana, Ash ya estaba en pie y perfectamente vestido para ir a la obra cuando Deanna se sentó con él en la mesa de la cocina. Se sirvió un café y tomó un donut, según su ritual familiar de los sábados. Ash siempre salía de casa al amanecer para ir a buscar donuts recién hechos a su pastelería favorita. A su madre y a ella les encantaba tomar aquel bollo azucarado los fines de semana. Se preguntó si su padrastro seguía con aquella costumbre cuando ella no estaba en casa, o si aquel gesto era su forma de crear una sensación de normalidad en un día que no tenía nada de habitual.

–¿Vas a trabajar un sábado? Eso es una novedad –le dijo.

Ash se encogió de hombros.

–La casa está demasiado vacía sin tu madre. Desde que murió, aprovecho los sábados para ponerme al día con el trabajo atrasado. Ya estaba vestido para la obra cuando me he acordado de que hoy no es un sábado corriente, porque estás en casa.

Su padrastro la observó.

–¿Qué tal has dormido? Espero no haberte causado insomnio con la noticia sobre tu padre.

—Pues... sorprendentemente, he dormido muy bien, mejor que últimamente —dijo Deanna—. No sé si es porque tenía mi propia cama y he descansado de tanto estudio para los exámenes finales, o por el hecho de tener, al fin, una noticia concreta sobre mi padre.

—¿Has pensado si vas a ir a verlo o no?

—¿Te molestaría que decidiera ir a Chesapeake Shores?

—No. Siempre he sabido que este día tenía que llegar. Si solo pensara en mí mismo, tal vez te hubiera ocultado la información, pero sabía que eso hubiera estado muy mal. Por eso te pedí que vinieras a casa aunque falte tan poco tiempo para los exámenes, para decírtelo antes de poder echarme atrás. Sé que ya eres una adulta y que tienes que tomar tus propias decisiones.

—¿Aunque mi decisión pueda hacerte daño?

—Sí. Dee, yo voy a estar bien hagas lo que hagas. Tú y yo somos padre e hija, y has sido una increíble bendición para mí. ¿Cómo voy a privar a otro hombre de conocerte? Existes por el matrimonio de tu madre con Bryan Laramie, y eso es innegable.

Ella dio un sorbo a su café, y le preguntó:

—¿Alguna vez mamá te dijo por qué lo abandonó?

—No, en realidad, no. Solo me dijo que las cosas llevaban bastante tiempo mal entre ellos dos, y que quería empezar de cero.

Deanna asintió.

—Lo mismo que me dijo a mí. ¿Crees que las cosas podían ir tan mal? Para eso, él debía de ser un tipo horrible. ¿Y si estoy cometiendo un error al pensar en ir a conocerlo o dejar que forme parte de mi vida? Como tú mismo has dicho, soy adulta y tú eres mi padre, un padrastro increíble. No necesito ningún otro padre. Tal vez no haya ningún motivo para remover este asunto.

—Has leído el artículo de la revista —le dijo Ash—. La

gente que ha sido entrevistada en Chesapeake Shores tiene una gran opinión de tu padre. Hay excelentes comentarios sobre él y sobre la carta que ha creado para el pub, y sobre el pub, también. ¿No crees que parece alguien a quien merece la pena conocer?

–Sí... también he pensado eso –dijo Deanna–. Me ha hecho dudar sobre si mamá contó la historia verdadera, o la historia entera. Si él tenía posibilidades de trabajar en el sector de la restauración en Nueva York, ¿por qué terminó en un pueblecito de Maryland? Debemos de ignorar algo, ¿no crees?

Ash la miró con una expresión de culpabilidad, y ella frunció el ceño.

–¿Es que hay algo que no me habéis contado?

Ash se quedó callado durante un largo instante. Después, apartó la taza de café y se inclinó hacia ella.

–Sí, cariño. Hay una cosa que tu madre y yo te ocultamos, y tienes que saberla. Aunque no sé si voy a poder encontrar las palabras para explicártelo.

–¿De qué se trata? ¿Es algo terrible? ¿Es sobre mi padre?

–No, no. Es sobre tu madre y yo.

Deanna no lo entendía, y se lo dijo.

–Escúchame, hija. Para ser sincero, después de un tiempo se me olvidó todo esto. Éramos tan felices juntos... éramos una familia. El día que os conocí a ti y a tu madre fue el mejor día de mi vida, y siempre, siempre, sentí una enorme gratitud por lo que teníamos juntos. Así que dejé de pensar en lo único que no teníamos.

A Deanna se le formó un nudo en el estómago.

–Por favor, Ash, dímelo ya. Me estás asustando. Hemos sido una familia estupenda. Todas mis amigas envidiaban la relación que teníamos y lo unidos que estábamos. Les encantaba venir a casa. Decían que sus padres nunca se reían ni bromeaban como vosotros, que parecíais recién casados.

Entonces, él se quedó pálido, y Deanne lo miró con angustia.

—Acabo de disgustarte mucho. ¿Qué es lo que he dicho?

—Bueno, ¿tú te acuerdas de la boda? —le preguntó. Ella se quedó asombrada, callada, y él asintió con brusquedad—. No, no te acuerdas porque no hubo boda, Dee.

—Pero... tuvo que celebrarse una boda, ¿no?

—No, hija. No pudimos casarnos porque tu madre no llegó a divorciarse de tu padre. Supongo que, en algún momento después de que ella desapareciera, él podría haber intentado divorciarse alegando abandono, o algo así, pero ella no le pidió el divorcio, y él tampoco lo hizo.

Deanne miró a Ash con consternación. De repente, le pareció que la cocina se quedaba a oscuras, como si hubiera pasado una nube y hubiera oscurecido el sol.

—Eso no puede ser. Ella lo dejó hace muchos años. Debieron de divorciarse.

—No. Yo lo sabría. Discutimos sobre ese tema muchas veces, pero ella temía que, si le pedía el divorcio, él la encontraría y le pediría tu custodia o, tal vez, la acusara de secuestrarte.

Deanna trató de encontrarle el sentido a lo que él le estaba contando, pero no pudo.

—Esto es una locura —dijo, por fin—. Cuando la gente se separa, pide el divorcio. No salen corriendo, se esconden y fingen que todo va bien.

—Pues eso es exactamente lo que hizo tu madre, y no hubo forma de razonar con ella. Tenía miedo, Dee. Yo consulté con un abogado, y él trató de calmar sus temores, de convencerla para que resolviera la situación legalmente, de una vez por todas. Pero ella dijo que no podía arriesgarse. No sé por qué estaba tan segura de que tu padre iba a ganar, pero es obvio que estaba aterrada. Me dijo que también me dejaría a mí, y te llevaría con ella, si trataba de obligarla.

Deanna no conseguía asimilarlo.

–¿Y sabes por qué tenía tanto miedo de lo que pudiera hacer mi padre? ¿Acaso ella había hecho algo que él pudiera usar como arma arrojadiza? ¿O es que ella lo abandonó porque era un maltratador?

Ash negó con la cabeza.

–Yo tengo una teoría, pero es solo una teoría, Dee, basada en los años que pasamos juntos. ¿Sabes que el padre de tu madre demandó a su madre para conseguir la custodia de su hija y ganó, porque su madre tenía algunos problemas de salud mental? Parece que era muy inestable, posiblemente, maníaco depresiva, aunque nunca se lo diagnosticaran los médicos.

Deanna se quedó horrorizada.

–No tenía ni idea. Siempre que preguntaba por mis abuelos, ella me decía que su familia era un caos, pero que sus dos progenitores habían muerto ya.

–Parece que murieron casi al mismo tiempo de tu nacimiento –dijo Ash–. No creo que tu madre tuviera el mismo problema que tu abuela, pero ella temía que se le desarrollaran esas tendencias. Y creo que sabía que el hecho de haber abandonado a tu padre y llevarte consigo no era lo más racional que podía hacer una persona. Cuando lo hizo, quería darle una lección a tu padre, pero se le fue de las manos. Y, cuanto más tiempo pasaba separada de él, más difícil se le hacía recuperar el contacto y enfrentarse a las consecuencias.

Aquella explicación, una teoría, según Ash, sí que tenía un horrible sentido. Sin embargo, ella todavía tenía preguntas.

–Pero tú me adoptaste. Ella y yo tenemos tus apellidos. Me acuerdo perfectamente del día: yo llevaba un vestido rosa porque ese era mi color favorito. Nos pusimos delante de un juez y, después, fuimos a comer juntos para celebrarlo. Mamá me dejó tomar un sorbito de champán.

Ash sonrió al recordarlo.

–Fue un día maravilloso.

–Pero... ¿cómo fue posible?

–El mismo abogado encontró a un juez comprensivo que estuvo dispuesto a permitir que las dos cambiarais vuestro apellido legamente, pero ese fue el límite. Tu madre y yo no pudimos casarnos, y no hubo adopción.

Él la miró a los ojos. Tenía una mirada de consternación.

–Lo siento muchísimo, Dee. Cuando ocurrió todo esto, el papeleo no habría tenido ningún significado para ti. Eras demasiado pequeña para comprenderlo. Después... Yo siempre quise decirte la verdad, y tu madre, también. Sin embargo, se puso enferma, y yo no podía contarte algo así mientras estabas tan preocupada por ella. Ya tenías suficientes cosas que aguantar. Fue egoísta por mi parte, pero no quería que cambiara tu forma de tratarnos a ninguno de los dos.

Deanna estaba tan anonadada, que no podía hablar. En su vida nada era lo que ella creía. Ella creía que tenía una madre espléndida, valiente, que había decidido huir de un matrimonio desgraciado. Pensaba que ambas tenían la mayor suerte del mundo al haber encontrado a Ash y a su familia afectuosa y cálida. De repente, tuvo la sensación de que se le detenía el corazón.

–¿Los abuelos lo sabían? –preguntó.

–No. Se les habría roto el corazón si se hubieran enterado de tantas mentiras. Ellos os adoraban a tu madre y a ti.

–¿Y la tía Karen y el tío Blake?

Él negó con la cabeza.

—No, solo tu madre y yo. Nadie más. Todo el mundo pensó que nos habíamos casado en secreto en algún momento, y nosotros no le dijimos la verdad a nadie.

—Pero... ¿cómo pudisteis mentirle a todo el mundo? Son tus padres y tus hermanos.

—Tu madre y yo pensamos que era lo mejor. Y, según pasaba el tiempo, dejó de importarnos. Éramos muy felices, mucho. Y eso no era mentira.

Su padre estaba tan triste, que Deanna debería haber sentido comprensión por la situación en la que siempre había estado, pero, en aquel momento, estaba aturdida por el hecho de que su vida siempre hubiera estado basada en un engaño.

—Y ¿por qué me lo dices ahora? ¿Es porque te ves arrinconado?

—Sí, supongo que sí. Si conoces a tu padre, lo más seguro es que salga a la luz que tu madre y él nunca llegaron a divorciarse. Yo quería que supieras la verdad por mí, aunque eso signifique que ya nunca me vas a considerar tu familia.

Ella se puso de pie.

—Tengo que irme.

—¿Ahora? Estás demasiado disgustada. Quédate y hablemos de esto.

—¿Vas a poder decirme algo que mejore la situación?

Ash suspiró. Aquello era totalmente cierto; no podía decir nada.

—¿Adónde vas a ir? ¿A la universidad, o a Chesapeake Shores? —le preguntó, con preocupación.

—No estoy segura. A la universidad, probablemente. Por lo menos, hasta después de los exámenes. No voy a perder todo un semestre de estudios por esto.

Dijo aquello último con una actitud desafiante, como si quisiera demostrarse a sí misma, y demostrarle también a Ash, que era valiente o que ya no había nada que le importara, que lo único que le importaba en realidad era el futuro, no el pasado.

Miró a Ash a los ojos e intentó recordar al hombre honorable y maravilloso que ella había conocido hasta hacía unos instantes.

—Hay una cosa segura, Ash —le dijo—. Y no voy a hacer esto para hacerte daño: necesito tiempo para asimilar todo esto. No voy a venir a casa este verano. Tengo una oportunidad de hacer trabajo voluntario en el Hospital Johns Hopkins, y voy a aceptar.

Él se quedó asombrado por aquella declaración.

—¿Porque está muy cerca de Chesapeake Shores?

—No, porque es lo que quiero hacer con mi vida. Tenía pensado decírtelo antes de que todo esto saliera a la luz.

Él se quedó confundido.

—Creía que querías volver aquí y hacerte cargo de mi empresa algún día. Esto no tiene por qué cambiarlo todo. Yo todavía quiero que trabajes conmigo. La empresa será tu herencia.

—Yo también quería eso, pero, cuando mamá estaba tan enferma, me di cuenta de que quería estudiar Medicina. He hecho los cursos preparatorios para entrar en la carrera. Creo que es mi vocación. Lo que pasa es que no quería decepcionarte.

Él la miró con ironía.

—Y ahora, ya no crees que eso tenga importancia, porque yo te he decepcionado a ti.

—No es para castigarte —dijo ella—. Es porque quiero hacerlo. Espero que trates de entenderlo.

—Yo siempre he querido que fueras feliz. Cuando hayas tenido tiempo para pensar, te darás cuenta de que eso es lo que siempre quisimos tu madre y yo: darte una familia estable. Puede que lo hiciéramos del modo equivocado, pero nuestra intención era buena.

—Sé que tú lo ves de ese modo y, a lo mejor, en algún momento, yo lo vea igual. Sin embargo, en este momento, yo solo veo la terrible mentira en la que se ha basado nuestra vida.

Y, por mucho que hubiera querido siempre a su madre y a Ash Lane, no sabía si iba a poder seguir sintiendo lo mismo por ellos.

Aunque era su día libre, Kiera se levantó con los pájaros, seguramente, porque había bandadas enteras piando ruidosamente junto a su ventana. Era un sonido encantador, aunque no fuera precisamente lo más adecuado para descansar.

Se preparó la primera taza de té del día y salió a sentarse fuera, para ver cómo el sol, que salía por el horizonte, teñía de colores el agua del mar. Había un barco navegando lentamente por la bahía. Le habían dicho que ya no había muchos marinos, pero que todavía se practicaba la pesca del pescado de roca y del cangrejo azul.

Alzó la vista y vio a Bryan caminando por un lado de la casa principal. Llevaba ropa deportiva y Kiera se dio cuenta de que estaba en forma. Era mejor no mirarlo, teniendo en cuenta lo nerviosa que podía ponerse. Aun así, no fue capaz de apartar los ojos de él.

Bryan también miró en dirección a ella, como si hubiera notado su presencia.

—Vaya, te has levantado muy temprano —le dijo él, en un tono sorprendentemente agradable—. Sobre todo, teniendo en cuenta que es tu día libre.

—Ha sido por los pájaros. Están muy contentos esta mañana.

—Podrías cerrar las ventanas.

—No quiero perderme la brisa matutina.

Él asintió.

—A mí me gusta ir a correr muy temprano, para estar de vuelta a tiempo para esto —dijo.

—¿Quieres tomarte una taza conmigo?

Él miró su taza con escepticismo.

—¿Es manzanilla?

—No, es té irlandés. Pero también tengo una cafetera muy buena. Puedo hacerte una taza de café enseguida.

—No, deja que lo haga yo —dijo él—. Bueno, si no te importa que invada tu espacio. No quiero que te pierdas ni un segundo del amanecer.

Ella iba a protestar, pero no lo hizo, porque no le vio el sentido.

—De acuerdo. La cocina es fácil de encontrar, y hay tazas y cápsulas de café al lado de la cafetera.

Kiera lo observó mientras él entraba en la casa, y se encogió de hombros al pensar en su buen humor. Era algo de lo que estar agradecida, así que no iba a analizarlo demasiado.

Cuando volvió Bryan, se sentó a su lado, en el césped.

Ella lo miró de reojo, en silencio, tratando de no recrearse en sus músculos.

—¿Sales a correr todas las mañanas?

Él asintió.

—Sí, prácticamente todas. Me ayuda a aclararme la cabeza —dijo él—. Y, antes de que hagas algún comentario, algunos días me funciona mejor que otros, sí. ¿Y tú? ¿Qué ejercicio te gusta hacer?

—A mí me gusta caminar, y tengo que recuperar ese hábito. Ir contigo en coche a trabajar me ha privado de la costumbre que me mantenía en forma.

—Pues no he notado ningún cambio en ti —dijo él. Al instante, pareció que se arrepentía de sus palabras.

—Vaya, ¿eso que he oído ha sido un cumplido? —preguntó, bromeando.

—Sí, supongo que sí. ¿Me he propasado?

—Claro que no. Es agradable recibir algún halago de vez en cuando. La sorpresa es que tú sepas hacerlos.

—Bueno, casi se me había olvidado.

Kiera lo observó atentamente. Después, reunió valor y le preguntó:

—¿Quién era ella, Bryan?

Él se quedó desconcertado.

—¿Quién?

—La mujer que te rompió el corazón. Si es una pregunta demasiado personal, no hace falta que me respondas.

—Lo cierto es que... —dijo él, con una expresión triste—. No me apetece hablar de eso.

—Puede que ya sea hora —replicó ella—. Si no es conmigo, con otra persona. Las heridas tan profundas son muy peligrosas, si se permite que se infecten. Yo lo sé mejor que nadie.

—¿A ti se te ha roto el corazón? ¿Fue por el hombre que murió?

—La muerte de Peter ha sido como un abandono para mí, sí —dijo ella—. Pero fue el padre de Moira el que me rompió el corazón hace mucho tiempo. Le permití que cambiara mi vida, y no debí hacerlo. El dolor y la amargura que me produjo afectó a mis hijos. Y, para que lo sepas, hace muy poco tiempo que he descubierto la diferencia entre la media vida que llevaba y una vida plena. Es muy fácil confundir el conformismo con la vida. No me gustaría que tú perdieras tanto tiempo como yo.

Entonces, Bryan se puso en pie y aquel momento de amistad se perdió. Seguramente, gracias al hecho de que ella hubiera intentado imponerle sus opiniones nuevamente.

—Gracias por el café, Kiera.

—¿Y por los consejos que no querías oír? —le preguntó—. Perdóname por haberme pasado de lista otra vez.

—Tengo entendido que eso es lo que hacen los amigos –dijo él, aunque no parecía demasiado contento al respecto.

–¿Somos amigos? –le preguntó ella, sorprendida.

–Parece que vamos en esa dirección. Ya hemos visto un amanecer juntos.

Ella se echó a reír.

–Y esto te parece ligeramente más aceptable que la manzanilla.

Él también se rio.

–Está muy por encima –dijo–. Veo que llegará el momento en que agradeceré la amistad, aunque no creo que llegue a tomarle gusto a esa infusión.

Ella se sintió agradada con su respuesta, y asintió.

–Estoy deseando que llegue ese momento.

Mientras él se alejaba, ella no pudo resistirse e hizo el último comentario.

–Intenta no quemar el pub hoy.

Bryan se dio la vuelta.

–Si esa es tu forma de desearle un buen día a un amigo, creo que debes trabajarlo más.

El comentario provocó una carcajada de Kiera, y él respondió del mismo modo.

Los sonidos se entremezclaron en el aire.

Después de que terminara el amanecer, Kiera se puso a ordenar la casita, cosa que le llevó muy poco tiempo. Después se marchó a Sally's dando un paseo, para tomar un *croissant*.

Aunque llegó más tarde que el resto de las O'Brien, encontró a Megan sentada en la mesa grande del fondo. Estaba mirando la pantalla de su ordenador portátil con el ceño fruncido, con un *croissant* de frambuesa a medio comer en el plato.

–¿Te interrumpo si me siento aquí? –preguntó Kiera.

Megan alzó la vista y sonrió.

–Para ser sincera, me agradaría mucho que me distrajeras. Por favor, siéntate. Hoy llegas más tarde que otros días.

–Me he quedado a ver el amanecer y, después, he limpiado la casa –dijo, mientras Sally le servía una taza de café.

–¿Quieres algo más hoy, Kiera? –le preguntó la dueña de la cafetería–. Todavía me quedan algunos *croissants*.

Kiera pensó en el *croissant* de chocolate que llevaba deseando desde que se había levantado, pero, al ver la esbelta figura de Megan y recordar sus amplias caderas, negó con la cabeza.

–Por ahora es suficiente, gracias.

–¿Hoy es tu día libre? –le preguntó Megan, cuando Sally se alejó.

–Sí. ¿Y tú? ¿Por qué estás aquí a estas horas?

–Estoy negociando con una galería de Atlanta. Es de un viejo amigo que no acepta un «no» por respuesta. Está acostumbrado a salirse con la suya.

–¿Y qué quiere de ti?

–Una exposición de tu hija. Está enfadado porque no se la he ofrecido a él en primer lugar, y más enfadado todavía porque no puedo encajar su galería en el programa de Moira hasta dentro de unos meses.

Kiera miró con sorpresa a Megan.

–¿Es porque ya está muy ocupada? Yo creía que, aparte de salir con la cámara todos los días, tenía tiempo.

Megan titubeó.

–Solo porque ella lo quiere así. Yo podría organizarle exposiciones para todas las temporadas, pero Moira se niega. Le gusta estar en casa. Echa de menos a Luke y a la niña cuando está de viaje. Yo creía que, ahora que tú estás aquí, me iba a permitir preparar más exposiciones, pero tú también estás en la lista de sus excusas.

—¿Yo? —preguntó Kiera, con asombro—. ¿Por qué?

Megan sonrió.

—Porque sus otras excusas estaban empezando a perder fuerza, y ella lo sabía. Ahora tiene una flamante, que es que su madre está de visita de Irlanda y quiere pasar el tiempo que le quede libre con ella.

Kiera se echó a reír.

—Vaya, eso sí que tiene gracia. No le importó mucho dejarme en Irlanda para venir corriendo a Estados Unidos con Luke. Y, cuando estamos juntas, la pongo nerviosa.

Megan se echó a reír.

—En lo relacionado con Luke, eso era el amor, Kiera. Las reglas de la lógica no cuentan. Pero, de todos modos... ¿tú estarías dispuesta a hablar con ella? Tal vez haya algo más que no quiere contarme a mí. Si supiera cuál es el motivo por el que se prodiga tan poco, podría dirigir su carrera de un modo mucho más efectivo.

—¿La galería de Atlanta es tan importante? —preguntó Kiera.

—No, en realidad, no. Puedo decirle a mi amigo que ha sido demasiado lento a la hora de subir al tren, pero hay otros que no son tan fáciles de tratar. Y Moira necesita aprovechar estas oportunidades cuando aparecen. Ser una fotógrafa excéntrica y apartada del mundo puede crear cierta expectación y demanda durante un tiempo. Después, los expertos de las galerías más respetadas encuentran a otros artistas que están más dispuestos a hacer exposiciones y cambian de objetivo.

Kiera se quedó mirando a Megan.

—¿A mi hija la ven como una fotógrafa excéntrica y apartada del mundo?

Megan se echó a reír.

—Es mejor que irritante, que es lo que decía mi familia —respondió. Al instante, se puso seria—. Lo siento, Kiera. Tú eres su madre, y no debería haber dicho eso.

—No te preocupes. Yo también habría utilizado esa palabra una o dos veces.

—¿Vas a hablar con ella?

—Bueno, si surge la ocasión, sí. Pero no quiero presionarla. Es su carrera. No tengo derecho a manipularla. Además, estoy segura de que sería contraproducente.

—Sí, el dilema de los padres, ¿verdad? Nosotros vemos con claridad lo que es mejor para nuestros hijos, pero, si se lo decimos, no conseguimos más que empujarlos en la dirección contraria.

—Yo podría escribir un libro sobre eso –dijo Kiera, pensando en sus hijos.

Megan la observó con atención.

—No te refieres a Moira, ¿verdad?

Kiera hizo un gesto negativo.

—Ya conociste a mis hijos en Irlanda.

—¿Y estás preocupada por ellos?

—Sí –dijo Kiera–. Para ser sincera, me alegro mucho de que Kiera me conviviese para venir aquí. No conseguía nada con ninguno de ellos dos, y ya no soportaba la preocupación.

—Pero... no creo que estés menos preocupada ahora, a pesar de la distancia.

—No, pero, por lo menos, no pierdo tanto tiempo intentando infundirles un poco de sentido común. Van a tener que aprender por sí mismos a enfrentarse con las consecuencias de sus actos.

A pesar de sus firmes palabras, a Kiera se le llenaron los ojos de lágrimas al recordar que había decidido no intervenir la última vez que habían pasado un tiempo en la cárcel por alteración del orden público y ebriedad.

—Kiera, lo siento. ¿Puedo hacer algo por ayudar? ¿Te gustaría que vinieran aquí? Seguro que Mick podría encontrarles trabajo.

—No. Deseo con toda mi alma que empiecen de cero,

pero antes tienen que aprender la lección. Y no quiero que mi padre tenga que preocuparse a cada minuto del día si continúan con su mal comportamiento y nos avergüenzan.

–Pero la gente se merece tener una segunda oportunidad –le recordó Megan–. A mí, mi familia me la dio.

–¿Te pasabas la vida borracha y metiéndote en peleas hasta que te echaban de todos los pubs?

Megan se estremeció.

–¿Tan mal está la cosa?

–Peor –dijo Kiera–. Son como su padre. Está claro que yo debería haberme separado de Sean Malone mucho antes.

–Creía que él se marchó cuando eran muy pequeños –dijo Megan–. Esa es la impresión que nos dio por lo que cuenta Moira. Ella nos dijo que no llegó a conocer bien a su padre.

–Porque la mantuve apartada de él. Pero los niños sí iban a buscarlo, y les parecía un tipo borrachín y divertido. La influencia de Sean en ellos fue más fuerte que la mía.

–Lo siento.

Kiera vio la expresión comprensiva de Megan y se preguntó cómo sería la amistad que le estaba ofreciendo aquella mujer que había tenido una vida tan distinta a la suya.

–Gracias por escucharme. No quería contarles esto a mi padre ni a Moira.

–Bueno, pues aquí estoy siempre que necesites hablar. Y lo que me cuentes quedará entre nosotras –dijo Megan, y miró la hora–. Vaya, tengo que ponerme a trabajar. La galería ha abierto hace un cuarto de hora.

Cuando Kiera hizo ademán de ponerse en pie, Megan cabeceó.

–Quédate y tómate otra taza de café con un *croissant*

de los de Sally. Sé que tus preferidos son los de chocolate, y te sentirás mejor con un poco de azúcar en el organismo.

Kiera se apoyó en el respaldo y asintió.

—Creo que sí.

—Se lo diré a Sally de camino a la puerta.

Un momento más tarde, con una taza de café recién hecho y un *croissant* de chocolate ante sí, Kiera se dio cuenta de que se sentía mucho mejor que antes. No sabía si era por el azúcar, por la amistad que le había ofrecido Megan o, sencillamente, por haberse desahogado por primera vez con respecto a sus hijos, que eran tan distintos a los hombres que ella hubiera querido que fueran.

Capítulo 9

Bryan no había podido quitarse a Kiera de la cabeza en todo el día. Se sentía, a la vez, molesto por el hecho de que ella hubiera intentado darle un consejo y contento por su ofrecimiento de amistad. Debía de ser una mujer muy bondadosa, o muy masoquista, para hacer un esfuerzo por llevarse bien con él, teniendo en cuenta su actitud malhumorada.

Claramente, Kiera no era una persona que se dejara ahuyentar por el mal carácter de los demás. Parecía que no estaba en su naturaleza el hecho de respetar las barreras, sino, más bien, el de luchar contra ellas hasta que las derribaba.

Aquella noche se quedó en el pub hasta bien pasada la hora de cierre, para evitar otro encuentro con ella. Cuando Luke se acercó a preguntarle el motivo de su tardanza en salir, Bryan le dijo que tenía que organizar algunas cosas en la cocina, inspeccionar género y preparar un pedido. Luke lo miró con escepticismo, y Bryan se dio cuenta de que, tal vez, había exagerado con la lista de tareas.

—¿De verdad? —preguntó Luke, observando la cocina, que estaba impecable y absolutamente ordenada. Después, miró las estanterías de la despensa, que estaban a rebosar–. Ya me has pasado un pedido antes –le dijo a Bryan, con una mirada socarrona.

–Pero no estaba completo –replicó Bryan, malhumoradamente–. Esta noche ha habido mucha gente. Nos hemos quedado cortos de varias cosas.

–¿De qué?

Bryan frunció el ceño.

–¿Es que estás poniendo en duda mi gestión de la cocina?

Luke sonrió.

–Ni hablar. Solo estoy poniendo en duda tu capacidad para mentir, o a ti mismo, o a mí. Parece que no te quieres marchar esta noche, y yo me pregunto por qué. ¿No será porque Kiera está en la casa de al lado y tú quieres que ya esté acostada cuando llegues para que no haya ninguna tentación?

–Kiera no tiene nada que ver con esto –respondió Bryan, con vehemencia, y Luke sonrió aún más.

–Como tú digas –respondió–. Cierra bien cuando te marches.

–Entonces, ¿ya has terminado de darme la lata?

–Por esta noche, sí –dijo Luke–. A no ser que quieras sentarte conmigo y hablar de hombre a hombre.

Bryan puso los ojos en blanco. Había dejado de hablar de problemas de chicas en el instituto.

–No hay nada de lo que tenga que hablar.

–Pues, entonces, me voy a casa con mi mujer. Estoy deseando verla.

–Buenas noches –dijo Bryan.

Cuando oyó que la puerta del pub se cerraba, exhaló un suspiro de alivio, aunque sabía que había escapado solo temporalmente de las preguntas y las miradas.

No pasaba mucho tiempo antes de que los O'Brien metieran las narices en los asuntos de los demás. Y que Mick O'Brien no olfateara algún indicio de romanticismo. Él era el peor de todos los entrometidos de la familia.

Kiera oyó llegar el coche de Bryan. Estaba sentada entre las sombras, fuera de la casa, y vio la luz de los faros. Cuando se apagó, oyó algo que parecía una maldición en voz baja, y vio a Bryan acercarse.

–Todavía estás despierta –dijo él, con sequedad.

–Pues sí. Y tú llegas más tarde de lo normal. ¿Ha habido algún problema en el pub?

–No, me he quedado terminando algunas cosas.

Kiera no lo creyó, pero dejó pasar la excusa.

–Estoy tomando una copa de vino. ¿Te apetece? –le preguntó.

–¿Seguro que quieres tener compañía? –inquirió él–. Sobre todo, la mía. Esta mañana nos hemos despedido en malos términos.

–Eso es muy común –replicó ella–. Puedo soportar la compañía si me dices por qué te has ido tan bruscamente. Sé que hago demasiadas preguntas. ¿Acaso he tocado un punto sensible?

Él se rio forzadamente.

–Seguramente, deberías saber que soy un manojo de nervios, y que siempre es fácil tocar puntos sensibles.

Kiera se puso en pie.

–Te voy a poner una copa de vino y, tal vez, puedas contarme por qué ocurre eso.

–O no –dijo él.

Ella lo miró a los ojos y asintió.

–De acuerdo. Entonces, por ahora no voy a insistir. Podemos charlar de cosas intrascendentes o estar en silencio.

Cuando Kiera volvió con la copa de vino, él se sentó a su lado y cruzó las piernas a la altura de los tobillos. Aceptó el vino en silencio y la miró.

—En noches como estas, con luna llena y con tantas estrellas, casi me parece posible alcanzar la paz de espíritu.
Kiera asintió.
—Yo pienso lo mismo.
Él la observó con asombro.
—¿Es que tú necesitas encontrar paz, Kiera?
—Creo que todo el mundo lo necesita, en cierta forma. La vida es caótica, y la calma es un gran anhelo colectivo.
Él sonrió al oír aquella respuesta evasiva.
—Vaya, y ahora, ¿quién está evitando las preguntas personales?
—No es cierto. Solo estoy intentando no estropear uno de los escasos momentos de tranquilidad que hay entre nosotros.

Kiera esperó varios minutos y dejó que la serenidad de la noche los envolviera. Después, comentó:
—Me he fijado en tu jardín. ¿Te importaría que te ayudara a escardar malas hierbas alguna vez?

Contuvo la respiración, porque esperaba un rechazo inmediato. Normalmente, Bryan reaccionaba negativamente ante cualquier intento por su parte de invadir su espacio, pero aquella noche estaba de un humor más propicio, así que a ella le pareció que merecía la pena intentarlo. Tal vez Bryan no fuera tan territorial con su jardín como lo era con la cocina del pub.

Sin embargo, él no rechazó su sugerencia desde el principio.
—¿Te gusta la jardinería? —le preguntó.
Kiera asintió.
—Aunque no soy ninguna experta. En Irlanda tenía una parcela muy pequeña, no como la que tú tienes aquí, así que solo cultivaba unas cuantas hierbas aromáticas en macetas al sol, colocadas en los escalones de la puerta de atrás. Pero era muy relajante para mí.
Él sonrió.

—Y a mí me resulta muy práctico. Eso demuestra que, aunque tengamos algo en común, lo vemos desde diferentes perspectivas.

—Vaya. ¿Eso significa que también vamos a pelear por esto?

—No, supongo que son dos puntos de vista compatibles. Y reconozco que me gusta sentir el sol en los hombros cuando estoy trabajando en el huerto. Me gusta tocar la tierra con las manos. Y también me gusta pensar que yo he cultivado las verduras que se ofrecen en el pub, y que son un producto orgánico y fresco.

—Eso es un movimiento que tiene cada vez más adeptos, ¿no?

—De la granja directamente a la mesa –respondió Bryan–. Hay restaurantes que giran en torno a esa idea. La mayoría de los chefs trabajan con granjeros y mercados de proximidad para conseguirlo. Para mí es incluso más satisfactorio, porque sé lo que produzco. Lo que no puedo cultivar por falta de espacio se lo compro a un par de granjeros de la zona. Y los huevos y la leche también son locales. Y, por supuesto, ya sabes que el pescado es el que se pesca en las aguas de la bahía el mismo día que se sirve en las mesas.

Kiera se sorprendió por el entusiasmo con el que hablaba. Ella había conocido a varios cocineros en su trabajo, pero era la primera vez que hablaba con un chef formado en una escuela y que se preocupaba tanto de los productos que servía. Quizá, en un principio, ella no había sabido ver la valía de Bryan. Aunque no conociese tan bien como Nell o como ella misma la cocina irlandesa, estaba muy comprometido con la calidad de los ingredientes que utilizaba y se esforzaba en que las recetas tuvieran autenticidad.

—De repente, te has quedado muy callada.

—Creo que te he subestimado –reconoció Kiera–. Te he acusado de ser descuidado e inexperto.

—Bueno, a lo mejor, el hecho de entrar en una cocina llena de humo en vez de olores deliciosos te llevó a una confusión —admitió él con ironía.

—Eso solo pasó una vez. Cualquiera puede tener un mal momento. Mis hijos podrían decirte cuántas noches han tenido que cenar un sándwich de queso porque yo he quemado la cena a causa de alguna distracción. Y, cosa rara, ocurría sobre todo las noches que preparaba comida que no les gustaba —dijo ella, riéndose—. Acabo de darme cuenta de eso. Tengo que preguntarle a Moira si asaltarme con sus dudas sobre los deberes eran un modo muy astuto de alejarme de la cocina.

Bryan la miró con sorpresa.

—Vaya, ¿me estás ofreciendo la rama de olivo, Kiera?

—Puede ser —dijo ella, con una sonrisa—. Tendremos que esperar a ver lo que ocurre mañana.

Él alzó la copa de vino.

—Por la paz y la armonía.

Brindaron, y ella repitió:

—Por la paz y la armonía.

Entonces, él se puso en pie para marcharse, y ella lo lamentó. Sin embargo, Kiera sonrió de nuevo.

—Buenas noches, Bryan.

—Que duermas bien, Kiera.

Cuando se alejaba, Bryan se dio la vuelta, tal y como había hecho aquella mañana.

—Si quieres quitar malas hierbas del jardín, eres bienvenida —le dijo—. Pero si veo que no distingues una mala hierba de una tomatera, vamos a discutir mucho.

Ella lo miró con solemnidad.

—Si tengo alguna duda, te preguntaré antes de arrancar lo que sea. Tus tomates están a salvo, te lo prometo.

Mucho más a salvo que su corazón, que, de repente, se estaba abriendo a las nuevas posibilidades. Su relación con Peter había comenzado así, a pasos pequeños y con una confianza muy débil. ¿Se atrevería a correr el riesgo de que ocurriera de nuevo, y con un hombre que tenía un carácter tan receloso a causa de sus secretos?

Deanna se había llevado el libro de anatomía para estudiar bajo la sombra de un gran roble, sentada en su banco favorito del campus. Tenía el examen final al día siguiente, pero no era capaz de concentrarse. Llevaba una hora mirando la misma página, y estaba más concentrada en el sol que se filtraba entre las hojas que en la información que tenía que memorizar.

Al ver una sombra proyectándose sobre las páginas, alzó la vista. Su compañera de piso la estaba mirando con preocupación.

–O estás completamente fascinada por la unión de la tibia, la rótula y el fémur, o estás pensando en otra cosa. Llevo aquí de pie cinco minutos –le dijo Juliette–. Igual que cuando volviste ayer. Parece que estás en otro mundo.

Se sentó sin esperar invitación y le ofreció una chocolatina.

–Parece que la necesitas. Tengo más en el bolso, si se trata de una verdadera crisis.

Deanna sonrió.

–Siempre estás preparada. ¿Eras de las Girl Scout, Jules?

–No, pero nunca voy sin chocolate, como deberías saber después de compartir habitación conmigo más de dos años. Bueno, ¿qué te pasa? Sé que fuiste a ver a la doctora Robbins antes de marcharte a casa para el fin de semana. ¿Te dio alguna mala noticia?

–No, no. Me dijo que estoy bien, solo cansada y un poco agobiada por los exámenes. Me dijo que me tomara un descanso.

—¿Y por eso te fuiste a casa de repente?
—Claro.
—Vaya. Sé que crees que solo soy una cabeza de chorlito que ha venido a la universidad a cazar un marido, pero soy tu amiga, Dee, y, si no confías en mí, no puedo ayudarte. ¿Qué te pasa? Sé que es algo más que la presión de los exámenes. Si solo fuera eso, estarías pasando páginas como loca. Sin embargo, estás en el mismo sitio del libro que anoche.

Deanna suspiró. Aunque, seguramente, le serviría de mucho apoyarse en su amiga en aquel momento, aún no se veía capaz de revelar las noticias que le había dado Ash. Así pues, dijo:

—Le dije a mi padrastro que no voy a ir a trabajar en la constructora este verano.

Juliette abrió unos ojos como platos.

—¡Vaya! ¿Y qué tal se tomó la noticia?
—Creo que bien. En realidad, no le di elección. Solo le conté lo que iba a hacer.
—Creía que estabas muy preocupada por si lo decepcionabas.
—Sí, es verdad, pero es algo que tengo que hacer, y se lo expliqué.
—Bueno, llevas diciéndome esto varias semanas, y ya se lo has contado a tu padrastro, y a él le ha parecido bien. Entonces, ¿por qué no estás contenta o, por lo menos, aliviada por haber resuelto la situación?
—No sé. Creo que ahora estoy asimilando el cambio de dirección, y me da más miedo de lo que pensaba —dijo, con cautela.

Aunque la mentira sonaba verosímil, Deanna vio el escepticismo reflejado en los ojos de su compañera. En realidad, Juliette era una estudiante inteligente que sacaba muy buenas notas, que tenía un gran corazón y era muy intuitiva.

—Tú eres una persona muy valiente y decidida —dijo Juliette—. ¿Por qué tienes tantas dudas? ¿Acaso pensabas que tu padrastro iba a prohibirte que cambiaras de rumbo?

—Puede que tengas razón —dijo Deanna, después de reflexionar un instante—. A lo mejor tenía la esperanza de que me dijera que no y, así, poder seguir por el camino más fácil. Pero eso hubiera sido una equivocación, porque no me gustaban nada las asignaturas de Empresariales. Yo no siento ningún entusiasmo por la construcción, como le ocurre a él.

—Bueno, entonces, te vas a Baltimore —dijo Juliette—. ¿Está muy contenta la doctora Robbins?

—Lo organizó todo en una hora —dijo Deanna. Ciertamente, su mentora se había puesto muy contenta al oír la noticia. Pero, por supuesto, no conocía toda la historia.

Jules le tendió la mano.

—Dame el libro.

Deanna la miró con desconcierto.

—¿Por qué?

—Porque, si no apruebas Anatomía, no podrás aprovechar esta oportunidad tan buena. Quiero que te saques la carrera de Medicina y ejerzas aquí, en Charlottesville, para que puedas cuidar de la familia que voy a empezar a formar en cuanto me gradúe.

Deanna se echó a reír.

—¿Acaso ya has elegido al hombre perfecto?

Jules la miró con picardía.

—Bueno, tengo algunos candidatos. Ya te enseñaré la lista para que puedas darme tu opinión.

—Teniendo en cuenta mi falta de vida social, no creo que esté cualificada para ayudarte a dar con el marido ideal.

—Serás imparcial, y eso es mucho. Algunos me gustan tanto, que no soy capaz de juzgarlos con ecuanimidad.

Quiero algo romántico, por supuesto, pero también quiero que sea una decisión inteligente y racional.

Deanna cabeceó al oír una declaración tan contradictoria.

—Algo me dice que una noche vas a salir corriendo en busca de un juez de paz y que mi opinión no valdrá un comino. Ni la de nadie.

Juliette se puso seria.

—No, es imposible. Eso es lo que hizo mi madre la primera vez, y un par de veces más —respondió con pesar—. Mi método es mejor, y no pienso apartarme del camino. Voy a casarme solo una vez, así que más me vale acertar a la primera.

Deanne no quiso decirle que la vida podía arrojar a cualquiera a la cuneta en cualquier momento, justo cuando uno pensaba que lo tenía todo bien atado. Jules iba a aprenderlo por sí misma, tal y como acababa de aprenderlo ella.

Kiera le tomó la palabra a Bryan y, a la mañana siguiente, se acercó a su jardín, con ganas de pasar una hora en el huerto, haciendo algo productivo. Iba a llamar a la puerta trasera de su casa, pero, al oír su voz a través de la ventana de la cocina, se le quedó la mano inmóvil en el aire.

—Ha llegado el momento de rendirse —le estaba diciendo a alguien por teléfono, con una voz llena de cansancio—. Debería haberme rendido hace años.

Kiera se quedó muy preocupada al notar aquel tono de abatimiento. Su interlocutor debía de haberle dado una mala noticia. Tal vez fuera la misma persona con la que estaba hablando en el pub, hacía dos semanas. Aquella conversación lo había dejado muy alterado, de un modo que ella no llegaba a entender.

Aunque quería seguir escuchando la conversación para entender lo que ocurría, no pudo hacerlo. Se marchó rápidamente hacia el huerto, se puso de rodillas y se concentró en su tarea.

Aunque el hecho de sentir el sol cálido en la espalda le habría resultado muy relajante en cualquier otra ocasión, en aquel momento no podía quitarse de la cabeza el tono de voz de Bryan. Si él confiara en ella, tal vez pudiera ayudarlo. Algo le daba a entender que aquella era una carga que él llevaba sobre los hombros desde hacía mucho tiempo, tanto como para resignarse a la derrota. Ella entendía bien su situación. ¿Acaso no había dejado de intentar ayudar a sus hijos a encarrilar sus vidas? ¿Acaso no se le había roto el corazón por ello, aunque supiera que no había otro remedio? ¿Acaso no llevaba desde entonces cuestionando su propia decisión, sobre todo cuando alguien le preguntaba por sus hijos?

Llevaba media hora o más trabajando cuando oyó un portazo. Bryan salió al porche trasero y se detuvo de repente, al verla.

Ella volvió la cabeza por encima de su hombro y sonrió forzadamente.

—Te he tomado la palabra y he venido a desherbar.

Él se quedó aturdido por un momento, pero asintió.

—¿Están mis plantas a salvo?

—Ven a comprobarlo. Creo que este montón que tengo a mi lado son malas hierbas. Me he abstenido de tocar las filas de plantas que has entutorado.

Entonces, Bryan sonrió.

—Vaya, quién iba a decir que mi forma de cultivo iba a darle pistas a una aficionada.

—También me han servido las etiquetas que hay al principio de cada fila —dijo ella, y le preguntó, con curiosidad—: ¿Es que no sabías si luego ibas a reconocer lo que habías plantado tú mismo?

—En un par de casos es un experimento —le explicó Bryan—. Nunca había cultivado berenjenas, y he plantado más de un tipo de pimiento. Y, si le pusiera un jalapeño a una receta que debe llevar pimiento dulce, cometería un gran error.

—Y ¿no se nota la diferencia a simple vista? No se parecen...

Él se encogió de hombros.

—Puede darse un error.

—Ah. ¿Por qué cultivas jalapeños? En la cocina irlandesa no se utilizan.

—Pero a mí me encanta comer alguna salsa picante cuando estoy tomándome una cerveza en el porche. Los irlandeses no saben lo que se pierden. ¿No fuiste tú la que me dijo que es importante servir comidas que den sed a los clientes, para que pidan más cerveza? Tal vez debería recomendarle a Luke que ponga picante en la carta.

—¿Y que Nell se desmaye acto seguido?

—Más probable aún, que yo tenga que aguantar tus gruñidos.

Kiera se apoyó sobre los talones y lo miró atentamente. Parecía que estaba calmado, a pesar de su tono de voz en la conversación que ella había oído un rato antes.

—¿Has tenido un buen comienzo de mañana? —le preguntó, cuidadosamente.

—Bueno, verte a ti trabajando en mi huerto es un modo agradable de empezar el día —respondió Bryan, aunque los dos sabían que no estaba respondiendo a lo que ella le había preguntado.

—Pues lo siento, pero estoy a punto de dejarlo, porque tengo que arreglarme para ir a trabajar.

Se puso de pie, se sacudió la tierra de las rodillas y comenzó a meter las malas hierbas en una bolsa de la basura que había llevado consigo. Sin embargo, él la detuvo.

—Déjalo, Kiera, puedo terminar yo.

—De acuerdo. Espero que me permitas hacer esto alguna otra vez.

—Claro que sí. Cuando quieras.

Ella se marchaba cuando oyó que él la llamaba. Kiera se detuvo y lo miró.

—Si quieres, te llevo al trabajo. A lo mejor nos da tiempo a parar en Panini Bistro para tomar un café.

Kiera se quedó asombrada, y aceptó aquel ofrecimiento de paz por su parte.

—Sería estupendo. ¿Dentro de quince minutos?

—En media hora, si te parece bien. Todavía es pronto. Luke no nos espera a ninguno de los dos.

No, pensó Kiera, pero a su yerno le iba a parecer fascinante que llegaran juntos, algo que no era extraño, pero con un vaso de café de Panini Bistro cada uno. Si conocía a Luke y a su hija, eso era algo que no iba a pasar desapercibido para ellos, y que le iban a restregar a menudo por la nariz.

Capítulo 10

Como hacía una mañana de junio muy agradable, Bryan le preguntó a Kiera si quería sentarse en la terraza de Panini Bistro, con vistas a la bahía, al sol. En aquel mes, el tiempo era impredecible en Chesapeake Shores. Un día podía ser muy agradable y, el siguiente, insoportablemente húmedo y caluroso. Aquel día, el cielo estaba muy azul, y la temperatura era de unos veintiún grados.

–Nunca me pierdo la oportunidad de poder mirar al mar –le respondió Kiera, inmediatamente–. Uno de los motivos por los que mi casita me gusta tanto es por las vistas que tiene de la bahía desde el patio.

–En mi casa, en el piso de arriba, las vistas son aún mejores –dijo Bryan–. Cuando dejo abiertas las ventanas de mi habitación, oigo romper las olas.

En cuanto pronunció aquellas palabras, Bryan se arrepintió, porque parecían una invitación. Además, sin poder evitarlo, se imaginó a Kiera en su dormitorio, en su cama, y se horrorizó al notar lo poderosa que era la imagen.

–¿Bryan?

Al oírlo, volvió a la realidad, y se dio cuenta de que había llegado la camarera y estaba esperando para anotar lo que iban a tomar.

—Yo, un café expreso —dijo, rápidamente—. ¿Y tú, Kiera?

—Yo ya he pedido un *cappuccino* —respondió ella, con una sonrisita.

—Muy bien, pues eso es todo. A no ser que quieras algo de comer.

—No, con el café me conformo.

—De acuerdo —dijo la camarera, y se alejó.

—¿Hasta dónde ha ido tu mente? —bromeó Kiera—. Debía de ser un lugar muy agradable.

—No, a ningún sitio al que merezca la pena ir —dijo él.

Después, se abstrajo mirando los barcos que navegaban por la bahía bajo el sol matinal. Era una visión llena de calma, totalmente contraria a sus pensamientos caóticos.

De repente, se le ocurrió que Kiera y él estaban teniendo una cita. Al proponérselo, no había pensado más que en el deseo de disfrutar de su compañía. Parecía que se llevaban mejor cuando estaban fuera del pub. Sin embargo, en aquel momento, pensó en que habían dado un paso hacia una relación más complicada, algo que él llevaba años evitando con éxito.

Melody nunca se había divorciado de él, así que Bryan pensaba que no podía tener más que relaciones pasajeras. Siempre había sido sincero con las mujeres con las que salía y les dejaba claro que no buscaba nada duradero. Sin embargo, nunca explicaba el motivo por el que no estaba interesado, porque era algo demasiado personal para él. ¿Estaba dispuesto a mantener aquella conversación con Kiera? No lo creía; por eso, debía tener mucho cuidado con las señales que le enviaba.

—Para ser un hombre que ha tenido un buen comienzo de día, ahora parece que estás muy angustiado —le comentó ella—. ¿He dicho algo que te ha molestado?

—No, en absoluto —dijo él—. Lo que pasa es que no estoy acostumbrado a hacer cosas como esta.

—¿Como cuáles? ¿Tomar un café?
Él asintió. Después, se echó a reír.
—Es una tontería, ¿verdad?
—Pero si ya hemos tomado café otras veces juntos. Bueno, tú tomaste café, y yo, té, pero es lo mismo.
—Eso fue en el pub. Esto es distinto. ¿No lo ves?

Kiera se quedó desconcertada, pero, antes de que él pudiera darle una explicación, vio a Mick O'Brien que iba caminando por la acera en dirección a la galería de arte de su mujer. Cuando los vio, se detuvo en su mesa y los miró de un modo elocuente.

—Vaya, qué sorpresa –dijo. Tomó una silla de la mesa de al lado y se sentó sin que le invitaran–. No se me había ocurrido que podía veros a los dos aquí sentados. Juntos.

Kiera lo entendió todo de golpe, y miró con desesperación a Bryan.

—Estamos hablando de las ideas que tenemos para mejorar el pub –le dijo Bryan a Mick, con la esperanza de poder controlar la situación–. Kiera tiene algunas sugerencias para ampliar la carta, ¿verdad?

Ella asintió.

—Sí. Son los platos más demandados en los pubs de Irlanda. Tú debes de haber conocido muchos pubs en tus viajes allí todos estos años, ¿no, Mick? A lo mejor también tienes alguna idea para la carta de O'Brien's.

—Bueno, yo ya le di algunas ideas a Luke cuando nos contó sus planes de abrir el pub –respondió Mick–. Me sorprende que no le hayáis pedido a mi madre que se reúna con vosotros –dijo, refiriéndose a Nell–. Ella tiene mucho interés en la carta del pub. La autenticidad es muy importante para ella, como tú bien sabes, Bryan.

Bryan se echó a reír.

—Sí, claro que lo sé. Me repite esa palabra a menudo. Ahora, Kiera ha tomado el relevo. Se toma muy en serio su trabajo de asesoría.

—En realidad —intervino Kiera, rápidamente—, esto solo es una conversación preliminar. Por supuesto que Nell tendrá la última palabra.

—Por supuesto —afirmó Bryan.

Le pareció ligeramente divertido que Kiera se hubiera puesto nerviosa y, por lo menos, así no era el único que tenía calambres en el estómago. Y eso, teniendo en cuenta que ella no sabía nada del afán casamentero de Mick O'Brien. El hecho de encontrarlos juntos a aquella hora tan temprana lo tenía fascinado. La conversación no era más que un trámite para él mientras evaluaba su relación, para poder, después, hablarle de ellos a toda la familia. Bryan no tenía ni la más mínima duda.

Cuando la camarera les llevó lo que habían pedido, Mick pidió un café americano. Era obvio que no pensaba marcharse hasta que hubiera averiguado lo que estaban haciendo en realidad.

—Al principio, a Luke le preocupaba que vosotros dos no consiguierais llevaros bien trabajando en el pub —dijo, con inocencia—. Es evidente que la situación ha mejorado.

—Estamos esforzándonos por ello —respondió Kiera—. Hemos dado con unas cuantas cosas en las que estamos de acuerdo.

—Sí, y, además, sois vecinos. ¿Qué tal va eso? Kiera, ¿te parece confortable la cabaña? Hicimos la reforma rápidamente por petición de Moira, pero, si nos dejamos algún detalle por terminar, avísame. Enviaré a alguien enseguida para que lo arregle.

Bryan captó la expresión de Kiera, y le dio la sensación de que tenía algo que ver con el comentario que había hecho Mick sobre su hija Moira acerca de la reforma de la casita. Después, se quedó asombrado. ¿Acaso habían urdido un plan para emparejarlos? Bueno, si era cierto, aquella preocupación podían dejarla para otro momento. En aquel punto, tenían que preocuparse por Mick y por sus fantasías románticas.

Bryan miró a su alrededor para ver si había algún otro O'Brien que pudiera servirle de distracción a Mick. Sin embargo, no había ni rastro de ninguno.

–Kiera, ¿te está gustando Chesapeake Shores? –le preguntó Mick a Kiera, como si no hubiera tenido oportunidad de preguntárselo en otras ocasiones, cuando, en realidad, se veían casi a diario en el pub.

–Es precioso –dijo ella, que se animó al poder continuar con un tema inocuo–. Debes de sentirte muy orgulloso cuando miras a tu alrededor y te das cuenta de que has creado un lugar tan cálido y acogedor.

Aunque Mick se quedó muy contento con aquel comentario, dijo:

–He diseñado y construido los edificios, pero son los que viven aquí los que han formado esta comunidad.

–Pero... yo tengo la sensación de que tu familia y tú habéis dado ejemplo.

–Y no solo aquí –añadió Bryan, aprovechando aquel tema de conversación–. ¿Cuántas comunidades más ha urbanizado tu constructora en todo el país, cada una de ellas con su propio carácter, integrándose en el paisaje que la rodea? Yo tuve la oportunidad de charlar con Jaime Álvarez cuando estuvo aquí, recuperándose de su lesión. Me enseñó fotos del proyecto en el que estaba trabajando para ti en el noroeste del Pacífico –dijo. Se giró hacia Kiera, y le explicó–. No se parece a Chesapeake Shores, que es lo apropiado para esta parte del mundo. Esa otra comunidad encaja perfectamente en el entorno de aquella zona.

–Eso siempre es nuestro objetivo –dijo Mick–. Queremos que cada uno de los pueblos que construimos sea único. Y, si le dices a mi hermano Thomas que he dicho esto, voy a negarlo, porque gracias a él nos tomamos tan en serio y cuidamos tanto la belleza natural de cada ubicación, y hacemos el menor daño posible.

—Pero... ¿no tienes que estar siempre de viaje para supervisar esas obras? —preguntó Kiera, con fascinación—. Supongo que se tardará un tiempo en captar la esencia de un lugar para saber qué es lo mejor que se puede construir en él y diseñarlo.

Mick puso cara de consternación.

—Al principio, cuando estaba montando mi empresa, me ocupaba demasiado tiempo, sobre todo si le preguntas a Megan. Después de que nos divorciáramos, solo conseguí que volviera conmigo prometiéndole que mi director ejecutivo, Jaime, y el hermano de Luke, Matthew, se ocuparían de la mayor parte de los proyectos. Ahora solo viajo cuando hay que resolver algún problema o cuando hay que negociar con las autoridades locales.

Kiera frunció el ceño.

—Teniendo en cuenta esa experiencia, me pregunto por qué Megan es menos comprensiva con el deseo de Moira de quedarse aquí con su familia en vez de viajar tanto.

Mick se echó a reír.

—Mi mujer es una persona complicada —dijo, con ironía—. Y es ambiciosa, no tanto para sí misma, sino en relación con tu hija. Megan detesta ver que su talento pasa desapercibido. Y Moira es lista al pararle los pies. Tal vez debieras recordarle a Megan lo que pensaba cuando yo estaba viajando todo el tiempo.

—Supongo que no podrías recordárselo tú, ¿no? —preguntó Kiera—. Yo disfruto demasiado de su amistad como para expresar una opinión que va en contra de la suya.

—Seguramente, es una forma inteligente de enfocarlo —dijo Mick—, pero yo tampoco quiero recordarle el pasado. Yo también me voy a reservar mi opinión —declaró. Dejó la taza de café vacía a un lado y se puso en pie—. Tengo que irme, pero, antes, voy a buscar a la camarera para pagar los cafés. Me alegro mucho de haberos visto. Que disfrutéis de la mañana. Seguro que nos vemos después, en el pub.

Cuando se marchó, Kiera miró a Bryan.

—Ha sido interesante.

—Sí, es una forma de decirlo. ¿Conoces a Mick?

—Muy poco.

—¿Y sabes que tiene una reputación de casamentero que traspasa fronteras?

Kiera se quedó horrorizada.

—¿Por eso te has puesto tan nervioso al verlo?

—Hoy, antes de que acabe el día, la mitad de los O'Brien estarán especulando sobre nosotros —le confirmó Bryan—. La otra mitad estará buscando excusas para poder pasar por el pub y comprobar en persona si es cierto que saltan las chispas. Ya verás todos los que aparecen por allí esta noche.

Ella se alarmó.

—Un hombre tan importante como Mick O'Brien tendrá mejores cosas que hacer que estar cotilleando sobre nosotros. Lo único que ha hecho es sentarse a tomar café.

—Tú misma lo has oído, Kiera. Está casi jubilado, así que se aburre, y lo que hace es cotillear. Toda su familia está asentada, así que nosotros somos una oportunidad de oro. Yo he visto personalmente sus tejemanejes en otras relaciones desde que vivo en la ciudad. Todas han acabado bien, pero no precisamente gracias a sus intervenciones. Mick piensa que tiene el mismo don que Nell para emparejar a la gente, pero, créeme, no tiene su sutileza.

—Entonces, vamos a tener que dejarle las cosas claras. A todos ellos, si es necesario. Yo estoy todavía sufriendo por la muerte de Peter, y tú... Bueno, no sé lo que te sucede a ti, pero lo cierto es que los dos nos conformamos con llevarnos bien. ¿No es así?

Aunque asintió, Bryan se echó a reír por la ingenuidad de Kiera respecto a la determinación de los O'Brien. Si bien no estaba deseando en absoluto ver lo que iba a pasar aquel mismo día, tal vez fuera divertido presenciar la sorpresa que se iba a llevar Kiera, y cómo trataría de escapar de la situación. ¿Quién sabía? Tal vez fuera lo suficientemente lista como para conseguir lo que nadie de la familia había podido lograr.

De camino a Baltimore, después de terminar los exámenes finales en Charlottesville, Deanna se desvió hacia Chesapeake Shores, y se atrevió a aparcar enfrente del pub O'Brien's con la esperanza de ver a Bryan Laramie. Sin embargo, aunque entró y salió mucha gente del pub irlandés durante la media hora que permaneció allí, nadie se parecía al hombre a quien ella había visto en la fotografía que acompañaba al artículo de la revista.

No tuvo el valor suficiente para salir del coche y entrar a hablar con su padre. Tenía que conseguir asimilar la situación con calma antes de enfrentarse a él. Tenía el horrible presentimiento de que, si lo hacía sin planificación, se echaría a llorar con solo verlo.

Al darse cuenta de que la gente empezaba a mirarla, no sabía si por curiosidad al verla sentada en el coche durante tanto tiempo, arrancó el motor y se puso en camino de Baltimore.

Después de dos semanas, estaba tan ocupada adaptándose a la beca de trabajo voluntario y conociendo a todos sus compañeros, que casi había conseguido no pensar en cuál iba a ser el siguiente paso con respecto a su padre. Ni tampoco había hecho ningún progreso a la hora de reparar su relación con Ash que, de repente, era de lo más embarazosa.

Y no podía echarle la culpa a su padrastro. Después de enterarse de sus planes de ir a trabajar a Baltimore, la había apoyado en todo. Deanna sabía que Ash solo quería lo mejor para ella y, si su sueño era estudiar Medicina, estaría a su lado. Se había empeñado en pagar el alquiler de su apartamento aquel verano y le había ofrecido todo el mobiliario que necesitara para que estuviera cómoda.

La llamaba cada pocos días para saber qué tal estaba, pero no la presionaba en absoluto. Solo le hacía saber que la quería, pasara lo que pasara. Aunque ella entendía que su objetivo era arreglar la situación y reconfortarla, Deanna se sentía un poco culpable, porque no estaba lista para perdonar y olvidar.

Después de una semana fascinante pero agotadora, durante la que había estado metida en un laboratorio de investigación sobre el cáncer, sirviéndoles de recadera, estaba deseando pedir una pizza y descansar. Tenía por delante todo un fin de semana lleno de posibilidades. Podía recorrer el Inner Harbor de Baltimore o ir a Ocean City, tal y como habían pensado hacer muchos de sus compañeros de trabajo.

O podía ir a Chesapeake Shores.

Aquella posibilidad siempre estaba allí, y era una tentación. Sin embargo, estaba acobardada, y no se atrevía a dar el paso.

Sonó el teléfono, y pensó que era el repartidor de pizza. Respondió sin mirar la pantalla y oyó la voz de Ash.

–¿Va todo bien por allí? –le preguntó su padrastro, en un tono animado.

–Va todo perfectamente –respondió ella, automáticamente.

–¿Seguro? Tienes voz de estar cansada. No estarás trabajando demasiado, ¿no?

–Qué padrazo eres –dijo ella, sin pensarlo–. Como si nadie salvo tú pudiera trabajar de sol a sol.

En cuanto hubo pronunciado aquellas palabras, que

eran las que habría dicho antes de que todo hubiera cambiado entre ellos, se quedó en silencio. Ash, también.

Él fue el primero en recuperarse.

—Solo digo que estamos en verano. También deberías divertirte un poco. ¿Qué tienes pensado hacer durante el fin de semana?

—No sé. En primer lugar, voy a dormir doce horas seguidas. Después, ya decidiré lo que hago.

—¿Tienes intención de ir a Chesapeake Shores?

—No lo sé —dijo ella, con sinceridad.

—Cariño, ¿por qué no lo haces? ¿No quieres conocer a tu padre biológico?

—Claro que quiero conocerlo, pero es algo muy complicado —respondió ella, con un suspiro.

—¿Por lo que te conté sobre tu madre y sobre mí?

—Eso no ha sido de gran ayuda, no. No sé qué es lo que tengo que superar primero. Estoy intentando asimilar lo que me contaste, pero no consigo aceptar que los dos crearais una familia de mentira.

—Éramos una familia de verdad —dijo Ash—. Aunque no fuera una familia convencional, ni fuera lo que tú pensabas, era una familia, Dee. Tu madre siempre fue tu madre, y yo fui el mejor padrastro que pude. Mis padres te querían como si fueras de mi sangre. ¿No es eso una familia?

A Deanna se le llenaron los ojos de lágrimas.

—Ojalá fuera tan sencillo para mí. Sé que debería serlo. Sé que debería tener en cuenta solo el amor y la estabilidad que tú nos diste a mi madre y a mí. Pero, por ahora, no consigo aceptar que nuestra familia se basara en una mentira.

—Lo siento muchísimo, hija. Y siento mucho más que esté complicando el encuentro con tu padre biológico. ¿Puedo hacer algo para que todo te resulte más fácil? Si es necesario, iré contigo a Chesapeake Shores. No tienes por qué conocerlo estando sola. Si quieres, me quedaré en un segundo plano, sin que él se entere de que estoy allí. Solo por si me necesitas.

En parte, Deanna quería apoyarse en él, pero sabía que tenía que hacer aquello por sí misma, en el momento más adecuado, a su ritmo.

—Te lo agradezco mucho, pero creo que tengo que hacerlo sola cuando me sienta capaz. Yo sabré arreglármelas cuando llegue el momento.

—Bueno, pero acuérdate de que estoy aquí, de que te quiero y de que siempre serás mi hija.

Al oír aquello, Deanna tuvo que enjugarse las lágrimas. Aquel era Ash, un hombre fuerte y sólido, aunque debía de estar sufriendo mucho con aquella situación. Su mundo también había cambiado, y ella no debía olvidarse de eso.

—Te quiero —le susurró.

Después de un segundo, él respondió, como hacía siempre:

—Yo te quiero más.

Tal vez su relación hubiera recibido un golpe, pero algunas cosas no cambiaban nunca. Y Deanna se consoló pensando en eso.

La vida de Kiera estaba tomando un ritmo familiar y cómodo. Trabajaba varias mañanas en el huerto de Bryan, antes de que el sol empezara a calentar demasiado. Normalmente, él se reunía con ella en algún momento; le llevaba una taza de té o una botella de agua fresca. Habían vuelto a Panini Bistro un par de veces, aunque, por suerte, no habían vuelto a encontrarse con Mick ni con ningún otro O'Brien.

Aunque algunos de ellos habían ido más de lo normal por el pub, y aunque les dirigían miradas de especulación, Kiera los había ignorado y había tenido gran cuidado de no acercarse a Bryan durante sus visitas. No iba a alimentar la imaginación desbocada de aquella familia.

Sin embargo, su hija Moira llevaba sin aparecer por allí casi una semana. Kiera se dio cuenta de que Moira sabía que ella había descubierto su participación en la reforma y el alquiler de la cabaña, y estaba dejando que pasaran unos días para que a su madre se le pasara el enfado.

Como aquel era un asunto que había que resolver, Kiera decidió ir a visitar a Moira a su casa. Además, echaba mucho de menos a su nieta.

Cuando llamó a la puerta, oyó las risitas de Kate a través de las ventanas abiertas. Era el sonido más dulce del mundo.

—Adelante, está abierto —dijo Moira.

Kiera se encontró a su hija de rodillas en la cocina, limpiando cereales con leche que habían llegado a las cuatro esquinas del suelo.

—¿No le ha gustado el desayuno a Kate? —preguntó, mientras la pequeña le tendía los brazos. Kiera tomó un trapo, lo humedeció y le limpió la cara y las manos antes de tomarla.

—Tu nieta ha elegido esta mañana en concreto para tener una rabieta —dijo Moira, y miró a Kate con severidad—. Y, ahora, claro, todo son sonrisas para ti.

Kiera se echó a reír.

—Así son las cosas. ¿Se te ocurre el motivo de la rabieta?

—Su adorado padre se ha ido a trabajar y la ha dejado abandonada, o eso debe de pensar ella. Y yo no estoy a la altura como sustituta.

—Ah, a mí me ha pasado eso unas cuantas veces. Yo tampoco era suficiente para ti.

—¿Y tenía alguna lógica? —preguntó Moira, quejumbrosamente–. ¿Se te ocurra algo que me sirva de pista para evitar tales rabietas?

–No, nunca fui capaz de determinar qué pasaba. Siempre sucedía cuando yo tenía prisa porque tenía que marcharme a algún sitio. Entonces, te encantaba aplastarte las gachas por el pelo y gritar como una loca cuando tenía que lavártelo.

Moira suspiró y recogió los últimos cereales del suelo.

–Entonces, parece que, de tal palo, tal astilla –dijo, y miró a Kiera–. Mamá, ¿cómo te las arreglabas con tres hijos, y sin ayuda de ningún tipo?

–Algunos días no lo llevaba muy bien –confesó Kiera–. Rezaba para que vosotros no lo notarais. No quería que ninguno de los tres os dierais cuenta de cuáles eran mis debilidades, porque no habría tenido ninguna posibilidad.

–Pero sobreviviste –dijo Moira, con admiración.

–Y tú también vas a sobrevivir. Además, tienes a tu disposición toda la ayuda que necesites con solo pedirla.

–No lo hago por pura obstinación –reconoció Moira–. Es un bebé. Yo tendría que ser capaz de controlar la situación por mí misma.

–Hay una gran diferencia entre «Tendría que ser capaz» y «ser capaz». Tienes que aprender cuando pasar de un sitio a otro y pedirnos a tu marido, o a mí, o a otra persona, que te eche una mano. Vamos, siéntate y toma a tu hija. Yo voy a preparar un té para las dos.

Moira se sentó con Kate en las rodillas, y se echó a reír.

–Te pareces muchísimo a Nell. Crees que con una taza de té se soluciona todo.

–Es un buen comienzo –dijo Kiera.

–Sí. Bueno, ¿y qué te trae por aquí? ¿Te ha dicho el instinto que estaba al borde de mis posibilidades?

—No, en absoluto, pero hace unos días que no nos vemos, y me preguntaba si hay algún motivo para eso.

Moira puso cara de culpable, y Kiera asintió.

—Ya me parecía a mí. Te has enterado de que Mick me dijo que habías tenido un papel decisivo en la reforma de la casita, después de haber representado tan bien el papel de hija indignada que no quería que me marchara de su casa.

—Tenía que ser convincente, mamá. ¿Estás muy enfadada conmigo?

—Me pregunto por qué piensas que tenías que fingir que no querías que me mudara, si el hecho de que yo me fuera a vivir al lado de Bryan Laramie era parte del plan.

Moira se echó a reír.

—Porque, como yo, tú siempre haces lo contrario de lo que se espera, solo por llevar la contraria. Si te hubiera dicho que yo creía que era el mejor sitio y que pensaba que eso serviría para acercar posiciones con Bryan, tú te habrías ido a vivir a las afueras del pueblo solo para no hacerme caso.

—Creía que pensabas que la amistad entre Bryan y yo sería algo desleal hacia el recuerdo de Peter.

—El problema no es la amistad —dijo Moira—. El problema eran las chispas que saltan entre vosotros dos. La amistad es algo que quiero favorecer.

—Tomo nota —dijo Kiera con una sonrisa.

—Porque eso es lo único que hay entre vosotros, ¿verdad?

—Por supuesto.

—A pesar de lo que Mick creyó que vio en Panini Bistro, y lo que Luke y yo hemos visto con nuestros propios ojos.

Kiera se echó a reír abiertamente al notar la indignación y la preocupación de su hija.

—¿Te das cuenta de que soy tu madre, una adulta con sentido común, y que puedo tener la vida personal que elija? ¿No fuiste tú la que me ha recordado eso varias veces desde que llegué a Chesapeake Shores?

Moira frunció el ceño.

−Supongo que sí −dijo, de mala gana.

Kiera asintió.

−Bueno, pues, siempre que tengamos eso claro, puedo decirte que Bryan y yo hemos hecho las paces por el bien de la cooperación y el trabajo en equipo en el pub. Nada más.

−¿Y las chispas? Sé que ninguno nos las hemos imaginado.

−Un extra muy interesante.

Aquello era algo que no quería analizar y, menos, con su hija. Ya era suficiente que la mantuviera despierta por las noches, hasta muy tarde, porque su mente no dejara de dar vueltas y llegar a conclusiones inesperadas que ella pensaba que nunca se le iban a ocurrir.

Capítulo 11

—Moira, sé que es el último minuto, y que es más tiempo del que estás dispuesta a concederle a tu trabajo, pero tal vez nunca vuelvas a tener una oportunidad como esta —le dijo Megan O'Brien, en su despacho de la galería de arte de Shore Road.

Desde la primera vez que había visto sus fotos, Megan había sido una ardiente defensora de su trabajo y, gracias a sus contactos y su credibilidad en el mundo del arte, la carrera de Moira había tomado forma y había despegado de un modo que ella nunca hubiera imaginado.

Sin embargo, conciliar el trabajo y las oportunidades con la vida familiar era un tira y afloja. Moira se habría conformado con la vida de ama de casa, pero Megan y Luke la habían empujado a que aprovechara las posibilidades de exponer su trabajo por todo el país.

Pero en algunas ocasiones, como en aquella, tenía que hacerse valer. Después de haber pasado un par de mañanas muy duras con Kate en casa, lo más lógico sería que tuviera ganas de salir corriendo y, no obstante, lo que quería era no fracasar como madre. Megan tenía que entender que su familia era lo primero.

—Esta vez, no. Megan, sabes que no es buen momento. Mi madre está aquí y…

Megan la interrumpió.

—Eso debería facilitarte las cosas. Ella puede cuidar de Kate mientras tú estás de viaje.

—Una cosa es cuidar a Kate una tarde o una noche, y otra, esperar que pueda hacerse cargo del bebé varios días mientras, además, tiene que trabajar en el pub.

—Ella crio a tres niños mientras trabajaba –replicó Megan, como si le estuviera leyendo la mente a Moira.

Moira recordó aquellos días de la infancia. Su madre siempre estaba agotada y de mal humor. Y ella no quería someter a Kate aquello, aunque las cosas ya no fueron iguales. Kiera se había suavizado mucho, como ella misma.

—Por lo menos, habla con ella de este tema –le sugirió Megan–. Esta exposición de San Francisco te abriría muchas puertas. La galería tiene clientes no solo de la Costa Oeste, sino, también, de Hawái, Japón y China. Sería tu primera exposición internacional.

—Yo empecé en Irlanda –le recordó Moira–, y había coleccionistas europeos cuando hice la primera exposición en Nueva York.

Megan ignoró aquellos recordatorios, como si no tuvieran importancia.

—Sabes perfectamente lo que quiero decir, Moira. Esta es otra oportunidad de expandir tu público, y no deberías rechazarla. Yo estoy aquí para darte los mejores consejos profesionales que pueda, y te digo que esta es una invitación valiosísima. Siéntate a hablar con Luke y con tu madre. Yo voy contigo al pub en este mismo momento. Podemos explicarles juntas lo que significa todo esto. Ya sabes que Luke hará lo que sea por apoyarte, y estoy segura de que tu madre, también.

—Ni hablar. No voy a someterles a ti –dijo Moira–. Tú eres una apisonadora como tu marido, Megan O'Brien.

Aquel comentario agradó a Megan.

—Después de vivir tantos años con Mick, es lógico que se me haya pegado algo. A los dos nos gusta salirnos con la nuestra.

—No era un cumplido.

Megan se echó a reír.

—Ya lo sé, pero yo me lo tomo como tal. Bueno, ¿vas a hablar con tu madre y con Luke y a llamarme mañana para informarme de tu decisión?

—Sí, ¿cómo no? —murmuró Moira. Después, suavizó su sarcasmo con una nota de gratitud—: De veras, te agradezco mucho todo lo que has hecho por mí.

—¿Aunque soy exigente y agobiante?

—Claro —dijo Moira, y la observó atentamente—. Estás muy segura de lo que van a decir, ¿no?

—Sé que los demás quieren lo mejor para ti y para tu carrera profesional.

—Entonces, ya has hablado con ellos.

—Con Luke, no. Pero puede que le haya comentado a tu madre que hay oportunidades que tú no deberías rechazar. ¿No te ha dicho nada?

—Ni una palabra. Lo cual es sorprendente, porque a ella nunca le cuesta dar su opinión. El otro día estuvimos mucho rato hablando y no me mencionó nada de esto. Sé que te admira, así que es raro que no lo haya hecho rápidamente, a menos que esté de acuerdo conmigo en que mi sitio está aquí.

—O tal vez tema que comentártelo sea contraproducente. Algunas veces, las sugerencias de los padres no son bien aceptadas. Lo sé por experiencia, y me imagino que tu madre, también.

—Las dos tenemos una vena independiente y obstinada —dijo Moira.

—No me digas que no solo porque haya intentado involucrar a tu madre. Aunque me haya podido extralimitar un poco, lo hago por el bien de tu carrera. Si lo analizas bien, te darás cuenta de que es lo más lógico, el paso siguiente para alcanzar tu objetivo.

—Yo no tenía ningún objetivo antes de conocerte. Y no sé si mis metas son tan elevadas como las tuyas.

—Para eso me tienes a mí, para empujarte más hacia arriba. Tienes mucho talento, Moira. Necesitas unas miras más altas.

—¿Tengo que negarme a mí misma que estoy satisfecha con lo que ya he conseguido?

—Espero que no te conformes con eso, cuando puedes conseguir mucho más, Moira. Deja que Luke, tu madre y yo te ayudemos. Solo queremos que tú, y tu enorme talento, tengáis el reconocimiento que merecéis.

Moira sabía que su madre sí estaba dispuesta a ayudarla, y se preguntó si, tal vez, estaba siendo demasiado terca. No sería la primera vez. Quizá hubiera llegado el momento de dejar de decir que no solo por llevar la contraria.

—Ya hablaremos —le prometió a Megan—. Te llamaré.

—¿Mañana?

Moira sonrió ante su insistencia.

—Sí, mañana.

Kiera estaba sentada en un rincón del pub, meciendo a Kate en sus rodillas. El bebé hizo un gorgorito de deleite y tomó un mechón de su pelo caoba. Kiera se lo soltó con cuidado y le puso entre los dedos un sonajero.

—¿Qué te parece si jugamos con esto? —le preguntó, suavemente—. Si no, me vas a dejar sin un pelo en la cabeza.

Kate tiró el sonajero al suelo.

—¿No te interesa? Entonces, ¿qué quieres? Tiene que haber algo más divertido que tirarme a mí del pelo.

—Yo tengo algo que puede valer —dijo Bryan, que salía de la cocina con un helado de frutas que acababa de preparar para el bebé. Se lo puso delante a Kate, que lo agarró con entusiasmo y le lanzó una sonrisa.

–Estos le encantan –dijo Kiera, de mala gana–. ¿Cómo es que se te ha ocurrido hacerle uno?

Aunque ella no se lo esperaba, Bryan acercó una silla y se sentó junto a ellas.

–Se los hacía a mi hija cuando era un bebé y estaban saliéndole los dientes –dijo, sin mirar a Kiera.

Aquella revelación personal, tan repentina, sorprendió mucho a Kiera.

–¿Tienes una hija?

–La tuve –dijo él, con una expresión pétrea. Sin embargo, en sus ojos se reflejó una enorme tristeza que a ella le rompió el corazón.

–No lo sabía. Lo siento –susurró Kiera.

Bryan hizo un gesto negativo.

–No murió. Que yo sepa, sigue viva.

–¿Que tú sepas? No lo entiendo.

–Su madre me abandonó y se la llevó cuando la niña tenía un año. Desde entonces, no he vuelto a saber nada de ellas.

La sorpresa de Kiera se convirtió en horror.

–¿Y no has intentado dar con ellas?

–Claro que sí. Denuncié su desaparición. Contraté a detectives privados –dijo él, con un suspiro–. Pero parece que, cuando una persona adulta quiere desaparecer, es más fácil de lo que uno piensa.

Kiera trató de adivinar qué llevaba a una mujer a abandonar a su marido, llevarse a su hija y desaparecer.

Bryan la estaba mirando fijamente.

–Adelante, pregunta. Sé que te estás imaginando lo peor, que yo debí de hacer algo espantoso para que ella huyera y desapareciera.

—¿Lo hiciste? —le preguntó Kiera, que no quería creer que eso fuera posible.

Bryan y ella habían tenido un comienzo difícil, pero él le parecía un buen hombre, aunque fuera tan reservado.

—No cabe duda de que fui negligente —confesó él—. Acababa de salir de la escuela de cocina de Nueva York y quería hacerme famoso. Trabajaba muchísimas horas en un restaurante de lujo que siempre estaba lleno. El nivel era muy exigente y había un estrés muy alto. Yo pensaba que lo estaba haciendo por los tres, pero lo cierto es que, seguramente, solo me importaba a mí. Era ambicioso, y creía que algún día tendría mi propio restaurante si trabajaba lo suficiente.

—Te dejaste atrapar por un sueño —dijo ella.

Bryan asintió.

—Y mira dónde llegué. Primero, a un deli y, después, aquí.

—¿Y qué tiene de malo estar aquí? —preguntó ella, con cierta indignación—. Es un pub estupendo y, a pesar de todo lo que te digo, haces un trabajo estupendo.

Bryan se quedó asombrado.

—¿Un trabajo estupendo?

—Que no se te suba a la cabeza. Siempre se puede mejorar.

Él sonrió.

—Puede que Luke tuviera razón —murmuró él.

—¿En qué?

—En que lo que yo necesitaba era un reto.

Le acarició la mejilla a Kate, que estaba manchada de helado de fresa.

Kiera se quedó mirándolo mientras él se iba a la cocina. Todavía no había asimilado lo que Bryan acababa de contarle. Su dolor, sin embargo, sí lo entendía, y era algo que tenían en común. Y ella sabía muy bien que aquel era un vínculo que podía ser peligroso para una mujer que no quería arriesgar su corazón.

Después de que Bryan se marchara, Kiera se quedó sentada en silencio, jugando con Kate distraídamente para mantener ocupada a la niña. Estaba tan preocupada que, al principio, no se dio cuenta de la presencia de Moira, que las estaba observando desde la puerta.

Cuando, por fin, Kiera la vio, ella atravesó el local y tomó a Kate en brazos.

—¿De qué habéis estado hablando Bryan y tú? Teníais una expresión muy seria.

—Solo estábamos charlando —dijo Kiera, que no quería revelar algo tan íntimo.

—¿Charlando? ¿No discutiendo? Eso es un cambio muy agradable. Parece que cada vez sois más amigos.

Kiera pensó en la confianza que había demostrado Bryan al contarle lo que había sucedido con su hija.

—De hecho, ha sido una buena conversación —dijo, y se fijó en su hija con atención—. ¿Por qué tienes las mejillas tan sonrojadas? ¿Has venido andando muy deprisa, o no ha ido bien tu reunión con Megan?

—Demasiado bien, a decir verdad. Quiere organizarme una exposición en San Francisco.

—Eso es genial —dijo Kiera, con entusiasmo. Sin embargo, al ver la cara seria de su hija, vaciló—. Es genial, ¿no?

—Sí, lo es. Pero tú ya lo sabes, porque Megan ya te ha estado hablando de todas las oportunidades que yo he rechazado y ha intentado reclutarte para que la ayudes.

Kiera no vio ninguna razón para negarlo.

—¿Y yo te he presionado de algún modo?

—No. Y te doy las gracias por no haberlo hecho.

—Sin embargo, ahora me gustaría decirte que no entiendo tu reticencia a hacer lo que te está pidiendo Megan.

Sabes que tiene sentido común. Y yo la he visto rechazar una exposición en la galería de un amigo suyo para protegerte y no desgastar tu carrera, así que sé que solo te presiona para hacer exposiciones realmente importantes.

–No sabía que había evitado mencionar algunas ofertas –dijo Moira, que se había quedado sorprendida–. Ahora, esta exposición de San Francisco me parece doblemente importante.

–San Francisco –dijo Kiera, con nostalgia–. ¿No te encantaría conocerlo? ¿Te acuerdas de aquel libro de fotos de Estados Unidos que teníamos, y cómo soñábamos con venir algún día de viaje, antes de que tu abuelo viniera a vivir aquí? Yo nunca creí que ese día llegase, pero aquí estamos.

–Me encantaría conocer San Francisco, sí. Pero se trata de una exposición muy grande, la más grande que he hecho nunca. Megan dice que tendría que estar fuera tres semanas, como mínimo. Y no puedo ausentarme tanto tiempo.

–¿Por qué no? A mí me parece muy poco sacrificio para una recompensa tan grande.

–Tenemos un acuerdo de que nunca iba a estar fuera más de diez días. Megan ha cumplido su parte hasta ahora, pero dice que esta vez no puede ser. El propietario de la galería es inflexible con ese compromiso. Quiere que esté allí para hacer una gran campaña publicitaria en los medios de comunicación, una gran fiesta de inauguración y reuniones privadas con algunos de sus coleccionistas más importantes.

–Entonces, tendrás que irte tres semanas –dijo Kiera, decididamente–. Luke y yo cuidaremos muy bien a Kate. Además, tenemos a Carrie de apoyo, si necesitamos llevar a la niña a la guardería. He visto con mis propios ojos que a Kate le encanta estar allí, y el personal está perfectamente capacitado para cuidar de los niños. En cuanto llegué, me di cuenta de que yo no soy necesaria en absoluto.

Moira se estremeció.

–Eso no es así.

–Claro que sí. Tu abuelo y tú estabais preocupados y no sabíais cómo conseguir que yo accediera a venir. Queríais que me sintiera necesaria, y me mentisteis. Y te agradezco que lo hicieras, hija mía, porque me gusta estar aquí, contigo y con mi padre.

–Y con Kate –añadió Moira.

–Eso es lo mejor de todo. Cuando tú eras un bebé, no pude disfrutar de la maternidad como estoy disfrutando ahora con la niña.

Moira se quedó asombrada.

–¿Lo dices en serio?

Kiera se sintió muy triste al recordar lo poco que había podido estar con sus hijos.

–Ah, Moira, no sabes cuánto lamento todo lo que me perdí con tus hermanos y contigo. Lo único que podía hacer en aquel tiempo era trabajar y asegurarme de que había comida en los platos y ropa que no os avergonzara.

Moira suspiró.

–Creo que nunca me he parado a pensar en lo difícil que debió de ser para ti, lo mucho que te perdiste. Yo solo quería una madre que estuviera en casa, que hiciera galletas, y esas cosas.

–Bueno, tú has probado mis galletas –dijo Kiera con ironía–. ¿Crees que te has perdido mucho en ese aspecto?

El comentario hizo reír a Moira.

–No, no mucho –dijo. Después, miró a su madre durante unos instantes, y le preguntó–: ¿De verdad no te importaría ayudar mientras yo esté fuera?

–Para eso he venido –le aseguró Kiera–. Y sería un placer. A lo mejor, Luke, Kate y yo podemos ir a la inauguración y pasar un par de días allí contigo, si no te estorbamos. A mí tampoco me importaría conocer San Francisco.

Moira observó a su madre mientras pensaba en lo que acababa de decir.

–Eso es exactamente lo que vamos a hacer –dijo Moira–. Voy a hablar con Luke sobre esto, y ya concretaremos los detalles. Deberías ver más sitios de este país. A decir verdad, tenías razón sobre lo mucho que soñábamos cuando mirábamos aquel libro. A mí no me importaría montar en un tranvía de San Francisco, ni ver el Golden Gate. Lo único que ocurre es que no me quiero separar de Luke ni de la niña.

–Pues podemos convertir el viaje de trabajo en unas vacaciones familiares. Nunca tuvimos vacaciones cuando tus hermanos y tú erais pequeños, y esa es otra de las cosas que lamento.

–Nos llevabas a la playa –dijo Moira–. Me acuerdo de aquellos domingos, cuando preparabas una cesta con la comida y nos íbamos en tren a la costa.

–Si tienes esos buenos recuerdos, me alegro –le dijo Kiera–, pero deberías tener muchos más. Me resultaba muy difícil no acudir a mis padres en esos momentos. Aprovecha tú esa lección.

Moira se echó a reír.

–Muy bien.

Kiera tomó de la mano a su hija.

–Estoy orgullosa de ti, hija.

Moira se quedó asombrada, y se le llenaron los ojos de lágrimas. Kiera, al ver lo conmovida que estaba su hija, se dio cuenta de que, por muy mayor o independiente que fuera una mujer, por mucho que dijera que no necesitaba a nadie, nunca estaba por encima del deseo de aprobación de un ser querido.

Kiera estaba deseando hablar con Bryan sobre todo lo que él le había contado aquella mañana, pero parecía que él la estaba evitando a propósito. Incluso había entrado en la barra, en el momento más ajetreado del día, para preguntarle si no le importaría volver a casa con Luke.

–Tengo que hacer unas cuantas cosas aquí, y voy a tardar más de lo acostumbrado. No es necesario que te quedes aquí esperando.

Aunque ella tuvo ganas de protestar, por su cara se dio cuenta de que no iba a servir de nada. Sin embargo, no estaba dispuesta a olvidar aquel tema, y no tenía intención de esperar demasiado para conseguir las respuestas que quería.

Cuando Luke la dejó en casa, sirvió dos copas de vino, apagó la luz de la cocina y se fue al porche de Bryan a esperarlo. Sabía que él iba a respirar aliviado al ver su cabaña a oscuras, porque pensaría que ella estaba dentro, durmiendo.

Por fin, a la una de la mañana, Bryan apareció por la carretera. Paró el motor del coche y bajó. Cuando subió al porche, ella dijo:

–Buen intento.

Le entregó la copa de vino, y añadió:

–Toma un sorbito antes de empezar a protestar por el allanamiento de morada. Tal vez te pongas de buen humor.

–También podrías marcharte tú a casa sin interrogarme –sugirió él, mientras tomaba la copa.

Kiera se echó a reír.

–¿Y dejar que te salgas de rositas después de haberme hecho partícipe de algo tan importante e intentar olvidarlo?

–Sería una manera muy amable de no abundar en un momento de excesiva sinceridad por mi parte. No tenía que habértelo contado, Kiera. Es un asunto muy antiguo.

–No, no tanto, porque es evidente que sigues obsesionado después de tantos años. Y esas llamadas que te dejan tan deprimido tienen relación con lo que me has contado, ¿no?

Él suspiró y se sentó a su lado.

—Nunca he dejado de buscar, pero ya ha llegado la hora. Durante todos estos años, solo he llegado a callejones sin salidas. Cualquier hombre sensato lo habría dejado hace tiempo.

—¿Te acuerdas de lo que te dije después de esa primera llamada que te dejó tan deprimido?

—¿Que, algún día, haber hecho el esfuerzo sería lo más importante?

Kiera sonrió.

—Vaya, entonces, algunas veces me escuchas.

—Yo escucho todo lo que tú dices —respondió él—. Lo que pasa es que elijo lo que quiero asimilar y lo que quiero ignorar.

—Qué halagador, de verdad —bromeó ella—. ¿Me permites que te dé un ejemplo para explicarte lo que quiero decir?

—Parece que el vino está haciendo su efecto, así que, ¿por qué no?

—Cuando me casé con Sean Malone, fue contra la voluntad de mis padres. Tuvimos una gran discusión y juré que nunca volvería a hablarme con ellos. Ya te habrás dado cuenta de que soy muy terca, y habría cumplido mi palabra por mucho que quisiera cambiar las cosas. Sin embargo, mi padre nunca dejó de intentar recuperarme. Yo sabía que mis padres siempre estarían allí, y que me aceptarían de nuevo si yo acudía a ellos. Esperé demasiado, y volví únicamente porque mi madre enfermó. Mi padre me ayudó mucho a dar el paso, porque él nunca dejó de esperarme.

Moira miró a Bryan a los ojos.

—Y, algún día, las cosas serán iguales para tu hija y para ti. Si puedes demostrarle que nunca dejaste de buscarla, que siempre la quisiste, para ella significará mucho, más de lo que tú puedes imaginarte.

Bryan estuvo callado durante tanto tiempo, que Kiera pensó que tal vez no la había hecho caso. Sin embargo, vio el brillo de las lágrimas que se le habían derramado por las mejillas. Y, cuando él le tomó la mano, ella le apretó los dedos con fuerza. Kiera se preguntó cuánto tiempo debía de hacer desde que no tenía a nadie a su lado, a nadie con quien compartir aquel dolor.

Aunque no tenía la respuesta a aquella pregunta, sí sabía que hacía muchos años que ella no ayudaba tan generosamente a nadie a que descargara sus hombros. Tal vez estuviera haciendo por Bryan lo que Peter había hecho por ella: proporcionarle un refugio para la tormenta emocional que no amainaba en su corazón.

Capítulo 12

—¿Y cómo era tu hija?

Aquella pregunta que Kiera hizo con tanta suavidad atravesó el silencio nocturno. Bryan, de haber podido, habría permanecido en silencio en el porche, escuchando el sonido de las olas y el canto ocasional de algún pájaro nocturno, con el consuelo que le habían proporcionado sus palabras y el contacto de su mano.

Sin embargo, parecía que ella quería remover más su alma. Así pues, él se resignó a abrir un poco más la vieja herida y exponerla a la luz.

—No me acuerdo mucho. Era un bebé cuando se marcharon, y han pasado muchos años —dijo, con la esperanza de aplacar su curiosidad.

En realidad, recordaba hasta el último detalle, y Kiera lo sabía.

—Pero hay una imagen que tienes grabada en la cabeza, algo que no te ha dejado abandonar su búsqueda —le dijo ella, insistiendo—. Háblame de eso.

Bryan lo hizo, aunque de mala gana. Recordó que Deanna olía a fresa siempre que salía de los baños que tanto le gustaban. Recordó sus encantadoras risitas, que a él también le hacían reír, y su peso en los brazos, y su respiración en la mejilla cuando dormía sobre su pecho, confiando en que él la mantendría a salvo. Había mucha confianza entre un niño pequeño y su padre, y él había fallado.

Al final de su narración, suspiró. Por muy dulces que fueran aquellos recuerdos, hacían que le doliera el alma otra vez.

Kiera lo sabía también, porque le apretaba los dedos de vez en cuando.

—Era mi angelito, lo más asombroso que había tenido nunca. Y me lo arrebataron. Fue culpa mía.

—No, Bryan. Todos cometemos errores, y la decisión de arrebatarte a tu hija fue de tu mujer, no tuya.

—Pero ella no se habría marchado si yo hubiera hecho caso de sus quejas. Yo pensaba que lo estaba haciendo bien. Sabía que ella no era feliz, y creía que estaba haciendo cambios, pero se me acabó el tiempo. Claramente, ella era mucho más infeliz de lo que yo creía, y se le acabó la paciencia.

—Algunas veces, solo podemos saber lo que piensa otra persona si nos lo dice con claridad.

—Ella lo hizo. Me lo dijo más de una vez. Lo que pasa es que fui demasiado arrogante y no presté atención a su dolor y a su desesperación, a pesar de sus ruegos, y a pesar de que me advirtió de que había llegado al límite. Cada vez que nos peleábamos y ella no se iba, yo pensaba que tenía un poco más de tiempo. Y, un día, se marchó.

—Pero es imperdonable que alguien aleje así a una hija de un padre, y más, de un padre cariñoso y bueno —dijo Kiera. Parecía que se había puesto de su lado, aunque él pensara que no se lo merecía.

—Pero tú apartaste a Moira de Sean Malone, ¿no?

—No de la misma manera. Sean siempre supo dónde estábamos, y supo que la puerta estaba abierta si quería volver. Nunca volvió. Sus hijos fueron a buscarlo, al final, y aceptaron a su padre, a pesar de su abandono. Moira nunca demostró interés en él. Si lo hubiera hecho, yo habría intentado favorecer la relación entre ellos, aunque no el tipo de relación que encontraron mis hijos.

Aquella última afirmación estaba tan llena de amargura y consternación, que Bryan se quedó espantado.

—¿Qué significa eso?

—Ellos empezaron a salir a beber a los bares con su padre después de salir de trabajar. Los echaron del trabajo y perdieron a sus mujeres por la bebida. Han pasado más de una noche en una celda por sus peleas. Yo tuve que dejar de responder a las llamadas que me hacían en mitad de la noche. A mí me parecía que estaba siendo una mala madre, pero Peter decía que era un amor severo.

En aquella ocasión, fue Bryan quien le apretó la mano a Kiera para tratar de reconfortarla.

—Me parece que Peter tenía razón. Al final, las personas tienen que aprender a aceptar las consecuencias de sus actos. Eso es lo que estoy intentando hacer yo, lo que llevo tantos años intentando hacer.

—Quizá todos los padres tengan motivos para arrepentirse de alguna cosa. En el caso de mis hijos, me pregunto si no serían diferentes si los hubiera educado mejor. Si les hubiera enseñado a distinguir el bien del mal.

—Se criaron en la misma casa que Moira –dijo Bryan–. Ella aprendió bien la lección, porque tiene ética.

—Pero los niños tienen un vínculo especial con el padre y, si el padre no está en casa, ellos pueden llegar a odiarlo por el abandono, o convertirlo en un héroe. Y, tal y como hicieron mis hijos, tratar de emularlo, aunque sea lo que menos se merece –dijo ella, cabeceando–. Bueno, ya está bien. Vamos a hablar de tu hija. ¿Cuántos años tiene ahora?

—No llega a los veinte.

Kiera sonrió.

—Entonces, una jovencita. Y será muy guapa, si ha heredado tus ojos y tu pelo.

Bryan se quedó sorprendido y se echó a reír.

—¿Te has fijado en lo guapo que soy, Kiera Malone?

Ella se ruborizó.

—Siempre me han gustado los ojos azules —dijo, como si no tuviera importancia con respecto a él—. Me recuerdan al mar. Y los irlandeses más caraduras que he conocido tenían el pelo negro. Para una mujer, ese color de pelo es muy bonito.

—Entiendo.

—No te creas que te estoy halagando, Bryan.

—Claro que no. Sé que no es nada personal.

—Exacto.

Sin embargo, ella tenía las mejillas sonrojadas y una mirada de mal genio y, de repente, todo pareció muy personal. Los dos se dieron cuenta.

—Bueno, se ha hecho muy tarde. Deberías irte, Kiera. Necesitas descansar —dijo Bryan, y se puso de pie—. Te acompaño a casa.

—Tonterías. Está aquí al lado y me conozco el camino.

Él bajó los escalones del porche, ignorándola. Ella todavía iba refunfuñando cuando llegaron a la puerta trasera de la cabaña.

—¿Qué estás diciendo? —le preguntó él, intentando contener la risa.

—Que eres un tozudo.

Él no pudo resistirse. Se inclinó hacia ella y le rozó la boca con los labios.

—Tú más. Buenas noches, Kiera.

A pesar de que aquel día había estado lleno de revelaciones y preguntas incómodas, Bryan se sintió muy animado. No quería creer que tuviera nada que ver con aquel beso impulsivo, pero tampoco podía mentirse a sí mismo. Un beso tan rápido y ligero entre un hombre y una mujer de su edad no significaba mucho, pero él no podía evitar pensar que, entre ellos, era un comienzo.

Qué atrevimiento el de aquel hombre, pensó Kiera, con indignación, mientras se rozaba los labios con los dedos. Todavía le ardían de aquel ligero beso. ¿En qué estaba pensando Bryan? Ella no había hecho nada que le hubiera dado pie a tomarse aquellas libertades. Incluso le había dicho que no quería que la acompañara a casa. ¿Acaso le había transmitido inadvertidamente alguna señal de que aceptaría de buen grado que la besara?

Tal vez los hombres de Estados Unidos fueran distintos. Tal vez un beso de aquel tipo solo fuera una forma de despedida al final de una velada. Desde que había llegado, había visto a muchos amigos y conocidos besarse sin darle la menor importancia en la mejilla y, tal vez, solo hubiera sido eso, un beso que iba destinado a la mejilla y, por error, había terminado en sus labios. Algo que no tenía más importancia que un apretón de manos.

Entonces, ¿por qué le hervía la sangre y tenía el pulso acelerado?

—Porque eres una vieja idiota —se dijo.

Al día siguiente, todo estaría olvidado.

Por desgracia, a ella todavía le quedaba una noche en vela por delante. Después de pasarse varias horas sin pegar ojo, moviéndose de un lado a otro por el colchón, decidió levantarse y salir de casa temprano para no cruzarse con Bryan. Necesitaba aclararse la mente y librarse de aquella inquietud.

Necesitaba ir a ver a Nell y a su padre, tomar uno de los bollos de Nell y una taza de té. Aunque, seguramente, tendría que soportar un interrogatorio, le parecía mucho menos agobiante que otro encuentro desconcertante con su vecino.

—Dios Santo, no venía tanta gente a vernos tan temprano desde hace mucho tiempo —comentó Nell, al abrirle la puerta a Kiera—. Pasa, pasa. Parece que va a caer un chaparrón en cualquier momento.

Kiera vaciló.

—¿Ya tenéis visita? No lo sabía. No he visto ningún coche. Puedo volver luego.

—Tonterías. A Dillon y a mí nos encanta empezar el día con buena compañía y una agradable conversación. Y acabo de sacar del horno unos bollos de naranja. Todavía están calentitos.

Como Nell ya iba hacia la cocina, Kiera no tuvo más remedio que seguirla. Por el pasillo, oyó dos voces masculinas. La de su padre, y la de Bryan, el mismo hombre al que había querido evitar. Estuvo a punto de tropezarse.

—¿Kiera? —gritó su padre—. Vamos, ven para acá. ¿Qué te trae por aquí?

Vio a Bryan, que llevaba aquella ropa de correr que le sentaba tan bien, y que la observó con una mirada de diversión. Sabía que había querido esquivarlo.

Ella buscó cualquier excusa que no tuviera nada que ver con él.

—Nell estaba buscando un proyecto en el que yo pudiera contribuir, y he venido a ver si ya ha encontrado algo.

Nell asintió como si aquello tuviera todo el sentido.

—No podrías haber sido más oportuna. Tengo una reunión del comité mañana mismo, y me gustaría mucho que me acompañaras. Es para organizar el festival de otoño de Chesapeake Shores.

Kiera no conocía los días de fiesta del país, ni sus celebraciones.

—¿Es un día de fiesta especial, como el Cuatro de Julio?

—En realidad, empezó a celebrarse hace algunos años para extender la temporada turística del verano hasta el otoño —le dijo Nell—. Lo patrocina mi iglesia, pero se implica toda la comunidad. Se había quedado un poco estancado con las mismas actividades año tras año, pero yo llevé algunas voces nuevas al comité el año pasado, y sus sugerencias fueron todo un éxito. Creo que tú podrías darnos ideas muy emocionantes.

Antes de que Kiera pudiera responder, Nell se giró hacia Bryan.

—¿Y tú? Ya es hora de que te integres más en la comunidad. Esta es una oportunidad perfecta para que conozcas gente nueva y compartas tus ideas.

Bryan no parecía muy entusiasmado.

—Trabajo en el pub. Conozco a muchísima gente.

—Te pasas casi todo el tiempo escondido en la cocina —replicó Nell.

—¿Cómo quieres que cocine, si no?

A Dillon se le escapó una carcajada, e incluso Kiera tuvo que contener la sonrisa, pero Nell miró a Bryan con severidad.

—Espero verte mañana en la reunión.

Bryan se quedó un poco desesperado.

—De verdad, no tengo tiempo.

—Mi nieto es uno de los principales patrocinadores del evento —dijo Nell—. Luke se encargará de que tengas tiempo. La primera reunión es mañana por la mañana, a las nueve, aquí mismo —añadió, y miró a Kiera—. Os espero a los dos.

—Yo estoy deseándolo —dijo Kiera, con entusiasmo, y miró a Bryan desafiante. Después, dirigió la vista al cielo–. Pero me temo que voy a tener que dejar el té y el bollo de naranja para otro día, porque tengo que volver a casa antes de que caiga la tormenta.

–No, hija, yo te llevo si empieza a llover –le dijo su padre.

Por una vez, Kiera no se negó.

–Bryan, ¿quieres que te lleve a ti también?

–Gracias, pero no. Tengo que terminar mi carrera. Voy a ducharme justo después de correr, así que no me importa mojarme si llueve. Ahora, quiero perder otro minuto intentando convencer a Nell de que no voy a ser de ayuda en su comité.

Dillon se echó a reír.

–Pues buena suerte. Cuando mi esposa ha decidido algo, no cambia de opinión.

–Como otras que yo conozco –comentó Bryan.

Kiera siguió a su padre al exterior. Cuando estaban de camino, ella notó que Dillon la observaba con curiosidad.

–¿Había cierta tensión entre Bryan y tú, o me lo he imaginado? –le preguntó su padre.

–Nunca hemos tenido una relación fácil. Yo le pongo nervioso desde que llegué –respondió Kiera.

–Pero hoy parecía al revés.

Vaya, su padre había desarrollado una aguda percepción de las cosas justo en el peor momento, pensó Kiera, con ironía.

–Lo cierto es que esta mañana había venido de visita para evitar encontrarme con él. Lo que menos esperaba era que estuviese en vuestra casa.

–¿Y ha habido algún problema?

–No, claro que no. Pero... ¿sus visitas son normales a estas horas?

–Bueno, viene a vernos algunas veces, cuando sale a correr. Nell y Bryan hablan de las recetas para la carta del pub. Ella le tiene mucho afecto.

−Ah. Lo tendré en cuenta para no coincidir con él cuando venga a veros.

Dillon la miró con preocupación.

−¿Te ha ofendido de algún modo, Kiera? Moira me comentó que últimamente os llevabais mucho mejor.

−Moira es demasiado optimista.

Al oír la carcajada de su padre, ella se relajó y se rio con él.

−Bueno, no es la palabra más idónea para describir a Moira, pero como Luke y ella quieren que Bryan y yo congeniemos, nosotros dos estamos haciendo lo que podemos.

Su padre asintió.

−Y, ahora, Nell te lo ha puesto en medio con estas reuniones del comité. Puedo decirle que cambie de opinión. Además, está claro que él no quiere hacerlo, de todos modos.

−Yo no le daría esa satisfacción a Bryan.

−De acuerdo. Como tú quieras.

Kiera suspiró. ¡Como si tuviera la más mínima idea de lo que quería!

−Bien hecho −le dijo Dillon a Nell, con entusiasmo, al volver a su casa.

−Eso me ha parecido −respondió Nell−. Está claro que entre esos dos hay algo. Cada vez que se miran, saltan chispas. Solo necesitan un empujoncito que otro.

−Sí, no hay duda de que los dos se están resistiendo a la atracción que sienten. Y tenemos que ser sutiles con Kiera, porque, si se le mete en la cabeza llevar la contraria, no habrá manera de convencerla.

−El comité ha sido un primer paso. Francamente, no se me había ocurrido hasta que han aparecido los dos a la vez esta mañana. Espera a que se enteren de lo que tengo pensado −dijo Nell.

—Cuéntamelo.

Mientras ella le contaba su plan, él la miraba con admiración. Había visto a Mick O'Brien entrometerse en varias de las relaciones de los miembros de la familia, pero era evidente que aquel hombre había aprendido de su madre.

—Bueno, ¿qué te parece? —le preguntó Nell—. ¿Crees que va a funcionar, o estoy yendo demasiado lejos?

—Es absolutamente genial, teniendo en cuenta que los dos son competitivos. Pero tengo que hacerte una advertencia: si se nota que tú o yo estamos en el ajo, Kiera se echará atrás. Mi hija y yo estamos empezando a fortalecer nuestro vínculo, y me preocupa que esto pueda provocar otra separación entre nosotros.

Nell se levantó y le dio un beso en la mejilla.

—Voy a pedir un poco de ayuda para llevar a cabo el plan. Yo no voy a hacer la sugerencia mañana durante la reunión, así que tú podrás negar que sabías algo. No te preocupes —le dijo, y se encaminó hacia la puerta.

Él se echó a reír.

—Muy bien. Y, ahora, ¿adónde vas?

—A Sally's. Voy a plantar una semilla por aquí, otra por allá y, si conozco a mis nietas, mañana se habrán apropiado de la idea y habrán añadido unos cuantos detalles más.

—Nell O'Brien O'Malley, ¿debería preocuparme por si, algún día, ese genio tuyo para el mal se vuelve contra mí?

Ella se echó a reír.

—¿Y por qué piensas que no ha ocurrido ya?

Debido a la prisa que tenía por huir de Bryan, no se había quedado en casa de Nell el tiempo suficiente como para poder tomar un bollo, y pensó que se merecía un *croissant* de Sally's. Aquel día estaban en la cafetería la mujer de Connor, Heather; la mujer de Kevin, Shanna, y Bree. Las tres tenían una personalidad fuerte que se reflejaba en el uso del color y de la ropa. Bree era excéntrica y colorida, Heather suave y Shanna, clásica.

—¿Puedo sentarme con vosotras, u os vais ya? —les preguntó Kiera.

—Por favor, siéntate —le dijo Bree, señalando una de las sillas—. Estábamos lloriqueando porque tenemos que unirnos a la organización del festival de otoño de la abuela otra vez.

Kiera se animó al instante.

—¿Vosotras también estáis en el comité? ¡Qué buena noticia!

—¿También te ha pedido a ti que vayas mañana? —le preguntó Bree.

—Pues claro —dijo Heather—. ¿Acaso Nell ha dejado que cualquier persona capaz se le escape de entre las garras cuando está planeando su festividad comunitaria preferida?

—No —dijo Shanna—. El pobre Jaime Álvarez estaba con sus muletas cuando lo acorraló y le obligó a ayudar el año pasado.

—Pues este año nos ha reclutado a Bryan y a mí —dijo Kiera—. A mí me hace mucha ilusión.

Las otras mujeres se miraron entre sí.

—Puede que nosotras nos libremos, entonces —sugirió Heather, esperanzadamente.

—Ni lo sueñes —dijo Bree—. Ningún O'Brien ha podido escapar del anzuelo de la abuela una vez que ha sido pescado.

Al oír las quejas, Kiera no entendió por qué no estaban más animadas.

—A mí me parece que debe de ser muy divertido. ¿Es tan agobiante? Yo nunca he tenido la oportunidad de trabajar en un evento comunitario como este.

—Tenemos que dejar de asustarla, o Nell no nos lo perdonará —dijo Heather—. En realidad, sí, es divertido.

—Puede que los diez primeros años —dijo Bree—. Yo llevo haciéndolo desde que tuve edad para repartir folletos por el pueblo y pegarlos en los cristales de los escaparates de las tiendas.

Shanna se echó a reír.

—Vamos, no te hagas más la mártir. Sabes perfectamente bien que todos haríamos cualquier cosa que nos pidiera Nell. Ella organiza una docena de proyectos de la comunidad, o más. A todos nos asombra su energía, y tratamos de averiguar de dónde proviene. Yo creo que tiene un elixir mágico y secreto.

—No, se trata de la pura tozudez O'Brien —dijo Bree.

—Bueno, eso explicaría por qué tú y yo no la tenemos —le dijo Heather a Shanna, con resignación—. Nosotras no somos O'Brien de sangre.

Kiera sospechó que todo el mundo sentía tanto amor y respeto por Nell, que estarían dispuestos a hacer cualquier cosa que les pidiera. Tal vez les fastidiara estar en aquel comité, pero era una responsabilidad que acataban con gusto, por ella.

Bree se volvió hacia ella.

—¿Y tú nunca has participado en la organización de una fiesta comunitaria? —le preguntó, como si fuera algo impensable.

—No, nunca —respondió Kiera—. En Irlanda no tenía tiempo. Intentaba llevar a Moira y a sus hermanos a las fiestas, pero había demasiadas tentaciones y yo tenía muy poco dinero, y no podía comprarles ni siquiera una chuchería.

—Pues, entonces, esto va a ser una experiencia maravillosa para ti —le aseguró Bree—. Si hay una cosa que se hace bien en Chesapeake Shores, son las fiestas. Ya verás cómo es el Cuatro de Julio. Y el festival de otoño es más increíble todavía, sobre todo desde que la abuela decidió renovarlo un poco. Creo que ella misma se quedó asombrada de lo bien que funcionaron la cabina de los besos y el baile el año pasado. Este año vamos a tener que elucubrar mucho para superar eso.

La mención de la cabina de los besos puso en marcha la imaginación de Kiera. Vio los labios de Bryan en los suyos, pero contuvo sus pensamientos rápidamente para que nadie le preguntara por qué se le habían puesto tan rojas las mejillas.

–Bueno, nos vemos mañana, entonces –dijo.

Oyó algunos murmullos por lo brusco de su despedida, pero, con las prisas, casi no se dio cuenta de que la persona que acababa de entrar por la puerta de la cafetería era Nell.

Capítulo 13

Después de esperar a que Kiera se marchara, Nell atravesó Sally's y miró a su nieta y a las mujeres de sus dos nietos. Todas tenían cara de recelo.

—¿Qué pasa? —preguntó, con inocencia, mientras se sentaba con ellas.

—Eres de lo más oportuna, abuela —dijo Bree—. Kiera acaba de marcharse, así que me da la sensación de que tu llegada no es una coincidencia.

—Sabéis perfectamente que me gusta venir a veros de vez en cuando —respondió Nell.

—Cierto, sí —dijo Bree, y esperó con paciencia.

Nell frunció el ceño, pero añadió:

—Me gusta ponerme al día de los cotilleos de la familia.

Las tres mujeres se miraron con cara de diversión.

—¿Y no te pones al día los domingos, en las comidas de casa de Mick? —le preguntó Heather—. Allí hay muy pocas cosas que se te escapen. Corre el rumor de que tienes ojos en el cogote y de que tienes un oído legendario que es la envidia de todos los jóvenes. Además, llenas cualquier vacío durante las visitas al pub, entre semana.

Nell entrecerró los ojos.

—¿Acaso estás sugiriendo que tengo algún motivo oculto para querer pasar un rato con vosotras esta mañana?

—Exacto —dijo Bree—. Yo estoy de acuerdo con ella. ¿De qué se trata? Ya nos hemos enterado de que has cazado a Kiera y a Bryan para que te ayuden en la organización del festival este año. Teniendo en cuenta que, según se rumorea, esos dos se llevan muy mal, ¿qué tienes en esa cabeza llena de perversión?

—Una cabeza llena de perversión, ¿no? —le preguntó Nell, con indignación—. ¿Te parece bonito hablarle así a tu abuela? Creía que os había enseñado a ser más respetuosos con vuestros mayores.

Bree se echó a reír.

—Buen intento de distracción, pero todos te conocemos demasiado bien. ¿Qué estás tramando, y en qué participamos nosotros?

Nell se dio cuenta de que no iba a poder utilizarlas sin que se dieran cuenta, así que tuvo que confesar.

—De acuerdo. Si os digo la verdad, ¿me juráis que no vais a revelarle mi plan a nadie, que no se lo vais a contar ni siquiera a vuestros maridos, primos ni hermanos? Supongo que también debería mencionar a los padres, tías y tíos, para cubrir todas las contingencias.

Bree se echó a reír.

—No diremos ni una palabra —le prometió a su abuela.

—A menos que pensemos que alguien puede resultar herido —dijo Heather.

—No, nadie va a resultar herido —dijo Nell, con impaciencia—. El objetivo es que todo el mundo pueda vivir feliz para siempre. Y, para eso, esto es lo que vamos a hacer —les dijo, inclinándose hacia ellas.

Mientras les contaba el plan, ellas asintieron, y empezaron a brillarles los ojos de impaciencia. Al final, Nell se apoyó en el respaldo del asiento.

—¿Qué? ¿Qué os parece?

—Muy ingenioso —reconoció Bree.

—¿Vais a insinuar esto mañana, como si la idea se os acabara de ocurrir? Dillon teme que, si sale de mí, Kiera piense que es cosa de su padre y se niegue rotundamente.

—Yo no me preocuparía por eso —dijo Heather—. Parece que ella también está bajo tu encantamiento.

—Pero si sale mal, y eso afecta a la relación con su padre, no me lo perdonaré nunca. Desde que ha venido, están cada vez más unidos, y eso no puedo ponerlo en peligro —dijo Nell.

—No te preocupes —dijo Bree—. Nosotras nos ocupamos. Será divertido. Si es cierto que hay tanta chispa como Mick dice que vio cuando se los encontró juntos en Panini Bistro, a todo el pueblo le encantará soplar para que se avive el fuego. Pero ¿estás segura de que hacen buena pareja, Nell? Él parece un alma cándida y melancólica, y ella parece... bueno, parece que tiene un poco de mal genio.

—Por eso son el uno para el otro —dijo Nell—. Dillon dice que Bryan tiene la misma solidez que Peter, y que eso es lo que necesita Kiera en su vida. Y yo estoy de acuerdo. Además, en todas las relaciones es necesario que haya algún conflicto de vez en cuando.

—Pero eso podría causar tensiones en el pub —dijo Shanna—. ¿Qué le parecería a Luke?

—Tendrá que aguantarse para conseguir un bien más grande —dijo Nell—. Además, Luke también tiene que hacer su parte en todo esto. Por eso le he invitado también a la reunión de mañana.

—¿Lo has invitado, o le has ordenado que se presente a la hora convenida? —preguntó Bree, sonriendo.

—Ha sido una invitación —dijo Nell, a la defensiva, y se encogió de hombros—. Hecha de un modo especial para crear un poco de sentimiento de culpabilidad hacia su abuela.

—¿Y Moira? Estamos hablando de su madre, así que, ¿no deberíamos consultarle a ella?

—No. Creo que es mejor no meterla en esto. Su relación con su madre también está en juego. Ella tiene que poder decir, con sinceridad, que no sabía nada de lo que iba a pasar.

—Entonces, quedamos mañana a las nueve de la mañana —dijo Bree—. De repente, y nunca pensé que diría esto, estoy impaciente.

Las otras dos mujeres asintieron. Nell tuvo que reprimirse para no alzar la palma de la mano en señal de triunfo. No podía arriesgarse a celebrarlo apresuradamente, porque el plan podía salir mal. Contaba con el carácter competitivo de Bryan, y con el deseo de que lo tomaran en serio como chef, y Kiera era un poco imprevisible. Era lo suficientemente guerrera como para morder el anzuelo en un principio, pero también era posible que adivinara lo que estaba pasando y no quisiera saber nada de ello.

Kiera estaba deseando reunirse con los O'Brien en casa de Nell y experimentar por primera vez lo que era formar parte de la organización de un evento comunitario. Fue la primera en llegar a casa de su padre. Nell había puesto sillas de sobra alrededor de la mesa de la cocina, y olía a té y a bollos recién hechos.

—¿Puedo ayudar en algo? —le preguntó a Nell.

Cada vez se sentía más cómoda con ella, a pesar de que, en realidad, aquella mujer había ocupado el lugar de su madre junto a su padre. Sin embargo, el hecho de saber que Nell y Dillon habían tenido una relación apasionada de jóvenes y que aquella era su segunda oportunidad para ser felices juntos hacía que todo fuera mucho más fácil de aceptar para ella. También era de ayuda que Nell nunca la hubiera presionado y que la hubiera recibido con los brazos abiertos en el seno de la familia O'Brien.

—Tu padre me ha ayudado antes de irse a dar un paseo –dijo Nell–. Pero ven a tomar una taza de té hasta que lleguen los demás.

—Me sorprende que no le hayas pedido a mi padre que forme parte del comité. Por lo que tengo entendido, nadie de la familia puede escapar de su cometido.

Nell se echó a reír.

—Y Dillon tampoco va a escapar, no te preocupes. El día de la fiesta tendrá que correr en una docena de sentidos distintos para hacer recados.

—Seguro que le encanta –dijo Kiera, recordando que su padre era un adicto al trabajo que tenía varias empresas en Dublín–. Nunca lo había visto tan relajado y feliz. Gracias por eso, Nell.

—No sé si es mérito mío –le dijo Nell, con sinceridad–. Dillon dice que estoy intentando matarlo, pero involucrarse en tantas cosas le ha dado muchas satisfacciones, me parece a mí. Y se siente en casa aquí, en Chesapeake Shores. Quiere que tú sientas lo mismo, ¿sabes?

—Cada día que pasa me siento más cómoda –respondió Kiera, y añadió rápidamente–. Va a ser difícil para mí cuando tenga que marcharme.

Nell se quedó un poco apagada.

—¿Estás segura de que vas a volver a Irlanda?

—Bueno, después de todo, allí está mi casa.

—Y también estaba la de tu padre, pero creo que ahora piensa que su hogar está aquí.

—Por ti y por todos los O'Brien –dijo Kiera–. Y también ayuda que mi hija se haya establecido aquí.

—Tú podrías hacer lo mismo, Kiera. ¿Acaso echas de

menos muchas cosas en Irlanda? Supongo que echarás de menos a tus hijos, por supuesto.

—Es mi sitio —dijo ella. No quería empezar a hablar de sus hijos justo cuando estaban a punto de llegar los demás. Era un tema muy complejo para resumirlo en dos palabras.

Parecía que Nell quería hacerle preguntas sobre aquellos dos hijos adultos de los que ella apenas hablaba, pero se limitó a decir:

—Puede que, algún día, tú también consideres que Chesapeake Shores es tu hogar, tu sitio. Tal vez, el hecho de ayudar en la organización de esta fiesta del otoño sea un primer paso que te permita abrir el corazón a las nuevas posibilidades. Ya tienes mucha familia aquí, y pronto tendrás muchos amigos.

En aquel momento, Kiera vio que a Nell le brillaban mucho los ojos, y se preguntó si debería preocuparse por lo que le había dicho la mujer de su padre. Sin embargo, antes de que ella pudiera hacer alguna pregunta para conseguir alguna pista, empezaron a llegar los demás. En cuanto todo el mundo estuvo sentado, con algo para beber, Nell tomó las riendas de la reunión.

—Bueno, todos sabéis por qué estamos aquí. Ha llegado de nuevo ese momento del año en que necesitamos terminar los planes para el festival del otoño. El año pasado incluimos algunas novedades que funcionaron muy bien, pero no podemos dormirnos en los laureles.

—Abuela, ni siquiera ha llegado todavía el Cuatro de Julio —protestó Bree, aunque apagadamente. Era obvio que sabía que aquella era una batalla perdida.

—Y ya vamos tarde —replicó Nell—. Me he distraído. Es hora de que nos concentremos en esto.

—Gracias a ti, el festival ha salido divinamente durante todos estos años —le aseguró Heather—. Sé perfectamente que los otros comités han estado trabajando desde el otoño pasado para que todo esté preparado. Seguro que los dueños de los puestos ya han confirmado su asistencia y que los anuncios están preparados para salir. Aunque empezáramos después del Día del Trabajo, llegaríamos a tiempo.

—Bueno, por supuesto que sí —dijo Nell—, pero hay ciertas cosas que no se pueden dejar al azar. Además, preparando con antelación algunas novedades, todo estará más animado. Creo que estamos todos de acuerdo en que el año pasado fue la mejor fiesta desde hace varios años.

Kiera se divirtió escuchando aquella conversación. Estaba claro que Nell tenía planes, y que los revelaría cuando fuera el momento elegido por ella.

—Y ¿cuáles son las novedades que habéis pensado? —preguntó Luke, con recelo—. ¿Y por qué estamos aquí Bryan y yo? Tú nunca les pides a los hombres de la familia que vengan al comité. De nosotros solo quieres los músculos.

—Ya está bien de protestar —dijo Nell—. Os he traído por si aportáis ideas nuevas. Vamos, ¿quién quiere empezar?

—Vamos a eliminar lo evidente —sugirió Bree—. Las señoras de la iglesia y tú ya dijisteis hace años que nunca iba a haber concursos de bebés ni de belleza en las fiestas del otoño.

—Y sigue siendo así —dijo Nell—. Pero sí podemos organizar algún concurso animado que atraiga el interés de la región.

—Una subasta de solteros —dijo Shanna—. Con eso sacaríamos muchísimo dinero para la iglesia.

—Tú eres una mujer felizmente casada —dijo Nell—. ¿Qué interés puedes tener en una subasta de solteros?

—Ninguna de nosotras está muerta, aunque se haya casado —dijo Bree—. Mirar no tiene nada de malo, aunque no podamos pujar.

—Pues yo no estoy de acuerdo con celebrar una subasta de solteros —dijo Nell—. No es adecuado para una fiesta organizada por la iglesia.

—Al principio también te pareció mal la idea de la cabina de los besos —dijo Heather—, pero fue todo un éxito.

—Sí, es cierto —dijo Nell—. Y, a pesar de mi recelo, volverá a estar este año.

—Tú no has cambiado de opinión porque fuera todo un éxito, abuela —dijo Luke—, sino porque el padre Clarence se enfadó.

Nell se ruborizó.

—Bueno, bueno, es que tiene que aterrizar en el siglo veintiuno —murmuró—. Pero, si me acusáis de haber dicho esto, lo negaré.

—Pero ¿no se lo has dicho tú a la cara más de una vez? —bromeó Luke.

Nell frunció el ceño.

—Nos estamos desviando de la cuestión.

Bree se quedó pensativa.

—A mí se me ocurrió una idea anoche, así que he investigado un poco. Creo que encajaría a la perfección en el festival, pero los preparativos son un poco complicados.

—Di de qué se trata —le ordenó Nell, ávidamente.

—En la televisión, los programas de cocina tienen muchísima audiencia —dijo Bree.

Heather la interrumpió al instante.

—Yo veo Top Chef —dijo— y un par de programas más. Giada De Laurentiis es mi favorito. Incluso he intentado hacer algunas de las recetas. Claro, que esas noches, Connor y yo terminamos comiendo en el pub.

—¿Lo veis? —preguntó Bree, triunfalmente—. Estoy hablando precisamente de esto. ¿Y si organizamos un concurso de cocina? —añadió, y miró a los presentes hasta que llegó a Kiera—. Podrían concursar cocineros profesionales y aficionados.

—Suena interesante —dijo Nell, como si lo estuviera pensando. Miró a Heather y a Shanna—. ¿Qué os parece a vosotras?

—A mí, fantástico —dijo Heather.

Shanna sonrió inocentemente y volvió a mirar a Kiera.

—A lo mejor podemos decidir, de una vez por todas, si es mejor el estofado irlandés de Kiera o el de Bryan. He oído decir que la cuestión se ha discutido un par de veces en el pub.

Todos se echaron a reír, salvo Bryan, cuya expresión se tornó pétrea, y Kiera, que dio señales de pánico. La paz que habían conseguido forjar iba a ponerse a prueba en un foro público. Y, tal vez, fuera algo beneficioso, puesto que aquella tregua los había conducido a un par de encuentros muy peligrosos.

—Abuela, no creo que eso sea buena idea —dijo Luke—. Las guerras en la cocina de O'Brien ya son lo suficientemente cruentas como para sacarlas a la luz pública.

—¿Ni siquiera si podemos recaudar mucho dinero dando a probar los platos por un dólar? El ganador sería el que obtuviera más votos al final del día —sugirió Nell—. Podríamos cobrar una pequeña cantidad por apuntarse al concurso, para reunir un premio monetario, y admitir en el concurso a cualquiera que tenga una receta de estofado irlandés y que quiera participar. O, a lo mejor, podríamos organizar diferentes categorías en las que los aficionados concursen contra un chef. Luke, tú podrías formar un equipo de jueces.

—¿Y para qué necesitamos jueces, si la gente del pueblo va a votar? —preguntó Luke, razonablemente.

—Entonces, reúne un equipo de cocineros —le dijo Nell—. Así podremos concretar qué plato va a preparar cada uno de ellos e invitar a los que van a aceptar el desafío.

—Eso me gusta —dijo Bree—. Cuantas más posibilidades haya, más emoción podemos crear.

—A mí también me gusta —dijo Shanna.

Nell asintió con satisfacción.

—Muy bien, entonces, ¿todo el mundo está a favor?

Kiera había estado escuchando en silencio, pero con solo mirar a Bryan una vez, y ver su expresión de horror, su competitividad despertó de repente.

—Es un juego —dijo, y los dejó a todos asombrados—. Además, es por una buena causa. Y me imagino que Bryan no querrá que yo lo ponga en evidencia. Así que aceptará —añadió, y se giró hacia él—. ¿Verdad, Bryan?

—Seguro que estaba condenado desde el primer momento en que entré por la puerta —murmuró, y se encogió de hombros—. Claro, claro. ¿Por qué no?

Luke soltó un gruñido.

—Justo ahora que habíais empezado a llevaros bien.

Por supuesto, ese era el motivo por el que Kiera estaba dispuesta a hacerlo. Bryan y ella se estaban llevando demasiado bien últimamente, y eso la asustaba mucho. Aquel concurso era una buena manera de crear nuevamente una distancia de seguridad entre ellos.

Deanna estaba sentada en la sala de descanso del centro de investigación, tratando de tomar una decisión sobre lo que iba a hacer el Cuatro de Julio. Solo quedaban unos días para la festividad, y parecía que todo el mundo tenía sus planes.

En el periódico de Baltimore que alguien se había dejado abierto aparecían muchos eventos y alternativas, y cualquiera podía ser muy divertida y posponer el viaje que ella quería hacer a Chesapeake Shores.

Entonces, como si el destino la estuviera tentando, vio el titular de un artículo que hablaba de los encantos del pueblecito costero de Chesapeake Shores. Aparecía una foto de una calle llena de tiendas decoradas en color rojo, blanco y azul, preparadas para celebrar una fiesta. Había una banda tocando en un quiosco en el parque de la comunidad, y una multitud de niños ondeando banderitas de Estados Unidos y comiendo cucuruchos de helado.

Uno de sus compañeros, Milos Yanich, otro chico que tenía una beca para aquel verano, se asomó por encima de su hombro para mirar el periódico.

—Eso parece muy divertido —dijo Milos.

Aunque había nacido en Ucrania y se había criado en Europa, hablaba un perfecto inglés y solo tenía un ligerísimo acento que denotaba sus raíces. Se colocó las gafas en su sitio y la miró esperanzadamente.

—Yo nunca he estado en una celebración del Cuatro de Julio —dijo, con melancolía—. ¿Estás pensando en ir?

—Puede ser —dijo ella.

—¿Y está cerca ese pueblo?

—No está muy lejos.

—¿Tú ya has estado allí?

—He pasado por allí una vez, pero no me quedé mucho tiempo.

—Entonces, ¿por qué no vamos? —preguntó él—. Necesitamos descansar y desconectar del laboratorio. A mí me parece que quedarnos aquí sería desperdiciar un día de fiesta.

Deanna vaciló. Había muchos motivos por los que debería estar lejos de Chesapeake Shores y dos motivos para ir. Uno de ellos estaba allí, delante de ella. El otro era el hombre al que llevaba varias semanas esquivando.

Milos malinterpretó su silencio.

—No me refiero a que salgamos como si estuviéramos juntos —dijo, rápidamente—. Yo tengo novia en mi país. Ella no deja de preguntarme qué hago, aparte de trabajar, y yo no tengo nada que contarle. Estarías haciéndome un favor. No quiero que empiece a pensar que soy un aburrido. Podríamos ir como amigos, a menos que haya alguien en tu vida que pudiera poner objeciones.

–No, nadie –admitió ella.

No podía explicarle a Milos que en Chesapeake Shores podía encontrarse con su padre, a quien no conocía. ¿Y si se cruzaban accidentalmente? ¿La reconocería él? No era muy probable, porque ella tenía menos de un año la última vez que la había visto. Y ella lo reconocería a él porque tenía su fotografía guardada en el monedero.

Quizá eso fuera lo que debía hacer: pasar un poco de tiempo en su pueblo, en su mundo. Si empezaba a sentirse un poco más cómoda, estaría más preparada para la próxima vez, para el día en que verdaderamente se enfrentara con él y le preguntara por qué había dejado que se marchara de su lado con tanta facilidad.

–Está bien, vamos –le dijo a Milos, sonriendo–. No quiero que tu novia piense que llevas una vida aburrida en Estados Unidos. Deberías saber cómo se celebra el Cuatro de Julio, y en el periódico dice que este es el mejor sitio para hacerlo.

–¿Hacen un desfile?

–Me imagino que sí –dijo ella, y miró el artículo por encima–. Sí, hay un desfile a mediodía.

–¿Y hay fuegos artificiales?

–Sí, claro. Creo que son imprescindibles en cualquier celebración del Cuatro de Julio que se precie.

–Yo te invito a perritos calientes y a helados –le prometió él–. Eso es tradicional, ¿no?

–Muy tradicional –dijo ella, que se estaba contagiando un poco de su entusiasmo.

De repente, se dio cuenta de que hacía muchos años que ella tampoco iba a una celebración del Cuatro de Julio. De niña, había habido barbacoas en el jardín y fuegos artificiales del barrio en el parque, pero la celebración de Chesapeake Shores parecía única.

Además, la alegría de Milos le calmaba los nervios. Si se concentraba en conseguir que aquel joven pasara un buen día y experimentara la fiesta más importante de su país, tal vez se olvidara de que podía encontrarse cara a cara con su padre biológico en cualquier momento.

Capítulo 14

–Así que ahora, gracias a la abuela, todo el pueblo va a tomar partido –le explicó Luke a su tío Mick más tarde, en el pub.

Aunque el local estaba atestado y había mucho ruido, Mick era el único que estaba sentado en la barra, y el único O'Brien que había en el bar por el momento, lo cual le daba a Luke la oportunidad perfecta para desahogarse.

Mick se echó a reír.

–No sé, pero algo me dice que esto es algo más que un concurso de estofados.

–¿A qué te refieres?

–A que tu abuela está animando la cuestión –dijo Mick, y le dio un sorbo a su pinta de Guinness–. Y no me refiero al estofado que siempre se está cociendo en el fuego de la cocina del pub.

–¿Quieres decir que ve posible algún tipo de futuro en común para Bryan y Kiera? ¿Y que ha decidido intervenir para emparejarlos?

–Exacto –respondió Mick–. Entre esos dos saltan chispas. Yo mismo lo he visto. Tú has pensado que se trata de una lucha por el control de la cocina, pero mi madre lo ve de otro modo, y está haciendo lo posible por avivar ese fuego. Me imagino que Dillon también se lo ha pedido a Nell. Su objetivo no era simplemente conseguir que su hija viniera de visita. Tanto Nell como Dillon piensan que las familias deben estar unidas, así que están buscando la manera de que Kiera se quede aquí. Al final, su permiso de trabajo expirará.

—Este otoño, para ser exactos —confirmó Luke, y suspiró al encajar las piezas del rompecabezas—. No mucho después del festival.

—Ahí lo tienes. ¿Te parece una coincidencia? —le preguntó Mick, llevándose a los labios la pinta de cerveza.

—¿Era la abuela tan astuta cuando Thomas, mi padre y tú erais pequeños?

—A mí me gusta creerme que nosotros íbamos por delante de ella, pero lo cierto es que no teníamos ni la más mínima oportunidad. Ella siempre se sale con la suya.

Moira se acercó a ellos precisamente en aquel momento, con cara de mal humor.

—¿Estáis hablando de esa idea tan descabellada que ha tenido Nell de celebrar un concurso para que Bryan y mi madre compitan entre sí? —preguntó en un tono que dejaba bien claro cuál era su opinión.

Luke suspiró.

—Exacto. No creo que la abuela tuviera ni idea de la tensión que puede crear en su relación y aquí, en el pub.

—Claro que lo sabe —dijo Moira—. A Nell no se le escapa ni una. Además, hemos hablado de que es necesario que haya armonía entre ellos. Creía que estábamos cerca de conseguirlo, pero ¿has estado hoy en la cocina? La tensión podría cortarse con uno de los cuchillos de Bryan.

Luke observó a su mujer.

—Creía que te estabas acostumbrando a la idea de que tu madre y Bryan tuvieran algún tipo de relación. ¿Ahora vuelves a oponerte?

—No, no es eso. Es que pienso que esta no es la manera de que vaya bien. Las cosas avanzaban a un ritmo tranquilo; los dos tenían tiempo para acostumbrarse a la idea.

—¿Y tú?

—Bueno, claro, yo también necesito tiempo para adaptarme; hace muy poco, mi madre estaba comprometida con un hombre a quien yo quería y admiraba desde hacía muchos años. No me gusta pensar que su corazón es tan voluble.

—Entonces, lo que no te parece bien es que mi madre esté intentando acelerar las cosas —dijo Mick.

—Eso es —dijo Moira.

—¿O es que tú querías estar a cargo de la gestión? —preguntó Luke, cuidadosamente—. Y, ahora, la que lleva las riendas es mi abuela.

—Bueno, eso también, tal vez.

—Y volvemos al hecho de que tú querías ser la que salvara a Kiera y le diera una vida nueva —añadió Luke, corriendo el riesgo de acabar con su propia armonía marital al señalar lo evidente.

—Pues, sí, sí, soy egoísta —admitió Moira—. Quería ser quien llevara a su madre hacia una vida más feliz, quien le presentara a Bryan y la empujara por ese camino a un ritmo calmado, hasta que estuviera demasiado adentrada en él como para darse cuenta de lo que había ocurrido.

—Pero, Moira, tú trajiste a tu madre a Chesapeake Shores. Por ese motivo, tiene la posibilidad de vivir un futuro —dijo Mick—. Así pues, ¿qué importa quién la ayude ahora a llegar a esa meta?

Luke miró a su tío.

—Lo dices como si fuera algo racional.

—Que no lo es —reconoció Moira—. Lo que importa es su felicidad, por supuesto. Si funciona el plan de Nell, que Dios la bendiga. Solo espero que no nos salga el tiro por la culata y las cosas se vuelvan insoportables aquí. No podemos despedir a ninguno de los dos.

Justo en aquel momento, se abrió de par en par la puerta de la cocina, y Kiera salió al pub.

—¡Fuera de mi cocina! —gritó Bryan—. No pienso tenerte aquí, robándome mis recetas.

—¿Robando tus recetas? ¡Pero si no valen para nada! Las mías son muy superiores.

—¡Fuera!

—Es un placer —replicó Kiera—. No tengo por qué aguantar tu mal humor.

La puerta se cerró de golpe.

Luke suspiró.

—Demasiado tarde —comentó—. ¿Moira? ¿A quién vas a intentar calmar tú?

—Yo hablo con mi madre —dijo ella, con resignación—. Tú habla con Bryan para ver si mejora su humor. Me parece que esta noche va a hacer falta algo más que una pinta de cerveza y una conversación sensata.

Mick se echó a reír al ver el caos que había provocado su madre.

—Os dejo. No tengo ganas de quedarme aquí, en medio del fuego cruzado.

—Si, por casualidad, ves a la abuela esta noche, dale las gracias por esto —le dijo Luke.

—Creo que, seguramente, ella te diría que esto es prueba de que su plan va a tener éxito —replicó Mick, mientras se alejaba y dejaba que Luke y Moira se enfrentaran a las consecuencias del inteligente plan de su madre.

—En primer lugar, el concurso no fue idea de Nell, sino de Bree —le dijo Kiera a Moira, cuando su hija la obligó a sentarse en un taburete, en un extremo de la barra, y le preguntó por qué había permitido que la enredaran en el concurso de cocina del festival.

—Si piensas que Nell no está metida en el ajo es que

eres una ingenua –replicó Moira con impaciencia–. En la familia O'Brien las cosas salen como ella quiere porque sabe cómo ponerlas en marcha. Nell es muy lista, y la mayoría de la gente la subestima. Piensan que es demasiado honorable como para ser marrullera.

–Eso que dices es algo horrible con respecto a una mujer que solo ha sido buena contigo y con tu abuelo –replicó Kiera, reprendiendo a su hija.

–¿Te pones de su lado cuando yo solo estoy intentando explicarte que te ha tendido una trampa? –le preguntó Moira, con indignación.

–Suponiendo que tengas razón, no estoy segura de qué importancia pudiera tener. Esto solo es para mejorar el festival de otoño.

–Y, otra vez, tú te estás perdiendo el quid de la cuestión –insistió Moira–. El verdadero objetivo es que ocurra lo que acaba de ocurrir entre Bryan y tú. Ella quiere que haya fuegos artificiales entre vosotros a menudo, y que estallen con tanto estruendo, que todo el pueblo y toda la región aparezcan en el concurso para veros competir con vuestro estofado irlandés. Vosotros sois el espectáculo principal. Yo creía que no te gustaría estar en ese puesto.

–Es para beneficiar el festival –repitió Kiera, que se negaba a admitir que su hija tenía razón.

–Fuegos artificiales –repitió Moira con paciencia–. Entre Bryan y tú. Fuegos artificiales que os lleven a una relación romántica. Eso es lo que quiere conseguir Nell.

A medida que asimilaba las palabras de su hija, a Kiera se le encogió el corazón. Cuando había accedido a participar en el concurso, lo había hecho para conseguir precisamente lo contrario. Quería tomar distancia y recuperar la seguridad que tenía cuando aquel hombre casi no le dirigía la palabra.

Pensó en lo que acababa de ocurrir en la cocina. No se había sentido segura, sino eufórica. Las chispas no los habían separado, sino que la habían atraído hacia la llama... tal y como, aparentemente, quería Nell.

–Oh, Dios mío –murmuró, al darse cuenta de que había caído en una trampa.

Su hija asintió con satisfacción.

–¿Por fin lo entiendes?

–Me temo que sí.

–¿Y vas a ponerte en guardia?

Kiera asintió. Por supuesto que sí. Por desgracia, en aquel momento tenía dificultades para saber quién era exactamente el enemigo.

Los preparativos para la fiesta del Cuatro de Julio iban a toda máquina en Chesapeake Shores. Los escaparates estaban adornados en rojo, blanco y azul, y había banderitas en las jardineras de todo Main Street y Shore Drive. Las flores también eran del color de la bandera; Bree y su marido las habían donado de su floristería y de su vivero.

Sally's ofrecía *croissants* de frambuesa y arándanos, para respetar los colores. Ethel's Emporium estaba lleno de banderas de todos los tamaños y de camisetas con la misma temática, así como de chucherías y caramelos de los sabores y los colores apropiados.

Todas las tiendas hacían descuentos para aumentar las ventas a la multitud de gente que iba a ir a ver el desfile, los puestos artísticos que se habían instalado en el parque y los fuegos artificiales.

–Parece sacado de un libro de fotografías –dijo Kiera, al pasar por el parque con su padre, el día anterior a la fiesta. Lo miró y le preguntó–: ¿Cuál es tu parte favorita?

–El desfile. Todo el mundo puede participar. Lo encabezan los veteranos del pueblo, que van uniformados. Las empresas patrocinan carrozas y cada grupo se esfuerza mucho por superar a los demás, aunque no sean profesionales. A mí me parece que ese es el verdadero encanto de todo, que está hecho de amor por las tradiciones. Toca la banda del instituto, y la mitad de los niños del pueblo vienen a seguir la ruta del desfile para formar parte de todo.

Kiera observó a su padre.

–Te has enamorado de todo esto, ¿verdad?

Él asintió.

–Y no olvido la vida que tenía en Irlanda, ni mis raíces. Es solo que me he adaptado al lugar en el que vivo ahora, y he llegado a querer a la gente como si fueran de mi familia.

–Me pregunto si yo conoceré alguna vez una paz así, y me sentiré tan aceptada –dijo Kiera, con melancolía–. Sigo diciendo que mi casa está en Irlanda, pero, cuando lo pienso, me doy cuenta de que mi vida allí no fue fácil nunca, ni siquiera de adulta. Me pregunto qué es lo que me atrae hacia allí.

–No siempre es el lugar –le dijo Dillon–. A veces, es la idea que tenemos de ese lugar, de los recuerdos que nos trae, aunque sean malos, porque eso nos da una sensación de seguridad. Este lugar es nuevo para ti, y te crea incertidumbre porque no te resulta familiar. Pero acuérdate de que un hogar no es solo un sitio, hija. Es la familia, y eso lo tienes aquí, Kiera.

Ella le dio un abrazo.

–Me alegro tanto de que nos hayamos reencontrado –le dijo, en voz baja–. Sé que es culpa mía que tardáramos tanto. No sabes lo mucho que me arrepiento de eso, sobre todo, por haber tenido tan poco tiempo con mamá antes de que la perdiéramos.

–Es el pasado. La pena sería no tener lo que hemos encontrado de nuevo.

–Entonces, estás diciendo que debería quedarme –dijo ella.

—Lo que digo es que tienes que hacer lo que sea mejor para ti, cuando llegue el momento de tomar la decisión. No te dejes influir por las expectativas de nadie, ni las mías, ni las tuyas.

—¿Las mías?

—Tienes tendencia a pensar que no te mereces más de la vida, Kiera. Siempre te esperas lo peor. Acuérdate de que siempre hay una alternativa. Tú puedes conseguir tus sueños. Nunca es demasiado tarde para eso.

Aquel era un sentimiento precioso, pero ella había dejado de soñar hacía muchos años. Sus sueños siempre habían sido muy esquivos.

Dillon sonrió.

—Veo que estás pensando en un argumento —le dijo—, pero tengo una cosa que decirte: los sueños no se hacen realidad solo con desearlos. Hay que trabajar mucho para conseguirlos. Tú sabes mucho de trabajar, cariño; utiliza esa experiencia, y el resto vendrá solo.

Ojalá fuera tan fácil como lo había pintado su padre. Sin embargo, a pesar de su acostumbrado escepticismo, Kiera tuvo una pequeña esperanza.

Acababa de amanecer, pero el sol ya calentaba mucho. Bryan se alegró de haber madrugado más de lo habitual para salir a correr. Al salir a Lilac Lane, miró hacia su huerto con la esperanza de ver una mancha de color; concretamente, una mancha de color caoba que brillaba bajo los rayos del sol.

Por mucho que detestara admitirlo, echaba de menos las mañanas que pasaba con Kiera en la paz de su jardín. Hablaban poco, tan solo trabajaban codo con codo, plácidamente, para vencer a un enemigo común: las malas hierbas, que parecía que crecían con más fuerza aún que las verduras.

Suspiró. Era aquel absurdo concurso de cocina. Kiera se había dejado enredar voluntariamente y con gusto, por lo que él había visto. Parecía que estaba contenta de haber roto la tregua, y eso, a él, no debería molestarle tanto. Por el contrario, debería estar entusiasmado por no tenerla invadiendo su espacio. A él le gustaba su soledad. Llevaba contento muchos años tan solo con su propia compañía. ¿Por qué le molestaba tanto, de repente, no tener a nadie con quien poder charlar o discutir?

Cuando llegó al porche trasero de su casa, miró hacia la casita.

—Mierda —musitó.

Bajó del porche, se dirigió hacia allí y llamó a la puerta con impaciencia.

—¿Qué ocurre? —preguntó Kiera al abrir la puerta—. ¿Se está acabando el mundo?

Bryan se estremeció. Si había ido allí a hacer las paces con ella, había empezado mal.

—Hace mucho calor —dijo.

Ella lo miró sin inmutarse, como si le hubiera dicho que el cielo era azul.

—Sí, hace calor —respondió—. Es muy corriente que suceda esto en julio.

—Lo que quiero decir es que hoy hace demasiado calor para que vayas andando a trabajar. Si quieres, te llevo en coche. Saldré dentro de media hora.

Ella titubeó durante un segundo; después, asintió.

—Te lo agradezco.

De repente, él no supo qué era peor, si los gritos o aquella amabilidad infernal. ¿Quería provocar una explosión mencionándolo? No. Se limitó a asentir.

—Muy bien. Nos vemos dentro de media hora.

Y, mientras, él iba a mantener una conversación muy seria consigo mismo. Aquella mañana había sido un buen recordatorio de que las mujeres convertían en idiotas a los hombres. Seguramente, lo más inteligente sería evitar seguir aquel camino de nuevo.

Para ser él quien la había invitado a ir en su coche a trabajar aquel día, parecía que a Bryan se le habían terminado las palabras. No había dicho nada desde que ella se había subido a su Prius y había sentido el agradable aire acondicionado de aquel coche respetuoso con el medio ambiente.

—No te he visto mucho últimamente —comentó ella—. Quiero decir, fuera del trabajo —añadió, al ver que él la miraba con incredulidad.

—Pensaba que eso era lo que querías —dijo Bryan—. Yo no he alterado mis hábitos, pero parece que tú has llevado un horario distinto. Cuando yo vuelvo de correr, por las mañanas, tú ya te has marchado.

—Me gusta salir a caminar cuando todavía hace fresco. Y me gusta reunirme con algunas de las mujeres O'Brien en Sally's antes de entrar a trabajar.

—¿Y el huerto? Creía que te gustaba escardar malas hierbas.

—No sabía si querías verme. He hecho un poco cuando llegaba a casa. Luke me deja salir antes últimamente, y todavía hay luz.

Bryan se paró en un cruce y la miró.

—¿Te ha cambiado el horario para que no coincidamos tanto y no nos peleemos?

Ella sonrió.

—No me ha dicho tal cosa, pero eso creo. Pensaba que tal vez se lo habías pedido tú.

—Yo no le voy a decir a Luke cómo tiene que llevar su negocio —respondió Bryan—. Los horarios son cosa suya.

—¿Sabes? —dijo Kiera, aunque no estaba segura de si debía sacar aquel tema tan peliagudo—. Cuando acepté hacer el concurso de cocina para el festival de otoño, no sabía que las cosas iban a volver a empeorar entre nosotros.

—¿Qué te esperabas?

—Que íbamos a tener una rivalidad amistosa que beneficiaría a la iglesia de Nell y al pueblo.

—¿Y?

—Nada más.

Bryan volvió a concentrarse en la conducción, y se hizo el silencio entre ellos. Kiera se dio cuenta de que lo había decepcionado. ¿Sabía que no estaba siendo completamente sincera?

—Bueno, está bien. Hay más —dijo, por fin.

—¿Algo que no podías resolver simplemente hablando conmigo?

—¿Cómo, si tú eras el problema?

Kiera se dio cuenta de que su sinceridad le había sorprendido mucho, porque él apretó la mandíbula. No respondió; se concentró nuevamente en el volante, para aparcar en un sitio pequeño que había quedado en el aparcamiento trasero del pub.

Cuando apagó el motor, se giró hacia ella.

—¿Y por qué era yo el problema? Creía que habíamos hecho las paces, que nos llevábamos bien, que nos estábamos conociendo y nos respetábamos.

—Sí, es cierto.

—¿Y eso era malo?

Ella asintió.

—Tal vez no lo entiendas, pero yo me asusté. Me sentía cada vez más cómoda hablando contigo, sobre todo, por las noches, en tu porche. Me recordó a otros tiempos, con otro hombre.

—¿Tu exmarido?

A Kiera se le escapó una carcajada llena de amargura.

—Ni hablar. Sean no era el hombre más apropiado para mantener una conversación tranquila. No, era Peter.

—El hombre que murió.

—Después de Sean, yo nunca permití que nadie se acercara a mí. Me protegí para no sentir más dolor. No quise arriesgar mi corazón otra vez. Pero apareció Peter. Él no me exigió nada, solo me escuchó, me dio motivos para reírme. Era algo insidioso. Las pequeñas conversaciones que, en sí mismas, no significaban nada, pero que, sumadas, se convirtieron en confianza y en cariño y, con el tiempo, en amor.

Bryan la miró comprensivamente.

—Y, entonces, murió.

—Sí. Me rompió el corazón.

—Y te ha entrado pánico porque has sentido que todo volvía a empezar —dijo Bryan—. ¿Estabas empezando a confiar en mí?

—Sí, y no podía permitirlo.

—Entonces, tú y yo vamos a participar en este absurdo concurso de cocina para poner una barrera artificial entre los dos.

Ella se encogió de hombros al oír lo ridículo que sonaba.

—Sí, eso parece.

Bryan se echó a reír. Después de un momento de asombro, ella se rio también.

—Habría sido más fácil que me abofetearas cuando te besé. Me habrías dado el mensaje de forma más clara y audible.

—Sí, habría sido una buena solución. Pero me pillaste con la guardia baja.

—Y no te resultó tan desagradable, ¿no? —le preguntó él, mirándola fijamente.

—¿De verdad tenemos que hablar de ese beso? —inquirió ella, con nerviosismo.

—Bueno, creo que deberíamos hacerlo.
—¿Por qué?
—Porque, en este momento, estoy pensando en volver a hacerlo.

Capítulo 15

Kiera miró a Bryan con alarma. De repente, su irracional afirmación provocó una carga de electricidad en el coche, entre ellos.

—¿No has escuchado nada de lo que te he dicho? —le preguntó.

—Todo. Pero, por lo que yo he experimentado, la mejor manera de hacerle frente al miedo es directamente.

—Y, por algún motivo retorcido, eso significa que nos demos otro beso, cuando ya he admitido que el primero me alteró y he declarado que fue un error.

—Yo no recuerdo que hayas pronunciado la palabra «error».

—La estoy usando ahora. Fue un error, y no hay motivo para repetirlo.

—¿Ni siquiera para averiguar si la primera vez fue solo un acto impulsivo que salió bien de chiripa? —le preguntó él, con los ojos muy brillantes—. Puede que te tomara por sorpresa, tal y como has dicho. Pero, ahora que te he avisado, puedes activar todas tus defensas y averiguar si te afecta otro beso, o no. Podrías librarte de todas las preocupaciones.

—Estás loco —dijo ella. Aunque, en cierto sentido, aquellos argumentos eran persuasivos. Tentadores, de hecho. Tal vez ella también estuviera un poco loca.

—No, no estoy loco. Te he hecho una propuesta racional para poner a prueba una situación y determinar si el resultado fue único o se puede convertir en un patrón. Es una investigación científica, si lo piensas bien.

Kiera tuvo una desesperada necesidad de escapar antes de que él probara su hipótesis y echó mano del abridor de la puerta. Sin embargo, antes de que pudiera abrir, él le rozó el hombro.

—No salgas corriendo, Kiera. Vamos a resolver esto de una vez por todas.

Ella se giró, y vio que en sus ojos había compasión y entendimiento, y ni rastro de diversión. Si hubiera visto un atisbo de risa, habría salido huyendo. Pero se quedó allí sentada, en medio de un debate interno que la abrumaba.

Mientras su sentido común luchaba contra sus anhelos, él le pasó la yema del dedo pulgar por la boca, con delicadeza. A ella se le separaron los labios, y se dio cuenta de que estaba ganando el deseo.

Para su sorpresa, él le tomó una mano y se la colocó en el pecho.

—¿Sientes los latidos de mi corazón, Kiera? Está acelerado. Yo también tengo miedo de lo que podamos descubrir. Tanto como tú.

—¿De verdad?

—Claro —dijo él, con seriedad.

Después, tomó su cara entre las manos y la besó con suavidad, como la primera vez, pero sin prisas. Se recreó, exploró y, cuando terminó por fin, la dejó con la cabeza dando vueltas.

Él fue el primero que suspiró.

—Entonces, no salió bien solo de chiripa.

Ella asintió, con la respiración entrecortada.

—No.

Quería que todo le resultara tan aterrador como había

pensado, pero no era así. Quería poder mirar a Bryan con frialdad, como si no le hubiera importado nada, como si no hubiera derribado otra muralla protectora de las que ella había erigido alrededor de su corazón.

—Y ahora, ¿qué? —le preguntó, con la voz temblorosa.

Bryan estaba tan confuso como ella.

—Ojalá lo supiera —dijo. Después, sonrió y miró hacia atrás—. Lo que sí sé es que tenemos público. Luke y Moira están en la puerta de la cocina, boquiabiertos. Creo que vamos a tener que responder a unas cuantas preguntas cuando entremos.

—¿Por qué no arrancas el coche y nos vamos? —le sugirió ella. Se sentía como una adolescente avergonzada que estaba a punto de ser interrogada por un progenitor enfadado.

Bryan se echó a reír.

—Conoces a Moira, ¿no? No creo que tu hija sea de las que se dejan ignorar. Con salir corriendo solo conseguiríamos retrasar lo inevitable.

—También podrías entrar tú solo y soportar lo más grave del asunto, y yo podría irme a disfrutar de mi primer Cuatro de Julio en Estados Unidos con mi nieta, en vez de dejarla con una niñera. Este es un día que las familias deberían pasar juntas.

—Pero... ¿no se la va a llevar la niñera a casa de Mick por ese motivo?

—Sí, pero podría llevarla yo —dijo ella, cada vez más convencida—. Es un buen plan. Sí, sería lo más caballeroso por tu parte.

—Pero... ¿cuánto tiempo crees que va a tardar Moira en clavarte los colmillos?

—Si el pub está tan lleno como seguramente estará hoy, no podrá salir. Pueden pasar varias horas.

—¿Y dentro de varias horas te resultará más fácil dar explicaciones? Quizá sea más difícil, porque también tendrías que explicar por qué has abandonado tu puesto de trabajo uno de los días más ajetreados del verano.

Seguramente, Bryan tenía razón, pero ella no quería saberlo.

—Soy la madre. No tengo por qué dar explicaciones –dijo, tozudamente, aunque sabía que aquel argumento no le serviría nada con su hija.

—Vamos, vamos, eso es una bobada. Limítate a decirles que se metan en sus asuntos, como voy a hacer yo –dijo él, y la miró fijamente–. ¿Preparada?

Kiera suspiró.

—No, pero no tiene remedio.

Algún día tendría que analizar el motivo por el que, a aquellas alturas de su vida, se veía metida en semejante lío.

—Kiera y tú os lleváis mucho mejor hoy que ayer –dijo Luke, saludando alegremente a Bryan cuando entró en la cocina.

—Deberías estar contento por ello –replicó Bryan.

Tomó su delantal y fue directamente a la despensa a sacar los ingredientes del plato especial de aquel día: salchichas con puré de boniatos y patatas y salsa de cebolla para los que quisieran un sabor irlandés como contrapunto a los tradicionales perritos calientes con patatas fritas que se venderían en los puestos del parque.

Por desgracia, Luke no captó la indirecta y no aprovechó para desaparecer cuando él estaba en la despensa.

—Estabas pidiendo que volvieran la paz y la armonía –le dijo a su jefe.

—Entonces, ¿el beso ha sido por el bien del pub? –preguntó Luke, con una sonrisita de diversión.

—Eso es lo que he dicho, sí.

—¿Y no te ha resultado agradable?

Bryan dejó lo que estaba haciendo y miró a Luke con cara de pocos amigos.

—¿Me lo preguntas como jefe?

—No, como yerno preocupado.

—Pues no te metas en esto. Kiera y yo somos adultos, y vamos dando un paso tras otro, día a día. En algún momento, sabremos adónde va todo esto, y te lo explicaremos, no te preocupes.

Luke se quedó sorprendido.

—Entonces, ¿crees que puede ir a alguna parte? ¿Hay sentimientos?

—En este momento no estoy pensando en nada concreto. Estoy intentando prepararlo todo para hacer la comida que van a pedir tus clientes hoy.

—Bueno, eso está muy bien, pero si a Kiera se le rompe el corazón y soy yo el que tiene que solucionar la situación, tal vez no pueda protegerte de la ira de Moira.

Bryan asintió.

—Lo tendré en cuenta. Y también me doy cuenta de que no te preocupa mucho que se me rompa el corazón a mí. ¿Acaso no me has dicho varias veces que Kiera no es una persona fácil?

Luke se echó a reír.

—Desde mi punto de vista, a mí me parece que la estás llevando estupendamente bien.

Entonces, por fin, Luke se marchó de la cocina, y Bryan suspiró. Ojalá eso fuera cierto.

El pueblecito tranquilo y apacible que recordaba Deanna había cambiado por completo cuando Milos y ella llegaron en coche el día Cuatro de Julio. Las calles de Chesapeake Shores estaban cortadas y llenas de peatones. Los desviaron hacia un aparcamiento que estaba junto al instituto, a las afueras.

—Creía que era un pueblo pequeño —comentó Milos, con los ojos abiertos como platos—. Pero está igual de lleno que Londres.

Deanna se echó a reír.

—Puede que lo parezca hoy, a primera vista, pero te prometo que la otra vez que yo estuve aquí, era el típico pueblecito pequeño. Mira bien a tu alrededor. No hay edificios altos, y creo que solo tienen un semáforo. Me parece que ni siquiera hay un McDonalds ni un Taco Bell, y no hay Starbucks. Todos los locales son negocios locales, o eso me pareció, por lo menos, cuando pasé por aquí.

—¿Y por qué viniste?

—Había leído algo sobre el pueblecito en alguna parte —dijo—, y tenía que hacer un descanso en el trayecto hasta Baltimore.

Era una explicación sencilla y verdadera, aunque la realidad fuera mucho más compleja para un día como aquel. El sol brillaba con fuerza, y apenas corría la brisa. Deanna miró la hora.

—Falta media hora para que empiece el desfile. ¿Qué te gustaría hacer primero?

—Allí hay puestos —dijo Milos, señalando el parque—. Quiero regalarte algo, un souvenir, para agradecerte que me hayas traído a mi primera celebración del Cuatro de Julio en Estados Unidos.

—No tienes por qué hacerlo.

—Por lo menos, una banderita —le dijo él—. Vamos a necesitar una para moverla cuando empiece el desfile.

Su entusiasmo era contagioso, y Deanna se dejó convencer. Con las banderitas en la mano, fueron a buscar un buen sitio para ver el desfile y esperaron hasta que empezaron a oír a la banda tocando a lo lejos.

—Ya empieza —dijo ella, mirando en dirección al sonido.

Una hora después, había pasado la última carroza y

la gente se estaba dispersando. La mayoría iban hacia el festival de artesanía y arte que estaban celebrando en el parque.

—¿Te apetece un perrito caliente? —le preguntó Deanna a Milos.

—Vamos a dar un paseo primero, y vemos las tiendas —dijo él.

Deanna tuvo que admitir que sentía curiosidad por aquel pueblecito en el que se había establecido su padre. Caminaron por Main Street y pasaron por delante de una cafetería llamada Sally's, que estaba llena hasta la bandera a pesar de todos los puestos de comida que había en el parque. Miraron el escaparate de una floristería, de una librería y de una tienda de souvenir, y llegaron a Shore Road, una calle que estaba llena de cafeterías y galerías de arte.

Deanna vio el letrero de O'Brien's y le tiró de la manga a Milos.

—Vamos a pasear por la otra acera, cerca del mar —le sugirió. No quería pasar por delante de la puerta del restaurante para no tentar a la suerte.

Milos y ella cruzaron la calle y llegaron al muelle, donde estuvieron unos minutos viendo pescar a la gente. Después, empezaron a caminar por el paseo marítimo. Deanna miraba la bahía, donde se estaban reuniendo los barquitos para tener buenas vistas de los fuegos artificiales que se lanzarían más tarde.

—¡Mira! —exclamó Milos, de repente.

—¿Qué?

—Eso es un pub, como en Irlanda —dijo con emoción—. Yo estuve en el Trinity College de Dublín, en un programa especial, y fui a muchos pubs allí. ¿Has estado en este?

—No —respondió ella, mientras el pánico se apoderaba de ella.

—Entonces, tenemos que entrar —dijo él—. Aunque parece que está muy lleno, no hay demasiada cola para entrar.

Deanna vaciló.

—¿No prefieres tomar perritos calientes y helado, que es lo más tradicional?

—Tenemos todo el día, y después volveremos a tener hambre. Quiero que conozcas algo de mi vida en Europa.

No podía negarse sin revelarle por qué no quería entrar al pub. Además, era algo absurdo por su parte. Estaría poniéndose en el camino de su padre, pero, aunque él saliera de la cocina y la mirara a los ojos, ¿qué vería? Una universitaria disfrutando de una comida con un amigo. Una desconocida. Nada más.

Y, si ella lo veía, tal y como estaba deseando, ¿qué podía tener de malo? Sería como romper el hielo y hacer más fácil su encuentro cara a cara. Tendría la ventaja de la familiaridad, aunque solo fuera por un atisbo.

—Si te apetece tanto, entremos —dijo, aunque no consiguió disimular su reticencia.

Milos la observó.

—¿Es que a ti no te apetece?

Deanna se sintió culpable por estropearle la diversión, así que asintió.

—Sí, claro que sí. Vamos, vamos.

Una vez dentro, le dieron el nombre de Milos al maître. Después, pidieron unos refrescos en la barra y observaron el restaurante, que estaba atestado.

—¿Es como los pubs de Irlanda? —le preguntó ella.

Milos sonrió.

—Exactamente igual —dijo, y tomó una carta de la barra—. El plato del día es salchichas con puré de boniatos y patatas y salsa de cebolla. Uno de mis platos favoritos —dijo con deleite—. Gracias por haber querido venir a Chesapeake Shores hoy, Deanna. Estaba deseando conocer una tradición estadounidense, pero ahora también puedo disfrutar de algo que me resulta familiar.

Estaba tan contento, que Deanna se alegró de haber cedido. En aquel momento, una mujer joven se acercó y los llevó a una mesa que había en un rincón.

—Vuestra camarera será Kiera —dijo, con un verdadero acento irlandés—. Ahora mismo está con vosotros.

Un momento más tarde se acercó una mujer más mayor, con cara de agobio.

—Disculpad el retraso. Hoy hay muchísimo ajetreo —dijo, mirando primero a Milos y, después, a ella. Al ver a Deanna, se quedó asombrada—. ¿Nos conocemos de algo?

A Deanna se le aceleró la respiración.

—No. Es la primera vez que vengo.

—Me resultas muy familiar —dijo Kiera—. Pero, bueno, se supone que todos tenemos parecidos con otras personas, ¿verdad?

Deanna sonrió forzadamente.

—Sí, eso tengo entendido.

Los dos pidieron el plato especial del día, y Kiera se alejó apresuradamente.

—Qué raro —dijo Milos, cuando estuvieron a solas—. Estaba segura de que te había visto antes.

—Es imposible —dijo ella con vehemencia.

Sin embargo, aquella conversación le había puesto los nervios a flor de piel. ¿Sería posible que la camarera hubiera notado algún parecido entre su padre y ella, sin darse cuenta?

—Necesito tomar el aire —le dijo a Milos—. Aquí hay demasiada gente y me estoy mareando. Lo siento.

—Sal y busca un sitio en uno de los bancos de la acera de enfrente —le sugirió él—. Voy a pedir que nos pongan la comida para llevar e iré contigo enseguida.

—Lo siento —dijo ella, de nuevo.

Cuando salió, aunque hacía calor, le ayudó respirar

aire fresco. Encontró un banco libre a una manzana y se sentó. Cerró los ojos para calmar el pánico que la había invadido en el pub.

—¿Deanna? —le preguntó Milos, en voz baja, mientras se sentaba a su lado—. ¿Te encuentras mejor?

Ella sonrió forzadamente.

—Mucho mejor —dijo ella—. Y me muero de hambre.

Comieron, tiraron los envases en una papelera y volvieron al parque para visitar los puestos y el festival de arte. Milos era una compañía estupenda; hacía comentarios agradables de todo y estaba disfrutando tanto, que Deanna pudo olvidar el momento tan incómodo que había pasado en el pub y disfrutar también.

Pasaron el día visitando tiendas, recorriendo el paseo marítimo y el parque, y Milos se empeñó en invitarla a perritos calientes y helado.

—Van a tirar los fuegos desde el final del muelle —dijo, entre dos mordiscos a su perrito—. Si vamos ahora, a lo mejor encontramos un buen sitio para verlos.

—Sí, vamos —dijo Deanna.

Acababan de encontrar otro banco libre cuando el primero de los fuegos iluminó el cielo y lo tiñó de color rojo, azul y blanco. A su alrededor hubo exclamaciones y murmullos de deleite, y los niños aplaudieron.

—¡Oh, Dios mío! ¡Mira! —exclamó alguien con un suave acento irlandés que estaba muy cerca de ellos, a su espalda.

Deanna miró hacia atrás y vio a la camarera del pub. A su lado había un hombre, y Deanna no tuvo que mirar la fotografía que llevaba en la cartera para saber que era Bryan Laramie. Había memorizado su imagen.

Se le paró el corazón un minuto y, después, comenzó a latirle aceleradamente.

Su padre estaba muy cerca, tanto, que podría tocarlo si estiraba el brazo. Se le llenaron los ojos de lágrimas, y tuvo que apartar la mirada. Las lágrimas se le cayeron por las mejillas.

Milos la miró y, rápidamente, se preocupó.

—Estás llorando...

—Me emociono mucho con estas cosas —le explicó, con la esperanza de que resultara verosímil—. La música, los fuegos... Es todo tan patriótico y conmovedor...

—Sí, es cierto —dijo él, aunque no parecía muy convencido de que esa fuera la causa de sus lágrimas.

Deanna miró al cielo fijamente y no se permitió volver la cabeza una sola vez más. No volvió a oír la voz de Kiera ni la del hombre que estaba a su lado. Ojalá él hubiera dicho algo en voz alta para que ella pudiera oírlo. ¿Recordaría el sonido de aquella voz? ¿Lo recordaría susurrándole palabras amorosas en la cuna, aunque aquello hubiera sucedido hacía tantos años? No podía saberlo.

Sin embargo, tenía que averiguarlo muy pronto. Ya había pospuesto demasiado el momento de enfrentarse a su pasado.

Aquella noche, Deanna puso el aire acondicionado al máximo y, cuando hacía frío en el apartamento, se envolvió en un edredón. Eso era algo que siempre le proporcionaba una sensación de seguridad, como si estuviera en su cascarón particular.

Cuando sonó su teléfono móvil, estuvo a punto de no responder a la llamada, pero miró la pantalla y vio que era Ash. Su padrastro se iba a preocupar si no respondía, así que lo hizo.

—Hola —dijo—. ¿Qué tal el Cuatro de Julio?

—Como siempre. Barbacoa en casa de los Franklin. Todos me han preguntado por ti. Se han quedado muy sorprendidos cuando les he dicho que estabas haciendo trabajo voluntario en el Johns Hopkins durante todo el verano.

—Me imagino que ha sido un poco embarazoso, porque todo el mundo pensaba que iba a trabajar contigo.

—Les dije que acabas de descubrir tu vocación por la Medicina y que estabas investigando qué opciones tienes en ese campo. En realidad, creo que Janet ha tenido envidia. Su hijo está todavía graduándose y no ha dado ninguna señal de interés por ninguna carrera en particular.

Deanna se echó a reír.

—Greg se va a pasar la vida sin hacer nada si ellos siguen pagándole todos los gastos y permitiéndoselo.

—Tienes toda la razón. Bueno, ¿y qué tal tú? ¿Cómo has pasado este Cuatro de Julio?

Ella vaciló, pero dijo:

—He ido a pasar el día con un amigo a Chesapeake Shores.

—Ah —dijo él, suavemente—. ¿Y qué tal?

—Ha sido como debe ser el Cuatro de Julio en un pueblecito —dijo ella.

—Ya sabes que no te estoy preguntando eso, Dee. ¿Has visto a tu padre?

—Bueno, no he hablado con él. No era el momento oportuno. Pero lo he visto una vez, y hemos comido en su pub.

—Es un primer paso.

—Sí, pero solo un paso. Tengo que pensar cómo voy a dar el siguiente. ¿Y si se ha olvidado por completo de mí?

—No. Ningún padre olvida a sus hijos —dijo Ash, con toda certeza—. Estoy seguro de que no se ha olvidado de ti. Lo que pienso es que, teniendo en cuenta cómo se marchó de su lado tu madre, él ha estado preguntándose por ti todos estos años.

—Puede que no. A lo mejor se alegró cuando nos fuimos. Si no, ¿por qué no ha intentado dar con nosotras?

—Eso no lo sabes. A lo mejor sí lo ha intentado. Tu madre y yo nos conocimos poco tiempo después de que ella lo abandonara, y tu madre y tú os cambiasteis el apellido. Es muy posible que perdiera el rastro.

–Supongo que sí.

–Entiendo que te dé miedo conocerlo después de tantos años, porque no tienes ni idea de lo que va a suceder. ¿Te ha dado alguna impresión hoy? ¿Qué tipo de hombre puede ser?

–En realidad, no he tenido ninguna sensación, aunque he visto que el restaurante en el que trabaja tiene mucho éxito. Estaba lleno, a pesar de que había un millón de puestos de comida en el parque. Y la comida estaba deliciosa y, según mi amigo, que ha vivido en Dublín, era muy auténtica. Pero ha ocurrido una cosa rara.

–¿Qué cosa?

–Nuestra camarera del pub me dijo que yo le resultaba muy familiar. Al final, pensó que me parecía a algún conocido, y yo me pregunto si me parezco a mi padre, aunque sea solo un poco. Lo vi durante un segundo, y no he sido capaz de saberlo.

–Es muy posible. Yo creía que te parecías a tu madre, pero nunca había visto una foto de tu padre hasta que me encontré con ese artículo.

–Ojalá mamá hubiera guardado alguna foto –dijo Deanna, con melancolía–. Una vez se lo pregunté, y me dijo que las había dejado todas en la casa.

–No, no todas –dijo Ash, lentamente–. Yo encontré una de ti y de tu padre escondida al fondo de su armario. Y, antes de que me acuses de habértela ocultado, te diré que la encontré la semana pasada, cuando, por fin, pude enfrentarme a la tarea de recoger algunas de las cosas de tu madre. Antes no había sido capaz. Me parecía demasiado definitivo.

–Oh, Ash... –dijo ella, suavemente. Sabía lo difícil que debía de ser para él, y lamentaba no haber estado a su lado para darle apoyo moral–. Tenías que haber esperado a que yo estuviera en casa y pudiera ayudarte.

–Ya me lo habías dicho, Dee. Pero, por fin, el otro día tuve valor suficiente. Recoger sus cosas, aunque sé que solo son prendas y zapatos, fue mucho más difícil de lo que pensaba.

–¿Y que has hecho con todo?

–He guardado sus joyas para ti. No es que tuviera muchas, ya sabes que nunca le interesaron demasiado. He guardado algunas otras cosas que he pensado que podían gustarte. Casi todo lo demás lo he donado a una casa de acogida de mujeres que están intentando encontrar trabajo.

–A mamá le habría gustado mucho eso.

–Bueno, Dee. Sobre la foto... voy a mandártela.

–Sí, por favor. Quiero verla.

–Pero acuérdate de que solo eras un bebé. No vas a poder distinguir si te pareces a él o no.

–Sí, sí. Pero es algo más que tendré a mi favor cuando lo conozca, incluso para demostrarle que soy quien digo ser. Tal vez él quiera alguna prueba.

–Te la enviaré por correo a primera hora de mañana –le dijo Ash–. ¿Cuándo tienes pensado venir a casa?

–El próximo fin de semana –dijo Deanna, impulsivamente, antes de poder arrepentirse. Una vez dicho, era un compromiso, y no podría echarse atrás.

–Sé que has dicho que quieres hacerlo sola, pero yo estoy dispuesto a ir hasta allí si me necesitas.

–Ya lo sé, y te quiero mucho por el ofrecimiento. Sé que esto tampoco es fácil para ti.

–Lo único que quiero es que seas feliz, Dee. ¿Tienes alguna idea de lo que esperas obtener de la reunión con tu padre?

–Respuestas –dijo ella.

Eso era lo que todo el mundo necesitaba del pasado, ¿no?

Capítulo 16

—Ha sido el final perfecto de un día de fiesta perfecto —dijo Kiera, con los ojos cerrados y con la cabeza apoyada en el respaldo del asiento del coche, mientras Bryan conducía entre el tráfico de las últimas horas del Cuatro de Julio. Debido a una tormenta de verano inesperada que había comenzado justo después de los fuegos, se había formado una caravana. Había empezado a llover, y el viento había soplado con fuerza.

—Creo que los fuegos de este año han sido los mejores que he visto —comentó Bryan—, pero los relámpagos los han superado con mucho.

—Bueno, por lo menos, no ha sido una tormenta demasiado violenta —dijo Kiera—. Me imagino que la mayoría de la gente ha podido llegar al coche sin sufrir demasiado ni calarse.

—Ojalá nosotros pudiéramos decir lo mismo —respondió él—. Yo me alegro de tener siempre una muda de ropa limpia en el pub, pero tú debes de estar helada con el aire acondicionado enfriándote la ropa mojada. ¿No quieres que lo apague?

—No, claro que no. Estaré perfectamente en cuanto me cambie y me quite estos zapatos húmedos —dijo Kiera—. Se han llevado la peor parte. Creo que he pisado todos los charcos del pueblo –añadió, y sonrió mirando a Bryan–. Estoy segura de que has elegido ese camino a propósito. ¿Acaso eras el típico niño que no puede evitar saltar al charco?

Él se echó a reír.

–Pues sí, lo era. Volvía loca a mi madre.

–Moira y sus hermanos también eran así. Yo protestaba mucho por ello, y refunfuñaba, pero no podía culparlos, y menos en verano, cuando servía para refrescarse.

–Vaya, me parece que su infancia no debió de ser tan mala como tú insinúas a veces.

Kiera suspiró.

–Yo no quería que lo fuera, así que los animaba a que disfrutaran de todos los pequeños placeres que podían, y que otras madres habrían criticado. A lo mejor, por ese motivo, mis hijos se formaron la idea equivocada de que está bien incumplir las normas.

Bryan la miró.

–¿Alguna vez vas a hablarme de ellos?

–Un día de estos –le prometió ella–. Pero no ahora. Solo quiero tomarme una copa de vino y acostarme. Aunque hoy me haya divertido mucho, estoy agotada.

–Debería dejar que lo hicieras, pero estaba pensando en invitarte a tomar esa copa de vino en mi porche. Ahora que la tormenta ha terminado, ha refrescado mucho. He echado de menos nuestras charlas nocturnas.

Aquello hizo sonreír a Kiera. Se le aceleró el pulso. Lo miró, pero él tenía la vista fija en la carretera.

–No sé si es buena idea. Todavía estamos intentando resolver las cosas entre nosotros.

–Solo es una copa de vino y un poco de conversación, Kiera. Es una buena forma de terminar un día largo –dijo él, persuasivamente–. De hecho, es una recomendación médica.

–¿De verdad? ¿Qué médico ha dicho eso?

Bryan la miró con picardía.

–Creo que lo he visto en internet.

–Ah, bueno, entonces es de fiar –dijo ella, riéndose–. Me alegro de que lo encontraras.

–Sí, es lógico.

Kiera estaba dividida entre lo que quería hacer y lo que debía hacer.

–De verdad, Bryan, no sé si tengo fuerzas para cambiarme y, después, tener que cambiarme otra vez para acostarme.

–Pues ponte una bata –dijo él, como si no tuviera importancia ir medio vestida a la casa de un hombre–. No te va a ver nadie. Y no creo que con una bata dejes ver más que con la camisa mojada que llevas pegada al cuerpo en estos momentos.

Kiera se miró y soltó un jadeo. Su camisa se había vuelto transparente con la lluvia.

–Oh, Dios mío, no se me había ocurrido comprobar si estaba hecha un desastre después del aguacero.

–No estás hecha un desastre. Tienes el aspecto de lo que eres, una mujer muy atractiva –respondió Bryan. Deliberadamente, dejó de mirarla y se concentró en aparcar con cuidado. Después, salió del coche y lo rodeó para abrirle la puerta–. Sécate y ven a casa –le dijo, como si todo estuviera decidido–. Yo tendré el vino preparado.

Kiera sabía que debería negarse, pero no pudo hacerlo.

–Dame diez minutos –dijo, con la voz un poco entrecortada.

Si estaba cometiendo un error, que así fuera. Había cometido muchos, y había vivido para contarlo.

Mientras abría una botella de pinot grigio y servía dos copas, Bryan pensó que estaba tentando al destino. Sacó las copas al porche con un plato de queso y unos crackers. Un vino y un ligero aperitivo a la luz de la luna era un acto de seducción, simple y llanamente. Él lo sabía, y Kiera, también.

Recordó la muy razonable advertencia que le había hecho Luke aquel mismo día, y cerró los ojos. No podía olvidar que Kiera era la suegra de su jefe. Y no podía olvidar que era una mujer a la que habían herido profundamente los dos hombres más importantes de su vida, de formas completamente distintas. Él no podía ser el tercero. Tenía que ser un hombre honorable que la tratase con cuidado.

Tomó un buen trago de vino y se recordó que era un hombre legalmente casado. Aunque le hubiera resultado fácil olvidarlo durante todos aquellos años, para Kiera sería un obstáculo importante que podía empujarla a salir corriendo en dirección contraria a él. Así pues, tenía que decírselo antes de que las cosas fueran más lejos entre ellos... si encontraba las palabras adecuadas.

Aunque estaba despejado, las estrellas no iluminaban demasiado. De todos modos, vio a Kiera atravesando el césped que separaba ambas casas. Sonrió al notar que caminaba descalza y que la bata le quedaba grande. Se preguntó qué llevaría debajo y, de repente, tuvo ganas de tirar del lazo de su cintura y averiguarlo.

—¿Has entrado en calor? —le preguntó, suavemente, cuando ella se sentó a su lado en el porche.

—Sí, y estoy seca —dijo Kiera, y tomó la copa de vino que él le ofrecía. Ella dio un sorbito y suspiró—. Tu médico de internet sí que hace buenas recomendaciones. Vas a tener que decirme en qué página puedo encontrarlo.

—Ya sabía yo que terminarías por apreciarlo —dijo Bryan—. Prueba el queso.

—Todavía no —dijo ella, y cerró los ojos con un suspiro—. Creo que podría quedarme dormida aquí mismo.

—Sí, ha sido un día muy largo. Pero bueno, también.

—Sí. Luke debe de estar muy contento. El pub ha estado lleno todo el día, y he oído cumplidos por la comida todo el día por parte de mucha gente que venía a Chesapeake Shores por primera vez. Creo que volverán muy pronto. Debo de haber entregado cien folletos de nuestra programación de música en directo. Y pillé a Nell dando uno de los folletos del concurso de cocina.

Bryan se echó a reír.

—Ella no perdería ni una sola oportunidad de hacer correr la noticia. ¿Has visto su folleto?

—No —admitió Kiera—. Le pedí uno, pero me dijo que no tenía suficientes y que tendría que esperar a que hiciera otra tirada.

—Vaya, eso es motivo de preocupación —dijo Bryan—. Me da a entender que ni a ti ni a mí nos gustará lo que ha puesto.

Kiera suspiró.

—Eso he pensado yo también —dijo. De repente, se irguió y preguntó—: ¿Tienes papel y lápiz cerca? Tendría que escribirme una nota a mí misma para recordarle a Luke que tiene que hacer más copias de la programación de conciertos.

—No te preocupes, yo te lo recuerdo.

Ella se quedó mirando a Bryan.

—Debe de ser muy gratificante recibir alabanzas universales por tu comida.

Él sonrió.

—Y a ti debe de sacarte de quicio.

—¿Por qué me dices eso?

—¿No me estás diciendo tú siempre que tu forma de hacer las cosas es mejor que la mía? —le recordó él—. Y ¿no vamos a tener que medirnos dentro de unos pocos meses?

Kiera volvió a suspirar.

—Y pensar que estábamos pasando un rato tan agradable —refunfuñó—. ¿Por qué sacas ahora ese tema?

—Que conste que eres tú la que lo has sacado al mencionar que Nell anda por ahí repartiendo folletos del concurso de este otoño, pero yo no voy a insistir más. No quiero estropear este precioso momento de paz.

Se quedó callado. Después de unos instantes, comentó:

—Hoy Luke me ha dicho algo de lo que tú y yo deberíamos hablar, probablemente.

—¿Qué?

—Me advirtió que no te hiciera daño.

Kiera lo miró con consternación.

—¡No es posible! ¿Por qué ha hecho tal cosa?

—Porque nos ha visto besarnos esta mañana y está preocupado por ti. Y me imagino que Moira ha contribuido y le ha pedido que hablara conmigo.

—¿Acaso no soy una mujer adulta y perfectamente capaz de cuidar de mí misma? —preguntó Kiera, con indignación.

—Claro que sí, pero la gente que te quiere siempre se preocupará por ti. Quieren estar seguros de que no me voy a aprovechar de ti.

Por fin, ella se relajó, e incluso sonrió ligeramente.

—¿Es que estabas pensando en aprovecharte de mí?

Él la miró con fijeza.

—He estado pensando seriamente en seducirte —admitió con sinceridad.

Ella abrió unos ojos como platos.

—Y, si yo lo permitiera —dijo con la voz entrecortada—, consideraría que ha sido una decisión mutua, no pensaría que eres un hombre que se ha aprovechado de una mujer.

—Puede que no sea tan sencillo. Hay cosas que tienes que saber antes de que lleguemos a ese punto.

—No me gusta cómo suena eso —respondió ella con el

ceño fruncido–. ¿Es que eres alcohólico, como mi exmarido?

Él alzó la copa de vino.

–Creo que, si lo fuera, no estaría bebiendo esto.

–Y corres varios kilómetros al día, así que no puede ser que tengas un problema grave de salud, como Peter, que no sabía cómo cuidarse.

–Tengo buena salud.

–Entonces, ¿qué es lo que tienes que confesar? ¿Acaso tienes antecedentes penales o un pasado de criminal?

–Kiera, podrías hacerme cien preguntas y, seguramente, no acertarías. Deja que te diga lo que tengo que decirte antes de perder el valor. Te he hablado de que mi mujer me abandonó y se llevó a mi hija hace años.

–Sí. Y me has dicho que no se fue porque tú les hicieras daño a ninguna de las dos.

–Es cierto. Pero se marchó sin divorciarse de mí.

Kiera no se quedó consternada, sino confundida.

–Pero... han pasado muchos años. En ese tiempo, lo lógico es que uno de vosotros dos...

Bryan cabeceó antes de que ella pudiera acabar la frase.

–Yo no lo pedí, porque no habría sabido dónde tenían que entregarle los papeles. Y, que yo sepa, ella tampoco me lo pidió a mí. Ni siquiera hay registrado un intento de anulación del matrimonio, que yo sepa.

Bryan se quedó callado mientras ella asimilaba la noticia.

–Entonces, ¿cabe la posibilidad de que sigas casado? –le preguntó, finalmente.

–Lo más probable es que todavía siga casado –le confirmó–. Es obvio que no es un matrimonio real, después de todo este tiempo, pero, de todos modos, tiene fuerza legal. A mí nunca me ha importado, hasta ahora. Ojalá estuviera en una situación distinta, pero, no, estoy en una especie de limbo marital. El hecho de explorar adónde puede llevar la atracción a dos personas, algo que podía haber sido sencillo, es complicado para nosotros dos.

—Entiendo —le dijo ella, y miró hacia la bahía, aunque el mar era invisible en la oscuridad de la noche. Se oía el sonido de las olas rompiendo suavemente en la orilla—. Verdaderamente, hay que tenerlo en cuenta.

—Nadie más lo sabe. Luke y Moira no me lo preguntaron cuando me hicieron el contrato. Saben que casi nunca salgo con nadie, pero no conocen el motivo. Creo que piensan que soy una persona solitaria, cosa que he sido durante años. He tenido algunas citas, pero nunca he llegado al punto de tener que revelar esto. Estoy contento con la vida que tengo. Nunca me había importado estar solo, hasta que tú llegaste. Ahora, para sorpresa mía, me doy cuenta de que me gusta la compañía, y de que me gustan las chispas que saltan entre tú y yo de vez en cuando.

—Las chispas pueden ser peligrosas —dijo ella, con cansancio—. Pueden ocasionar un incendio que se descontrole. La razón no tiene nada que ver. Y yo me he pasado años evitando eso.

—Por ese motivo, lo justo es que sepas que, tal vez, yo sea el hombre menos indicado para pedirte que cambies eso —dijo Bryan, con sinceridad.

Ella se levantó, y a él no le sorprendió su reacción.

—Necesito tiempo para pensar en esto.

—Lo entiendo. Tómate el tiempo que necesites —le dijo Bryan.

Kiera se acercó a él, lentamente. Se inclinó y le besó suavemente los labios.

—Buenas noches, Bryan.

—Buenas noches, Kiera —susurró él.

Después, mientras ella se alejaba, él se quedó sonriendo. Esperó hasta que ella estuvo dentro de su casa y, entonces, exhaló un largo suspiro.

Tal vez aquello no fuera el final para ellos, después de todo.

Al día siguiente, Kiera salió muy temprano de casa para no cruzarse con Bryan, que había salido a correr. Todavía no estaba preparada para enfrentarse a todo lo que él le había contado la noche anterior. Para ella, un hombre casado era un hombre casado y, por lo tanto, estaba fuera de los límites permitidos.

Sin embargo, ¿no había circunstancias atenuantes? No, dudaba que un sacerdote o un abogado lo considerara así. Y, en conciencia, ¿podía hacerlo ella? ¿O podía buscar excusas para hacer algo que sabía que estaba mal?

Además, para su frustración, no podía hablar con nadie de aquel tema. Aquel era el secreto de Bryan, no el suyo.

Cuando llegó a Sally's, se encontró a Megan sentada en la mesa del fondo.

—Vaya, hoy vienes muy pronto —le dijo Megan, al verla—. Con lo ocupado que estuvo todo el mundo ayer, pensé que nadie iba a llegar antes de que yo me fuera a la galería. Iba a quedarme una hora más en la cama, pero Mick siempre se levanta con los pajaritos, así que dormir es imposible.

—Yo no he dormido bien —dijo Kiera—, así que he pensado que me sentarían bien un café y un *croissant* de frambuesa. Eso, normalmente, ayuda.

—Sí, tienes razón. ¿Y por qué no has dormido bien? ¿O no puedes hablar de ello?

—Es algo de lo que no puedo hablar, por desgracia. Una situación inesperada. Me vendrían bien unos cuantos consejos, pero no puedo pedirlos.

—Bueno, si me lo cuentas a mí, yo no se lo contaría a nadie.

–Sé que puedo confiar en ti, o en Nell, o en mi padre, pero no tengo libertad para hablar de ello.

–Entonces, vas a tener que enfrentarte al problema tú sola. No es justo –dijo Megan. Vaciló un instante; después, miró a Kiera a los ojos–: Sé que a lo mejor no te sirve, pero mi hija Jess está casada con un psiquiatra. Eso no tiene nada que ver con cotillear. Will es un gran profesional, y es muy sabio. Creo que todos hemos acudido a él en un momento u otro. Y, aunque hablemos con él en la calle, en vez de en su consulta, se guarda todo lo que le contamos.

Kiera pensó en el hombre alto y serio a quien había conocido en casa de Nell. Miraba a Jess con adoración. Aquel debía de ser Will.

–Creo que lo conocí en casa de Nell el día que llegué –comentó Kiera–. Bueno, supongo que, si no puedo resolverlo, es una buena persona a la que acudir. Gracias.

–Bien, ya que no puedo darte consejo ni consuelo, cuéntame qué tal fueron las cosas ayer. ¿Estaba el pub tan lleno como lo estuvo mi galería?

–No pude sentarme ni tomarme un respiro desde que se abrieron las puertas –le dijo Kiera–. Todos fueron muy pacientes y comprensivos, y la mayoría de la gente dijo que iba a volver.

–Yo también tuve colas en la caja durante todo el día –dijo Megan con satisfacción–. Moira se va a poner muy contenta con el cheque que tengo para ella. Sus fotos fueron de lo más vendido. Menos mal que ya hemos embalado las fotografías para la exposición de San Francisco, o yo habría sucumbido a la tentación de sacarlos y vendérselos a la ávida muchedumbre que traía los monederos bien abiertos. Voy a ponerme en contacto con la galería de San Francisco para sugerirles que aumenten los precios, porque hay mucha demanda de su obra. El hecho de mencionar que en su última exposición lo vendió todo podría empujar a los compradores a actuar con rapidez.

—A mí todavía me cuesta pensar que mi hija tuviera todo este talento y se haya descubierto por casualidad –dijo Kiera–. Tú has sido una verdadera bendición para ella, Megan.

—Es mutuo. A mí me enorgullece ver que le va tan bien. Y me he enterado de que vais a ir toda la familia a San Francisco a ver la exposición.

—Sí. Yo estoy impaciente –dijo Kiera–. Solo será un fin de semana, pero veré más sitios de Estados Unidos.

Además, pensó, el viaje llegaba en el momento perfecto, justo cuando las cosas se habían vuelto tan complicadas en Chesapeake Shores.

Bryan había visto muy poco a Kiera desde que le había revelado su cuestionable estado civil. Él no la culpaba por evitarlo, pero sí estaba un poco sorprendido. Creía que era más probable que ella se enfrentara a la situación sin rodeos, que tomara una decisión y, tal vez, le dijera que no tenían ninguna oportunidad de estar juntos. Tal vez, su silencio era mejor que todo eso, pensó Bryan con ironía.

Alzó la vista y vio a Kiera en la puerta de la cocina. Se iba de viaje y llevaba una falda y la misma blusa que él recordaba perfectamente del Cuatro de Julio, cuando se le había quedado pegada a la piel. A pesar de aquel atuendo tan respetable, resultaba tan atractiva que era difícil resistirse. ¿Cuántas veces, aquellos últimos días, había querido él abrazarla, revolverle el pelo y darle un beso que le coloreara las mejillas?

—Me imagino que estás preparada para marcharte –dijo él–. Te va a encantar San Francisco. Es una ciudad preciosa. Y procura ir al otro lado del puente, a Sausalito.

—Estoy deseando verlo todo —dijo ella, asintiendo, aunque su entusiasmo parecía un poco apagado.

—¿Pero? —dijo él—. Me da la impresión de que hay algo que te molesta del viaje.

—No, no es por el viaje. Lo que pasa es que me parece el peor momento para marcharme —respondió Kiera—. Estamos en temporada alta. Luke o yo deberíamos quedarnos. Como él debe estar junto a Moira, creo que soy yo la que no debería irse.

—Tonterías. La cocina está en mis manos —dijo Bryan—. Está segura.

Esperó a que ella lo contradijera, pero Kiera se limitó a asentir.

—Además —prosiguió él—, tenemos un personal fantástico para atender las mesas y la barra. Nell y Dillon van a venir a echar una mano, y el tío de Luke, Mick. De hecho, creo que Mick está deseando ponerse un delantal y servir unas cuantas pintas de Guinness.

—Me lo imagino —dijo ella—. Parece que se enorgullece mucho de sus genes irlandeses y cree que le han dado un talento innato para llevar un pub.

—Bueno, tiene mucho talento para hablar con los clientes —dijo Bryan—. Todas las noches se reúne un grupo de gente aquí para escuchar sus historias. Vete tranquila, Kiera, y pásatelo muy bien. Te mereces ver un lugar nuevo y disfrutar del éxito de tu hija.

Ella lo miró.

—Y, cuando vuelva, hablaremos —le prometió.

—Te dije que te tomaras todo el tiempo que necesites. Sé que te he puesto en una situación complicada, y no hay prisa por que tomes una decisión.

—No es una situación que yo hubiera previsto, a decir verdad —dijo ella—. Si me hubieran preguntado algo así, habría pensado que la respuesta es obvia, pero se trata de ti y de mí, Bryan. Eso no tiene nada de sencillo.

—Podemos seguir como hasta ahora —dijo él—. Podemos seguir siendo amigos y olvidar lo demás.

Ella se quedó asombrada.

—¿Tú podrías hacer eso?

—No me gustaría, pero, si fuera la única opción que me dieras, podría aceptarlo. O, también, podría ir a ver a Connor, contarle toda la historia y pedirle que resuelva la situación legal. Seguramente, eso sería lo más sensato.

—¿Estarías dispuesto a contarle tanto de tu vida personal?

—Tal vez ya haya llegado el momento. Debería haberlo resuelto hace años, pero me aferré a la esperanza durante demasiado tiempo y, después, traté de olvidar el matrimonio. Lo único que hice fue seguir buscando a mi hija, y ya sabes cómo ha resultado. Aunque los detectives nunca han dejado de decirme que era tirar el dinero, yo no podía renunciar a ella. Siempre pensaba que cada nuevo detective que contrataba daría con algo que a los demás se les había pasado por alto.

—Me parece que tienes muchas cosas en las que pensar durante mi ausencia. Puede que sea bueno que me marche durante unos días.

—No pierdas ni un segundo del viaje en esto, Kiera. Disfruta. Vuelve con cien fotos en el teléfono móvil y con historias para contar. Yo estaré encantado de escucharlas todas.

Ella se echó a reír.

—Siendo mi hija una fotógrafa famosa, ¿crees que solo habrá cien fotos? Estoy segura de que va a llenar varios álbumes con imágenes del viaje. Yo querré enseñárselas a mis amigos cuando vuelva a Dublín.

Al oír aquella mención de Dublín, a Bryan se le encogió el corazón. Cabía la posibilidad de que aquella charla que tenían pendiente sobre el futuro no fuera más que una pérdida de tiempo. Quizá ella ya tuviera decidido que iba a volver a Irlanda, y eso sería el final de aquel asunto.

Sin embargo, aquel no era el momento de mantener aquella conversación. Ya habría tiempo cuando Kiera volviese de San Francisco. Y esa incertidumbre le dio la excusa que necesitaba para posponer una vez más la reunión con Connor.

Capítulo 17

Bryan no podía quitarse de la cabeza la impulsiva oferta que le había hecho a Kiera de hablar con Connor O'Brien sobre su situación, aunque hubiera decidido posponer la conversación. No sabía si las cosas entre Kiera y él iban a avanzar o no, pero se daba cuenta de que había un algo que estaba cambiando en su interior. Por fin estaba preparado para dejar atrás aquella parte de su pasado. Nunca iba a dejar de buscar a su hija, pero su matrimonio había muerto hacía mucho tiempo y tenía que cortar los lazos legales que todavía lo unieran a Melody. Tenía que mirar al futuro, tenía que ser libre para vivir el futuro. Estando con Kiera había aprendido que la vida no terminaba después de una tragedia, que estaba ahí, esperando a que uno la aprovechara.

Un par de noches después, cuando vio a Connor en la barra del pub con Mick, salió de la cocina y se reunió con ellos.

—Connor, quería saber si puedo hablar contigo cuando tengas tiempo. Iría a tu despacho, pero estoy atado a este sitio hasta que Luke vuelva de San Francisco.

—Entonces, ¿qué te parece si entramos en tu despacho? —le preguntó Connor, refiriéndose a la cocina—. ¿Te parece bien, o está demasiado concurrida para hablar?

—Hoy está tranquila —dijo Bryan—. Puedo sacar las comandas mientras charlamos, si no te importa que nos interrumpan.

—Heather deja a los niños de vez en cuando en mi despacho, solo para poner a prueba mi capacidad de concentración —le dijo Connor—. No pasa nada.

En la cocina, Bryan preparó rápidamente un par de platos y, después, se volvió hacia Connor.

—Se trata de un asunto confidencial.

—Por supuesto, aunque si quieres darme un dólar a cambio de mis servicios, eso haría oficial la relación abogado cliente y garantizaría legalmente la confidencialidad —dijo Connor, y cabeceó—. Nunca he entendido por qué lo del dólar consigue que la gente se sienta más cómoda, pero parece que así es.

Bryan le entregó el dólar.

—Creo que es simbólico, ¿no?

—Según mi padre, un apretón de manos también lo es —dijo Connor—. Le he visto cerrar tratos millonarios con ese mero gesto.

—Y yo, tratos de cincuenta céntimos con sus nietos —dijo Bryan, riéndose—. Bueno, esto es lo que ocurre. Te voy a contar un resumen, y tú puedes preguntarme todos los detalles relevantes que me haya podido saltar.

—Me parece bien.

Bryan tomó aire y resumió la historia de su matrimonio, el nacimiento de su hija, el abandono de su mujer y sus esfuerzos inútiles por encontrarlas.

Connor se había sacado una libreta del bolsillo y tomó muchas notas.

—¿Los detectives no encontraron ni una pista?

—El rastro se perdió en Baltimore. Yo me fui a vivir allí desde Nueva York con la esperanza de que siguieran en esa zona, pero nunca las encontré. Fue hace años.

—Y, aun así, ¿seguiste buscando?

—No podía dejarlo. Puedo darte todos los comprobantes de los cheques y los informes de los detectives —dijo Bryan—. El último es de hace un mes. Este último es muy minucioso. El tipo investigó basándose en una vieja pista y siguió a una pareja nueva que encontró por internet. Él mismo te dirá que es como si se hubieran desvanecido. No tenía ni idea de lo fácilmente que se puede conseguir algo así.

—Tu mujer debió de cambiarse el apellido —dijo Connor.

—Eso es lo que dedujeron también los detectives.

—¿Y qué quieres que haga, exactamente? —le preguntó Connor—. ¿Estás buscando a otro detective que se haga cargo del caso?

Bryan hizo un gesto negativo.

—No. Lo que necesito saber es cuál es el estado legal de mi matrimonio. No sé cómo averiguarlo.

—Teniendo en cuenta el tiempo que ha pasado desde que te dejó y todo lo que me has contado sobre cómo te abandonó, creo que podemos presentar en el juzgado una demanda para que se anule el matrimonio por abandono conyugal.

—¿Sería tan complicado?

—No creo, en estas circunstancias, pero lo voy a averiguar —dijo Connor, y añadió, con los ojos muy brillantes—: No puedo evitar preguntarme una cosa.

—¿Qué es? Si necesitas saber algo, pregunta.

—Llevas así muchos años, como si te conformaras con el estado de las cosas. Así que supongo que, de repente, esto ha cobrado importancia por algún motivo.

—Ya era hora —dijo Bryan, obviando razones más profundas.

Connor lo miró con astucia.

—Puedo aceptarlo en mi capacidad de abogado tuyo, si me dices que solo se trata de eso, pero, como amigo, quiero preguntarte si Kiera tiene algo que ver. Todo el pueblo está haciendo especulaciones sobre vosotros.

—Gracias sobre todo a tu abuela —dijo Bryan—. Nell tiene fascinado a todo el mundo con lo que hacemos o no hacemos estos días. Incluso hay apuestas en la barra del bar. Creo que Mick es el que las lleva. Por desgracia, no sé si la gente está apostando sobre quién va a ganar el concurso de cocina o sobre si Kiera y yo acabaremos juntos.

—Creo que las dos cosas —dijo Connor, riéndose—. Yo he apostado que tú ganabas el concurso y que Kiera te ganaba a ti. Estoy seguro de que mi mujer ha apostado lo contrario. Para que lo sepas, las apuestas están muy igualadas en estos momentos.

Bryan suspiró.

—Me alegro de saberlo.

Si a él le resultaba desconcertante, se imaginaba cómo se iba a sentir Kiera cuando se enterara.

Connor sonrió.

—Ya llevas aquí tiempo suficiente como para saber que mi familia y la gente del pueblo hacen apuestas sobre cualquier cosa. Si alguien se huele un romance, empezamos a apostar. Es lo de siempre, y no hay intención de ofender a nadie.

—Yo no me ofendo, pero eso aumenta la presión que siento, razón de más para resolver este asunto del matrimonio. ¿Puedes ayudarme a zanjarlo de una vez por todas?

—Por supuesto que sí —dijo Connor con seriedad—. Voy a investigar un poco y a preguntarles a mis colegas de mi antigua oficina de Baltimore, porque nunca había tenido un caso como este. Daremos con una solución.

—Gracias, Connor.

—De nada. Es mejor que gestionar las multas de tráfico de la gente. Me encantan los casos judiciales. En Chesapeake Shores hay muy pocos, porque la gente no tiene tendencia a denunciarse los unos a los otros por pequeñas disputas –dijo Connor, y miró a Bryan con seriedad–. Supongo que lo que quieres es ser libre para intentar algo con Kiera, ¿no?

–Eso, y olvidar el pasado, algo que debería haber hecho hace muchos años.

–Pero eso no se consigue con una hoja de papel –le dijo Connor–. De todos modos, yo haré todo lo que esté en mi mano para ayudarte a llegar a ese punto.

–Es más de lo que puedo desear –dijo Bryan.

El resto sería cosa suya.

A Kiera le llegó el mensaje de Bryan cuando estaba sentada en el aeropuerto, esperando para tomar el vuelo de vuelta a Baltimore. Después de tres días vertiginosos en San Francisco, estaba deseando volver a Chesapeake Shores, a pesar de todas las incertidumbres que la esperaban allí.

Luke estaba dando un paseíto con Kate, así que Kiera aprovechó el momento para leer el mensaje.

He estado hablando con Connor esta noche. Va a encargarse del asunto. Nos vemos pronto. Estoy deseando que me cuentes cosas del viaje.

Kiera leyó de nuevo el mensaje y notó que algo se le removía por dentro. Si Bryan podía resolver su estado civil de una vez por todas, todas las decisiones que ella había tomado y descartado serían muy discutibles. Él sería libre, y ella tendría que fundamentar su decisión en sus sentimientos, no en la percepción del bien y el mal. Y los sentimientos eran mucho más resbaladizos que la pura verdad.

–Estás muy seria –dijo Luke, mientras se sentaba a su lado con Kate en los brazos–. Pensaba que estarías deseando volver a casa y contarle el viaje a todo el mundo.

Kiera sonrió forzadamente.

—Ha sido un viaje maravilloso, de eso no hay duda. Gracias por organizarlo. Voy a recordarlo toda la vida, sobre todo, haber visto el Golden Gate y el Fisherman's Wharf y, sobre todo, ver que mi hija era el centro de atención.

—Te lo merecías. Has ayudado muchísimo en el pub y cuidando a Kate. Y yo sé que para Moira era muy importante que estuvieras a su lado en el momento de su mayor éxito.

—Y Kate y tú, también. Sé que no quería que os marcharais.

—Pero ella entiende que su carrera profesional implica ciertas obligaciones —dijo Luke—. Y yo. Estará en casa dentro de una semana. Sé que detesta estar lejos, pero a mí me encantan sus vueltas.

Kiera sonrió al ver el inconfundible brillo de sus ojos.

—Seguro que sí. A lo mejor puedo llevarme a Kate a dormir a casa la semana que viene, cuando llegue Moira.

Él se echó a reír.

—Eso sería estupendo.

—Considéralo hecho.

—En ese caso, voy a tener que pedirle a Megan que organice otra exposición para Moira muy pronto, y haremos otro viaje familiar.

—No va a haber tiempo para eso —dijo Kiera, suavemente—. El festival de otoño nos va a tener muy ocupados entre ahora y octubre, y cuando termine...

—Bueno, vamos a ocuparnos de cada momento según llega, Kiera. Ya sabes que tienes diferentes opciones, y volver a Irlanda es solo una de ellas.

Ella quería creer que tenía varias opciones, pero había

aprendido a no dar por hecho que las cosas iban a salir como quería. El simple hecho de que una diminuta parte de ella anhelara quedarse en Chesapeake Shores era lo mismo que tentar al destino, que no siempre había sido bueno con ella.

Luke se quedó preocupado.

–¿Estás bien?

–Sí, sí. Estaba dándole vueltas a las cosas, como de costumbre.

Él miró el teléfono que ella tenía en la mano.

–¿Es que te han dado alguna mala noticia?

–No, al contrario. Bueno, no estoy segura qué tipo de noticia era.

–Kiera, eso parece un acertijo.

Ella se echó a reír.

–Es algo parecido.

–¿Tiene Bryan algo que ver?

–Sí, pero no empieces a preguntarme nada él, ¿de acuerdo?

–Eres muy protectora con Bryan –observó Luke–. Eso es todo un cambio con respecto a lo que ocurría hace unas semanas.

–Soy protectora con nuestra privacidad.

–Pero él no te ha dado ningún disgusto, ¿verdad?

–No, claro que no.

Luke asintió.

–Está bien. Lo único que quiero que sepas es que estoy a tu lado.

–No hay que ponerse del lado de nadie –respondió ella, con firmeza. Y, si lo había, tal vez a Bryan le vendría tan bien el apoyo como a ella misma.

Aunque Bryan le había dicho claramente que tenía ganas de verla, Kiera se quedó durmiendo hasta tarde a la mañana siguiente y, cuando se levantó, tuvo que salir corriendo para llegar a tiempo a una reunión del comité de Nell. Bryan estaba fuera, esperándola, paseando por el jardín.

—Te he llamado a la puerta —le dijo—. Me ha preocupado que no respondieras.

—*Jet lag* —dijo ella—. He dormido como un muerto y me he despertado con poco margen para llegar.

—Tenemos que hablar.

—Lo que tenemos que hacer es entrar antes de que Nell salga a buscarnos.

—Entonces, hablaremos de camino al pub, después de la reunión —dijo Bryan.

—¿Se trata de algo que pueda zanjarse en un trayecto de diez minutos?

Él suspiró.

—No, supongo que no —respondió, y la miró con perplejidad—. Pensaba que querrías saber qué ha averiguado Connor.

Aunque estaba impaciente por entrar, Kiera se detuvo un instante para acariciarle la mejilla.

—Quiero enterarme de todo, pero cuando haya tenido un momento para respirar, para poder asimilarlo.

Él se quedó aliviado, y asintió.

—Bueno, entonces, más tarde.

—Sí, más tarde.

Pero resultó que, una vez más, el destino tenía otras ideas.

Había una muchacha morena, alta y esbelta en la puerta de O'Brien. Tenía una actitud vacilante, como si no supiera si quería entrar al pub o salir corriendo. Y tenía algo que hizo que a Kiera se le acelerara el pulso. Aquella chica no podía ser…

Se quitó aquella ridícula idea de la cabeza. No había ningún motivo para pensar aquello.

–¿Puedo ayudarte en algo? –le preguntó a la chica, con cautela–. ¿Estás esperando a alguien?

De repente, la reconoció.

–Tú estuviste aquí el Cuatro de Julio. Te dije que me sonaba tu cara, pero me dijiste que no era posible. Me alegro de volver a verte. Siempre nos agrada que vuelvan los clientes.

La muchacha de ojos azules la miró con nerviosismo.

–No he venido como cliente. Estoy buscando a una persona.

–¿Al amigo con el que estabas el otro día?

–No, a alguien que trabaja aquí. Por lo menos, eso creo. No es una cita, ni nada parecido. He estado buscando a un señor y he leído en una revista que trabaja aquí. Se llama Bryan Laramie. ¿Lo conoce? ¿Todavía trabaja aquí?

A Kiera se le aceleró otra vez el corazón. Por cautela, supo que no debía revelar nada hasta que supiera con certeza por qué buscaba aquella chica a Bryan. Tuvo de nuevo la sensación de que la reconocía. Eran sus ojos, su color. La verdad estaba allí, delante de ella.

–¿Y cómo te llamas tú?

–Deanna –dijo la joven–. Deanna Lane.

Por un instante, Kiera se quedó aliviada, pero, antes de que pudiera exhalar un suspiro, la muchacha añadió:

–Mi apellido de nacimiento era Laramie. Bryan Laramie es mi padre biológico.

Aquellas palabras le cortaron la respiración a Kiera. Se fijó en la cuidadosa distinción que había hecho: no había dicho que fuera su padre, sino su padre biológico.

Kiera se imaginó cómo iba a reaccionar Bryan después de tantos años de búsqueda y de tantas preguntas sin respuesta y tanto dolor. Sin embargo, en aquel momento, se concentró en la muchacha que tenía delante que, obviamente, estaba asustada. Debía de haber gastado lo que le quedaba de valor en admitir la verdad.

Kiera, por instinto, le apretó suavemente una mano.

–Ven conmigo. Puedes sentarte un momento y recuperar la calma. Te daré algo de beber.

–Solo tengo veinte años.

Kiera sonrió ante su honestidad.

–Y yo estaba pensando en un vaso de agua fresca con un poco de zumo de limón. Te calmará los nervios mientras yo aviso a tu padre. Va a ser una emoción muy fuerte para él. Lleva mucho tiempo esperando este momento.

La chica se quedó asombrada.

–¿Usted sabe algo de mí?

–Llámame Kiera, por favor. Y sé que tu padre lleva los últimos diecinueve años preguntándose dónde estabas y qué hacías.

Deanna se quedó anonadada, con una mirada de incredulidad.

–Entonces, ¿por qué nunca fue a buscarme?

–Creo que vas a comprobar que eso no es cierto, pero es algo que debéis hablar vosotros dos. Yo ya he dicho más que suficiente.

Kiera llevó a Deanna hasta una mesa apartada, para que su padre y ella pudieran tener privacidad, y le llevó un vaso de agua.

–Intenta respirar hondo y tranquilizarte. Ahora mismo vuelvo.

Entonces, fue a la cocina y se quedó en la puerta. Le hizo un gesto a Bryan para que colgara el teléfono.

–Un minuto –respondió él, con impaciencia.

–¡Ahora! –dijo ella con la misma firmeza–. Ha venido alguien a verte, Bryan. Y no puede esperar.

Él la miró con curiosidad, y debió de ver algo en su

rostro que le convenció de la seriedad de la situación. Murmuró una excusa y se despidió de su interlocutor. Atravesó la cocina y miró a Kiera a los ojos.

−¿Qué ocurre? ¿Hay algún problema? ¿Dónde está Luke?

−Ha venido a verte una persona, Bryan. A ti, no a Luke. Es el momento que has estado soñando.

Él abrió mucho los ojos y se quedó pálido.

−Kiera, ¿qué me estás diciendo?

−Está aquí, Bryan. Ha venido tu hija.

−¿Deanna? ¿De verdad? ¿Estás segura?

−Eso dice. Y se parece tanto a ti que yo me lo creo. Vamos, ve. No hagas esperar más a la pobre chica. Está hecha un manojo de nervios.

Kiera se apartó para dejarle pasar. Él se detuvo a su lado y la miró.

−¿Qué digo?

−Di hola −respondió ella−. Y sigue a partir de ahí.

Sin embargo, después de haber oído el tono de dolor, de pena y de acusación de Deanna, Kiera no pensaba que las cosas fueran tan fáciles.

Mientras se acercaba a la mesa en la que estaba sentada su hija, Bryan se sentía como si toda su vida estuviera concentrada en aquel instante. Después de años de búsqueda, de esperanza, de soñar con aquel momento, deseaba con todas sus fuerzas que saliera bien. Se quedó un poco apartado, observando con anhelo a aquella muchacha que no se parecía en nada al bebé que él había tenido en brazos hacía tanto tiempo.

Deanna tenía el pelo ondulado, como su madre, aunque de su color. Era esbelta y grácil, y tenía el mentón muy parecido al de Melody, con una inclinación que le confería un gesto un poco beligerante. Y él no tenía duda de que sus ojos también reflejarían el temperamento fuerte de su madre.

Respiró profundamente para calmarse y retomó el camino hacia la mesa.

—¿Dee?

—¿Bryan Laramie?

Él se estremeció al oír aquellas palabras formales, pronunciadas en un tono glacial.

—Sí, soy tu padre. Te reconocería en cualquier parte. Eres idéntica a tu madre cuando tenía tu edad.

—Tú no eres mi padre. Al menos, no en lo importante —dijo ella, aunque le tembló un poco la voz, como si hubiera ensayado lo que iba a decir, pero, una vez delante de él, no se sintiera cómoda diciéndolo. Se irguió y añadió—: El único padre que yo he conocido es Ashton Lane.

Al instante, Bryan odió al tal Ashton Lane, el hombre que había ocupado su lugar en la vida de su hija. Sin embargo, no le serviría de nada despotricar contra él en aquel momento. Tenía que actuar con sabiduría. Eligió sus palabras con sumo cuidado.

—Entonces, ¿por qué has venido? —le preguntó, intentando disimular el dolor que le había causado. Ella no tenía la culpa de nada. Cuando su madre se la había llevado, solo era un bebé.

Deanna tomó su vaso de agua y lo apretó. Miraba hacia todas partes, salvo a él.

—Ash me dijo que debía venir a verte, que nunca iba a poder seguir con mi vida hasta que entendiera por qué nos abandonaste. A mi madre y a mí, quiero decir.

Bryan se enfureció, pero consiguió mantener un tono calmado.

—¿Tu madre te dijo que yo os abandoné?

—Es lo que ocurrió —respondió Deanna, rotundamente—. Yo no te recuerdo en absoluto. Nunca me enviaste una felicitación de cumpleaños ni de Navidad. No pagaste mi manutención —prosiguió acaloradamente—. ¿Qué clase de hombre hace algo así? ¿Qué clase de hombre se aparta de su mujer y de su hija?

Detrás de aquellas acusaciones había emociones acumuladas durante años, emociones que ella, probablemente, ni siquiera quería reconocer, pero que le decían muchas cosas a Bryan. Quisiera admitirlo o no, Deanna había pensado en él, aunque solo fuera como un concepto elusivo. Y, debido a la información falsa que le había dado su madre, o debido a su propia imaginación, Deanna había terminado pensando que él era el malo.

Bryan se dio cuenta de que si respondía con ira para negar aquellas acusaciones, solo conseguiría empeorar la situación. Dejó que se le calmase el mal humor. Ahora que ya había dicho lo que quería decir, parecía que Deanna se había quedado agotada. A lo mejor, después de todo, se esperaba un estallido de ira.

—Las cosas no fueron así —dijo él, en voz baja. Sacó una silla y se sentó frente a ella. Esperó hasta que Deanna lo miró a la cara—. Si es eso lo que te dijeron, lo siento, pero es mentira.

—Mi madre no mentía —dijo ella. Sin embargo, ya no había acaloramiento en sus palabras, sino un leve tono de interrogación.

—No, generalmente, no —dijo él, porque era cierto. La Melody a quien él había conocido siempre había sido brutalmente sincera—. Pero, en este caso, sí lo hizo. Y, si quieres, si abres tu mente, yo te lo demostraré.

—¿Cómo? ¿Con una pila de mentiras tuyas? ¿Por qué iba a creerte?

—Pienso que quieres creerme —dijo él. Bryan comprendía que Deanna necesitaba, por encima de todo, que la tranquilizaran. Después de pensar durante años que la habían abandonado, ¿cómo no iba a estar enfadada y recelosa?–. Creo que has venido por eso, para oír mi versión. ¿No es así?

–Supongo –dijo ella, con una actitud menos beligerante.

–La verdad es que tú no me conoces en absoluto, y lo entiendo. No espero que creas nada solo porque yo diga que es verdad. Pero supongo que no lo verás todo blanco o negro. Puedes mirar las pruebas que tengo yo y, después, preguntarle a tu madre si yo soy quien está mintiendo.

A ella se le llenaron los ojos de lágrimas.

–Mi madre murió.

Aquella noticia fue un golpe para Bryan. Se sintió como si hubiera perdido a la misma mujer por segunda vez en la vida. En aquella ocasión, sin embargo, la pérdida era definitiva, y él ni siquiera sabía lo que podía significar para su futuro. Tenía que enfrentarse al dolor que sentía su hija.

–Lo siento, Dee. Lo siento muchísimo.

–¿Por qué lo ibas a sentir? Hace mucho tiempo que la abandonaste. Nunca la quisiste.

Demostrar que había buscado a su mujer y a su hija no era lo mismo que intentar demostrar que sus sentimientos siempre fueron profundos y reales. Tenía informes policiales y facturas de investigadores privados que dejaban claros todos los esfuerzos que había hecho por encontrar a su familia. Los sentimientos no podían confirmarse con tanta facilidad.

–Dee, ¿qué es lo que necesitas que te diga? Has venido a averiguar algo, pero ¿qué? O has venido solo a hacer acusaciones, a decir todas las cosas que has querido decirme durante años?

A ella se le cayeron las lágrimas por las mejillas.

–No lo sé –admitió con la voz quebrada–. Todo el mundo me dice que tengo que hacer esto por muchos motivos, algunos, prácticos, como el historial médico, y otros, emocionales, como hallar la paz con respecto al pasado. Me han dicho que el abandono me ha dejado traumas, aunque no lo creo, porque ni siquiera me acuerdo de ti. Y tengo un padre, así que no puede ser la necesidad de tener otro.

–Me imagino que debe de ser muy desconcertante –dijo él–. Yo siempre he querido encontrarte porque tenía un vacío muy grande en el corazón, pero, ahora que estás aquí, casi no sé qué decir, no encuentro las palabras. Dijiste que el hombre al que consideras tu padre te convenció para que vinieras.

–Sí. Cuando Ash me dijo que sabía dónde estabas y que creía que debía venir a verte, me pareció que era inevitable, ¿sabes?

–¿Dónde has vivido durante todos estos años?

–En Richmond.

Él pensó que no iba a darle más información, después de aquella respuesta seca, pero ella añadió con orgullo:

–Pero voy a estudiar en la Universidad de Virginia, en Charlottesville, y este verano estoy trabajando en un programa de investigación médica con una beca de voluntariado en el Johns Kopkins.

–Vaya, así que eres inteligente y guapa –dijo él, con ligereza–. Estoy impresionado.

Entonces, Deanna sonrió.

–Eso es lo que dice Ash todo el rato. Desde que llegué al Johns Hopkins he estado reuniendo valor para venir a conocerte. Me he acercado hasta aquí dos veces, incluso. La primera vez me quedé enfrente, esperando a ver si tú salías. La segunda vez fue el Cuatro de Julio. Entré al pub con un amigo, pero no nos quedamos. Yo estaba demasiado nerviosa como para comer aquí, pero él pidió la comida para llevar. Estaba deliciosa, a propósito.

Entonces, Bryan sonrió.

–Gracias.

Ella lo miró con inquietud.

—¿He cometido un error viniendo aquí? ¿Estoy poniendo tu vida patas arriba, o algo por el estilo?

—No, desde mi punto de vista —le aseguró Bryan—. Llevo esperando este momento desde que tu madre y tú os marchasteis. ¿Vas a quedarte para que pueda enseñarte las pruebas de que me he pasado buscándoos todos estos años? ¿Vas a escuchar lo que ocurrió realmente?

Él detestaba el tono suplicante de su voz, pero sabía que no podía dejar que se marchara sin haber luchado por aclarar las cosas, al menos.

—No he organizado nada —dijo ella—. Iba a marcharme a casa a pasar el fin de semana, pero no he podido. Esta mañana, al despertarme, he decidido que ya era el momento. Me he tomado el día libre en el trabajo, pero es todo lo que he planeado. No tengo dónde quedarme.

—En mi casa hay una habitación de invitados...

—No —dijo Deanna, rechazando inmediatamente la invitación.

Kiera apareció en aquel preciso instante; parecía que no se había alejado demasiado. Por una vez, él agradeció su sexto sentido para saber cuándo era necesaria.

—Deanna, ¿vas a quedarte una o dos noches en el pueblo? No sé si necesitas alojamiento —le preguntó, suavemente—. Mi casa está muy cerca de la de tu padre, pero así tendrás espacio para aclararte la cabeza.

—Es una buena solución —dijo Bryan, mirando a Kiera con agradecimiento—. ¿Qué te parece, Dee? Uno o dos días no es demasiado tiempo. Solo será un comienzo para obtener las respuestas que necesitamos, pero es un comienzo excelente.

Deanna miró a Kiera.

—¿Seguro que no es molestia?

—No, claro que no —dijo Kiera—. Puedo llevarte ahora, si quieres, para que descanses un rato.

—Y yo pasaré por allí en cuanto termine la hora de las cenas —dijo Bryan—. Si hubiera forma de poder salir ahora, lo haría.

Esperó una eternidad mientras su hija pensaba en todas las opciones.

—Me quedo —dijo, por fin—, pero solo esta noche. Tengo que volver al trabajo mañana por la mañana. Aunque este trabajo solo sea una beca para el verano, es muy importante, y no quiero que piensen que soy una irresponsable. Y tú deberías quedarte y terminar aquí por el mismo motivo. Si a Kiera no le importa que me quede con ella, me vendría bien un poco de tiempo para asimilar todo esto.

Finalmente, Deanna miró con una expresión rara a Bryan.

—Creía que ibas a pedirme que te demostrara de alguna manera quién soy.

Él sonrió.

—Incluso Kiera ha notado el parecido, Dee. No necesito ninguna prueba.

Sin embargo, ella sacó una fotografía de su bolso y se la dio.

—Ash encontró esto hace poco, y me lo envió. Yo nunca la había visto. Es la única fotografía que tenía mi madre de nosotros dos.

Bryan observó la fotografía descolorida y recordó el momento preciso en que se había hecho; era uno de los pocos días en que habían salido a hacer un picnic al parque. Se le llenaron los ojos de lágrimas.

—¿Te acuerdas de ella? —le preguntó Dee.

Bryan asintió.

—Yo tengo más. Te las voy a enseñar. Tienen los bordes desgastados de tanto mirarlas. Gracias por quedarte esta noche. Hay muchas cosas que quiero saber.

—Vamos, Deanna —dijo Kiera.

Cuando las dos se marcharon, Bryan se quedó mirándolas con una sensación de irrealidad. No era solo por ver a su hija después de todos aquellos años, sino por ver aquella faceta nueva de Kiera, una mujer compasiva y comprensiva, que le había dado la oportunidad de arreglar las cosas con Deanna.

Capítulo 18

—¿Bryan tiene una hija y tú lo sabías? —preguntó Moira, casi gritándole al oído a Kiera, con una consternación evidente—. No me habías dicho nada.

—Porque no podía contar algo que no es cosa mía —le dijo Kiera, en voz baja—. Y no puedo hablar de esto ahora. Estoy intentando instalar a Deanna en la habitación de invitados. Luke me ha dado la noche libre para ayudar. Le habría dado la noche libre a Bryan, pero hemos llegado a la conclusión de que si yo le ofrezco hacerme cargo de la cocina, incluso en estas circunstancias, no ayudaría nada, teniendo en cuenta lo sensible que es Bryan con respecto a que yo invada su espacio.

—Pero... ¡Un momento! ¿Es que se va a quedar en tu casa?

—Esta noche, sí. Bryan y ella necesitan un poco de tiempo para hablar.

—Dime una cosa, por lo menos, porque mi conversación con Luke ha sido completamente insatisfactoria. Al contrario que los demás O'Brien, él no siempre se entera bien de los detalles del último cotilleo.

Kiera se echó a reír sin poder evitarlo.

—Pues da las gracias por ello. Ya es suficiente con Mick.

—¿Sabía Bryan que tenía una hija o ha sido una noticia inesperada para él? Y ¿dónde está la madre? ¿Está casado?

—Sí, lo sabía. Es una larga historia, pero lleva buscándola años. Acababa de perder la esperanza de encontrarla. Y, sí, él estaba casado con su madre.

—Entonces, ¿están divorciados?

—No, Moira, no hubo divorcio –dijo Kiera. Al oír el jadeo de consternación de su hija, añadió–. No voy a hablar de esto ahora. Todavía hay muchas cosas que resolver.

—No puedo creer que hayas hecho tal cosa. ¿Te has planteado tener una relación con un hombre que todavía está casado? Tú, que siempre nos has dado grandes discursos sobre los valores y la ética.

Kiera suspiró. Era cierto que había intentado enseñarles a sus hijos la diferencia entre el bien y el mal, y salir con un hombre casado era algo prohibido. Parecía que, aunque sus sermones habían caído en saco roto con sus hijos, Moira sí los había escuchado lo suficiente como para echárselos en cara en aquel momento.

—Moira, ahora no. De verdad, tengo que dejarte. Si las cosas salen bien y Bryan consigue convencer a su hija para que venga más a menudo, conocerás a Deanna cuando vuelvas a casa. Por lo menos, tendrás tus explicaciones, si crees que te las mereces.

Por desgracia, teniendo en cuenta la tensión entre Bryan y su hija y lo compleja que era la situación, Kiera pensó que aquello solo era una bonita ilusión por su parte.

Kiera tomó ejemplo de Nell y se puso a hacer bollos y té. No estarían a la altura de los de Nell, pero el aroma haría de la cocina un lugar muy acogedor y, tal vez de ese modo, Deanna se sintiera más cómoda. Acababa de sacar los bollos del horno cuando apareció la muchacha, más descansada después de haber dormido una siesta y haberse dado una ducha.

—¿Qué tal estás? —le preguntó Kiera.

—Agotada —dijo Deanna—. Sabía que no iba a ser fácil, pero no me esperaba emocionarme tanto. Ha sido como si me viera atrapada entre dos personas y dos verdades muy distintas. Tres, en realidad, si añado a Ash. Gracias por ofrecerme alojamiento hasta que haya tenido tiempo de averiguar más cosas.

—Bueno —dijo Kiera, mientras le ponía delante una taza de té y se sentaba a la mesa—. Todas las historias tienen dos versiones, o más, incluso. Tú harías bien en escucharlas todas con la mente abierta y llegar a tus propias conclusiones sobre la verdad. Algunas veces, está en algún sitio intermedio.

—Ni blanco ni negro —dijo Deanna con una sonrisa apagada—. Eso es lo que siempre me dice Ash cuando estoy buscando verdades absolutas.

—Parece que es un hombre inteligente.

—Es estupendo —dijo Deanna con entusiasmo—. Es maravilloso, pero últimamente yo he sido muy dura con él. Desde que empecé a conocer los detalles sobre esta situación. Me he sentido traicionada y lo he pagado con él, sobre todo, porque es imposible culpar a mi madre.

—Tú la adorabas —dijo Kiera, al ver la expresión de la muchacha—. Pensabas que no podía hacer nada mal.

Deanne asintió con consternación.

—Pero es obvio que todo el mundo puede cometer errores.

—Y, aun así, ser una buena persona.

Deanna tomó un sorbo de té con una expresión pensativa.

—Tú crees la versión de mi padre, ¿verdad?

—No tengo motivos para no creerla —dijo Kiera—. Pero yo no estaba allí, Deanna, así que me estoy basando en la experiencia que tengo con tu padre. Él ha sido sincero conmigo. Me contó que tu madre se había marchado contigo, y que siempre os había estado buscando. Y no se ha retratado como un santo, tampoco. Ha admitido los errores que él cometió.

—¿Y te ha contado que no llegó a divorciarse? —le preguntó Deanna—. Seguro que eso no te lo dijo.

—Pues sí, también me lo contó.

Deanna se quedó sorprendida.

—Pues ni mi madre ni Ash me lo contaron a mí. Yo era muy pequeña cuando se conocieron. Pensaba que se habían casado y que a mí me había adoptado Ash. Sin embargo, lo único que hicieron fue cambiar el apellido de mi madre, y el mío, legalmente. ¿Por qué crees que mi madre dejaría que me creyera una mentira tan grande?

—Puede que no supiera cómo decirte la verdad, o que tuviera miedo de que la juzgaras mal por las decisiones que había tomado.

—Supongo... Ash cree que ella tenía miedo de que mi padre nos encontrara y le pidiera el divorcio, pero yo no creo que fuera porque mi madre le tuviera miedo.

—Quizá tuviera miedo al hecho de no ser inmune a él, y de que él pudiera convencerla para que volviera a casa, que regresara a un tiempo en el que había sido infeliz.

Deanna asintió lentamente.

—Puede ser. Ojalá supiera lo que estaba pensando mi madre.

—Pero tienes que aceptar que no lo vas a saber nunca. Puede ser que, aunque estuviera en esta habitación, no pudiera explicarlo. La gente, a veces, toma decisiones apresuradas por motivos que no están claros ni siquiera para ellos mismos. Después, intentan justificarlas.

Deanna la miró con cansancio.

—La vida es complicada, ¿verdad?

Kiera se echó a reír.

—No te haces una idea.

Deanna se concentró en el bollo que le había puesto delante Kiera. Lo partió, lo probó y, después, tomó otro trocito. Al final, preguntó:

—¿Desde hace cuánto tiempo conoces a mi padre?

—Desde hace pocos meses. Soy irlandesa, y vine a ver a mi hija y a mi padre, que ahora viven aquí. El marido de mi hija es el dueño del pub irlandés donde trabajamos Bryan y yo.

—Entonces, ¿tu yerno es el O'Brien?

—Sí, uno de ellos. El nombre del pub es el apellido de su familia.

—¿Y cómo es que mi padre terminó trabajando en Chesapeake Shores? Yo siempre creí que estaba en Nueva York.

—Si se lo permites, él mismo te lo explicará.

—No me queda más remedio, después de haber venido hasta aquí. No puedo marcharme sin enterarme de todo.

—Me alegro de que tengas la mente abierta —le dijo Kiera—. ¿Te apetece otra taza de té y otro bollo, ya que has hecho miguitas el primero? Soy mejor cocinera que pastelera, pero los bollos no están tan mal, ¿no?

—No, en realidad, estaba delicioso —respondió Deanna, en tono de disculpa, mirando el plato lleno de migas que tenía delante—. Es que no tengo mucha hambre en este momento. Pero sí me gustaría tomar otra taza de té.

Kiera le sirvió otra taza.

—¿Quién cocina mejor, mi padre o tú? —preguntó Deanna y, de repente, se animó—. ¡Un momento! Cuando estuve aquí con Milos, el Cuatro de Julio, me dieron una hoja publicitaria de un concurso de cocina. Vais a competir con la receta del estofado irlandés, ¿no?

—Sí. Nosotros no queríamos vernos en esa posición, pero parece que nuestra competitividad en la cocina es bien conocida, y alguien se ha aprovechado de esa debilidad para que haya mucha más gente en el festival de otoño.

—Va a ser muy divertido.

—Podrías venir.

—Para entonces ya habrá empezado el curso y estaré en Charlottesville —dijo Deanna. Parecía que estaba un poco desilusionada por perdérselo. Otra buena señal, pensó Kiera, además de las preguntas que le había hecho sobre su padre y su buena disposición a escuchar a Bryan.

—¿Está muy lejos de aquí? —le preguntó a Deanna.

—No, no mucho, pensándolo bien. Voy a señalar la fecha en mi agenda —dijo la muchacha. Sacó el teléfono móvil y miró a Kiera con expectación. Kiera le dijo cuáles eran las fechas de las fiestas de octubre.

—¿Y te vas a poner de mi lado o del de tu padre? —bromeó Kiera—. ¿Ganará la lealtad familiar o serás una jueza imparcial?

—Si tu estofado es el mejor, tendrás mi voto —le prometió Deanna, justo cuando Bryan tocaba la puerta y entraba en la cocina con una caja de cartón.

—¿Acabo de oír que Kiera te ha convencido para que te pongas de su lado en el concurso de cocina? —gruñó.

Deanna se echó a reír.

—Kiera ha dicho que los dos sois muy competitivos, y ya veo que es cierto. Mi madre decía que yo aceptaba cualquier apuesta que me hicieran. Debo de haberlo heredado de ti.

—Hay mejores rasgos míos que podías haber heredado —dijo Bryan. Puso la caja en la mesa.

—¿Qué hay ahí? —preguntó Deanna, con curiosidad.

—Las fotografías de las que te he hablado, y las pruebas de que te he estado buscando durante todos estos años. Le pedí a mi abogado que me las llevara al pub.

Ella miró dentro de la caja.

—Hay muchas cosas.

—Todos los informes de los detectives y la policía, los documentos de los juzgados y todos los cheques con los que he pagado la búsqueda.

Ella miró la carpeta superior.

—Esto es de solo hace un mes.

Bryan asintió.

—Nunca dejé de buscarte, Dee, ni siquiera después de que los detectives me dijeran repetidas veces que os habíais desvanecido como por arte de magia.

Ella frunció el ceño.

—¿Quieres decir que mi madre te dejó y se marchó conmigo sin decirte una palabra?

Bryan asintió y se sentó. Kiera le apretó el hombro.

—¿Os gustaría que os dejara a solas?

—No —dijeron los dos, al unísono.

—Me gustaría que te quedaras —dijo Deanna—. Por favor.

Kiera miró a Bryan, y él asintió.

—De acuerdo —dijo, entonces, y se sentó en una silla, un poco alejada de la mesa.

—¿Y por qué se marchó de ese modo? —preguntó Deanna.

Bryan explicó cómo era la vida que llevaban en aquel momento. Él trabajaba muchas horas en el restaurante, y su mujer estaba cada vez más inquieta, porque pasaba mucho tiempo sola en casa con una recién nacida y sin tener cerca a nadie de su familia.

—Yo tenía la intención de recortar mi horario, de pasar más tiempo en casa, pero no dejaba de retrasarlo. Un día, ella se cansó de nuestra vida, de nuestras discusiones, de tratar de que yo comprendiera su punto de vista. Tal vez, en un acto de desprecio, se marchó contigo. No sé si lo que quería era castigarme no poniéndose en contacto conmigo, pero así fue. Tal vez era una prueba para ver si yo intentaba encontraros, al principio, pero, después, lo hizo imposible.

—Cuando cambiamos de apellido —dijo Deanna—. Deberías saber que Ash y ella no llegaron a casarse nunca. Yo me enteré hace poco de que era una mentira. Ella no se divorció de ti. Ash lo sabía, pero consiguieron cambiar nuestros apellidos por el suyo legalmente. Parece que la mayor parte de mi vida ha estado basada en mentiras.

—Hay una cosa que no fue mentira —dijo Kiera, con suavidad, para intentar calmar el dolor que había percibido en el tono de voz de la muchacha—: Has tenido a tu lado a gente que te ha querido incondicionalmente, incluso al padre a quien no habías vuelto a ver desde que eras un bebé.

Deanna se animó.

—Sí, tengo que concentrarme en eso y olvidar las mentiras. Creo que es exactamente lo que Ash quería que hiciera.

—Parece un buen hombre —dijo Bryan—. Me alegro de que formara parte de tu vida.

—Aunque nunca haya sido mi padrastro legalmente, como yo creía, ha sido el mejor padre del mundo. Creo que le caerías bien. Has aceptado mi aparición con bondad, incluso aunque yo estuviera despotricando contra ti.

Bryan sonrió.

—Tienes derecho a despotricar un poco.

—Y tú. Estoy empezando a verlo. Tú perdiste mucho más que yo, ¿no? Una mujer y una hija a las que querías. Yo tuve una familia.

—Pero ahora has vuelto a mi vida —dijo Bryan—. Espero que vuelvas de visita para que podamos conocernos. Quiero que tengamos una segunda oportunidad —añadió. Cuando ella estaba a punto de hablar, alzó una mano—: Piénsalo. Yo no te voy a presionar, aunque sí me gustaría que me dijeras cómo puedo encontrarte si vas a estar lejos de aquí mucho tiempo.

Ella sonrió y tomó su teléfono móvil.

—Mira —dijo después de unos instantes de concentración—. Toda mi información está en tu lista de contactos.

Kiera vio la expresión de alivio que apareció en el rostro de Bryan.

—Bueno, y ¿qué os parece si hago la cena en mi casa para los tres? —sugirió él—. Es tarde, así que haré algo ligero.

Deanna hizo un gesto negativo.

—Ha sido un día muy cargado de emociones, y es tarde. Tengo que madrugar mucho para ponerme en camino a Baltimore pronto. ¿La próxima vez? Probé tu comida en el pub, pero me encantaría que hicieras una comida o una cena para mí.

Aunque él se quedó un poco desilusionado, asintió.

—La próxima vez, sí. ¿Vas a venir a despedirte mañana por la mañana?

—Por supuesto que sí. Pero ahora me voy a acostar. Ha sido un día muy largo.

—Buenas noches, Deanna. Que duermas bien —le dijo Kiera.

—Buenas noches, Dee —dijo Bryan, con la voz entrecortada.

Cuando su hija salió de la habitación, él tomó la mano de Kiera con los ojos llenos de lágrimas.

—Nunca pensé que iba a llegar este día —dijo.

—Pues ya ha llegado, y van a llegar más —respondió Kiera.

—¿Crees que va a volver, tal y como ha prometido?

—Creo que no lo habría dicho si no pensara hacerlo. A pesar de lo que ocurriera en el pasado, tu mujer educó a una joven estupenda. Creo que los dos deberíais estar orgullosos de lo bien que ha gestionado el día de hoy. Venir aquí sola a exigirte explicaciones no ha podido ser fácil, teniendo en cuenta que solo conocía una cara de la verdad.

Bryan sonrió.

—Se ha mantenido firme, ¿eh?

—Sí, pero también ha abierto su corazón cuando ha sabido toda la verdad.

—Es solo el principio —dijo él—. Hay muchísimas cosas que quiero saber sobre ella. Si tiene esa beca de verano en el Johns Hopkins, debe de ser muy inteligente. Quiero saber qué otras cosas le interesan, si tiene novio, cuál es su comida favorita, todo eso. Me he perdido tantas cosas, Kiera...

—Ahora vas a tener la oportunidad de descubrirlas todas —le prometió ella.

Algo le decía que Deanna no era de las que incumplían sus promesas.

Al amanecer, Bryan estaba en la terraza con el café recién hecho y una bandeja de magdalenas con pepitas de chocolate que acababa de sacar del horno. Oyó que se abría la puerta del coche de Deanna, y contuvo el aliento hasta que la vio aparecer.

—¿Qué tal has dormido? —le preguntó.

—Muy bien, ¿y tú?

Él se echó a reír.

—Yo no he pegado ojo. Tenía demasiadas cosas en las que pensar.

—Lo sé. Yo también estaba dándole vueltas a las cosas, pero conseguí relajarme. La meditación ayuda mucho.

—Tendré que intentarlo. ¿Te gustaría tomar un café?

—Claro. ¿Hay suficiente como para que me lleve un poco en la taza de viaje?

—Hay mucho, sí.

Ella se sirvió el café y, después, miró debajo del papel de aluminio con el que estaba cubierta la bandeja. Entonces, miró a Bryan sorprendida.

—Las magdalenas de pepitas de chocolate son mis favoritas. ¿Cómo lo sabías?

—Me lo imaginé. Las hacía los domingos por la mañana —dijo él—. También eran las favoritas de tu madre. Ella te daba pedacitos cuando estabas empezando a tomar comida sólida. Por supuesto, tú te restregabas el chocolate por toda la cara.

Deanna se echó a reír.

—Ya no soy tan sucia, y nunca desperdicio el chocolate.

—Voy a envolverte estas y te las llevas a tu casa.

—Muchas gracias. Ahora tengo que ponerme en camino.

—Sí, claro —dijo él, aunque lo que quería era rogarle que se quedara para hablar más con ella.

—¿Puedo volver?

—Cuando quieras.

—Eso es lo que me dijo también Kiera. Dijo que la habitación de invitados es mía cuando la quiera. He pensado que podía volver el próximo fin de semana, si puedo organizarlo.

—Llámame si puedes venir, e intentaré tomarme un día libre. Puedo enseñarte Chesapeake Shores.

—Estaba pensando en que sería divertido ir al pub y verte cocinar. Kiera dijo que creía que podía ser. Yo debería aprender a cocinar un poco, aparte de una sopa y unos sándwiches de queso. Y es algo que podríamos hacer juntos.

Bryan se puso muy contento al saber que ella quería ser parte de su mundo.

—Sí, eso también puede ser. Recuerdo que los sándwiches de queso a la plancha también eran la especialidad de tu madre.

—Con el tiempo, aprendió a hacer otras cosas bastante bien —le dijo Deanna—, pero, obviamente, no cocina como tú.

Él se puso de pie, llevó las magdalenas a la cocina y las envolvió. Después, se las entregó a Deanna, que lo había seguido dentro y estaba mirando a su alrededor con curiosidad.

—¿Cuánto tiempo llevas viviendo aquí?

—Unos pocos años, ¿por qué?

—Porque está muy vacía. Parece que te has mudado hace poco. Incluso la cocina de Kiera es más acogedora, y ella solo lleva aquí dos meses.

Bryan se dio cuenta de que nunca había considerado que aquella casa, y ninguna otra, un hogar. Se encogió de hombros.

—Soy un hombre. A nosotros no nos hace falta mucho para sentirnos cómodos.

—Puede ser, pero esto es lamentable. Voy a trabajar en ello —le dijo ella, con seriedad.

Bryan contuvo la sonrisa. Si eso significaba que iba a volver, podía decorar toda la casa con encajes y tapetes de ganchillo. A él no le importaría.

Aunque se moría de curiosidad por saber cómo había ido la conversación entre Bryan y su hija aquella mañana, Kiera esperó pacientemente hasta que oyó que el coche de Deanna se alejaba por la calle antes de ir a la casa. Bryan estaba mirando en la dirección en que se había marchado su hija, hasta que el coche desapareció por la calle principal.

—Va a volver —le dijo Kiera, tomándolo de la mano.

—Sí, ya lo sé. Estaba aquí, maravillándome de que haya venido —respondió él, y se volvió hacia ella con cara de ansiedad—. Ha ido bien, ¿no?

—Yo diría que ha sido un éxito.

—Quiere redecorar mi casa. Dice que es lamentable.

Kiera se echó a reír.

—¿Y te parece mal?

—Ni lo más mínimo. Estaría dispuesto a gastarme una fortuna con tal de que ella pudiera hacer lo que quisiera.

—Que lo haga a su manera. No creo que necesite tu dinero para hacer una casa hogareña.

—He hecho café –dijo él–. Y te he guardado una magdalena. He hecho bastantes y se las he preparado para que se las llevara.

—Te apetece hablar, ¿eh?

—Quiero repasar hasta el último minuto que ha estado aquí, hasta que pueda creer que ha sido cierto –reconoció él.

—Bueno, pues eso es lo que vamos a hacer –dijo ella.

—Pero, antes, está esto –respondió Bryan. La abrazó y la besó lentamente.

Kiera se echó a reír cuando él la soltó.

—Eso ha sido precioso. ¿Y cuál es el motivo?

—Saber que soy libre para hacerlo tan a menudo como me gustaría, y tan a menudo como me lo permitas.

Ella le acarició la mejilla.

—Creía que, tal vez, la noticia de la muerte de la madre de Deanna te iba a afectar de otro modo.

Bryan subió lentamente al porche, con una expresión pensativa.

—Ha sido un shock, y lo siento mucho por Deanna, pero yo dejé de querer a Melody hace mucho tiempo, y empecé a sentir solo enfado y resentimiento hacia ella. Cuando Deanna me dio la noticia, sentí alivio, porque por fin habían terminado las preguntas, la espera, las plegarias. Y, aunque seguramente no está bien por mi parte, me ha dado la claridad que necesitaba, la que necesitábamos tú y yo.

—Bryan, de todos modos, no sabemos lo que nos depara el futuro –dijo ella con cautela.

—No, pero, por lo menos, somos libres para descubrir

adónde nos puede llevar. Yo estoy impaciente por empezar con eso, ¿tú, no?

Kiera tenía sentimientos contradictorios. Parecía que él estaba preparado para acelerar el paso de su relación, pero ella prefería el ritmo lento que habían llevado hasta el momento. Se dio cuenta de que Bryan la estaba mirando con desconcierto.

—No parece que este giro de los acontecimientos te haya alegrado tanto como a mí.

—Es difícil alegrarse porque alguien haya muerto en el momento más oportuno —dijo ella con sequedad.

Él la miró con horror.

—No se trata de eso, Kiera. Espero que sepas que no soy tan cruel.

Ella suspiró.

—Claro que lo sé. Solo me refería a que la noticia es muy reciente. Creo que necesitas tomarte unos minutos, por lo menos, para asimilarla.

—Algo me dice que eres tú la que necesitas tiempo. Pero no sé por qué.

—Desde el principio, sabes que yo no soy de las personas que se apresuran con estas cosas. Yo no me esperaba que fuéramos a estar en esta situación.

—Entiendo —dijo él.

—Bryan, me importas. Sabes que es así.

—Pero, cuando te ves ante la posibilidad de que esto se convierta en algo real, te sientes asustada.

—Aterrorizada —dijo ella.

—Yo, también —dijo él—. Tengo menos experiencia con las relaciones que tú, pero, por lo menos, estoy dispuesto a arriesgarme.

—Y yo necesito tiempo. ¿No puedes dármelo?

—Si es lo que necesitas, no tengo otra elección. Pero he mirado el calendario, Kiera. El tiempo, precisamente, es algo que no nos sobra.

A Kiera se le encogió el corazón al oírlo, porque tenía razón. El festival de otoño llegaría muy pronto. Su permiso de trabajo expiraría, y ella volvería a Dublín.

Y, a menos que hallara la forma de ser tan valiente como Bryan, era muy probable que volviera a casa con el corazón roto. Otra vez.

Capítulo 19

Nell observó a Kiera mientras esperaban a que llegara todo el mundo a la reunión del comité. Parecía que tenía un gran peso sobre los hombros, no que sintiera lo que debía sentir una mujer si las cosas avanzaban por buen camino con el hombre de su vida.

—¿Problemas? —le preguntó con suavidad.

Kiera pestañeó al oír la pregunta. Después, negó con la cabeza.

—No, no.

—Me he enterado de que la hija de Bryan apareció de repente. Debió de ser una gran impresión para él.

—Una impresión muy buena. Está feliz por haber podido conocerla después de tantos años de búsqueda.

—¿Y eso le ocupa todo el tiempo?

—No, en absoluto. Y ella es una joven encantadora. Hablé con ella justo anoche. Está muy contenta, deseando volver el sábado. Se va a quedar conmigo.

—¿Contigo? ¿Y por qué?

—Creo que se siente más cómoda teniendo un refugio y pudiendo estar a cierta distancia de un hombre a quien ni siquiera recuerda. Este es un momento muy emotivo para los dos.

—¿Y a ti no te importa?

—No, en absoluto —dijo Kiera—. Es encantadora. Además, yo quiero facilitarles las cosas. Sé que puede ser muy difícil, emocionalmente hablando, el hecho de acercarse a un padre a quien apenas conoces. A mi padre y a mí nos llevó tiempo hacer las paces y sentirnos cómodos el uno con el otro, como bien sabes.

—De todos modos, esta reunión del padre y la hija debe de quitaros tiempo a Bryan y a ti para avanzar en vuestra relación. Es un momento inoportuno para que haya una tercera persona.

—No hay que avanzar en nada —dijo Kiera, en un tono serio y desafiante.

Y allí estaba, pensó Nell, con un sentimiento de triunfo, al ver el brillo de mal genio en los ojos de Kiera. Aquello era algo que casi la incitaba a seguir preguntando, pero sabía muy bien cuándo tenía que terminar un juego. Después le diría a Dillon que siguiera interrogando a su hija; tal vez él consiguiera llegar al fondo de lo que molestaba a Kiera. A pesar de las alegres palabras sobre Bryan y su hija, Nell notaba cierto resentimiento, cierta amargura. Por supuesto, si ella tenía razón, tal vez Dillon metiera la pata y lo estropeara todo aún más. Tendría que entrenarlo bien antes de enviarlo a la misión.

—¿Dónde están los demás? —preguntó Kiera, con impaciencia—. Pensaba que íbamos a empezar a las nueve.

—Nueve y media —la corrigió Nell, sin mencionar que le había dicho a Kiera que comenzaban antes para poder mantener aquella conversación—. Ah, ya llegan —dijo, con alivio, al oír entrar a su nieta y a los demás. Se fijó en que Kiera se quedaba decepcionada al darse cuenta de que Bryan no estaba entre ellos. Él le había pedido que lo disculpara aquella mañana y, como eso favorecía a sus propósitos, se lo había concedido.

—Bueno, ahora que estamos todos, Luke... ¿por qué no nos dices qué tal va lo del concurso de cocina? —preguntó Nell, con entusiasmo, para desviar la atención de Kiera y dirigirla hacia el proyecto.

—En Sally's no se habla de otra cosa —dijo Bree—. Cada vez que entro, alguien me lleva aparte para enterarse de lo que está pasando. Todos tienen opinión sobre si va a ganar Kiera o Bryan, y más o menos están al cincuenta por ciento. Algunos son leales a Bryan porque lo conocen y han probado su estofado en el pub. Otros creen que Kiera tiene el toque definitivo porque es irlandesa, y se decantan por ella por su vínculo con nosotros.

—A mí me pasa lo mismo —dijo Shanna.

—Y en la tienda de colchas —dijo Heather—, ocurre lo mismo. De hecho, he tenido una idea. Para asegurarnos de que toda esa gente aparezca para ver el concurso y participe en la degustación, ¿por qué no vendemos cupones en todas las tiendas?

Luke se animó.

—Yo podría vender un montón en el pub. Todos los clientes están deseando que llegue ese día, porque casi todos conocen a Kiera y a Bryan, y algunos conocen a los otros cocineros que van a participar.

—Fantástico —dijo Nell—. Shanna, ¿podrías ocuparte de imprimir algo, o cupones o vales? Utiliza tus poderes de persuasión para ver si nos hacen un descuento.

—Por supuesto —dijo Shanna, al instante—. Voy a preguntarle a Mac si puede hacerlos él en el periódico. Seguro que los donaría.

—Pues claro —dijo Bree—. Mack haría cualquier cosa por la abuela. Si es necesario, podemos pedirle a la prima Susie que se encargue. Él no ha sido capaz de negarle nada desde el día en que se casaron. Y, ahora que ya han adoptado a su niñita, anda por ahí como embobado de felicidad todo el día.

Nell asintió. Se sentía complacida con el entusiasmo que estaba percibiendo.

—Luke, ¿a cuántos cocineros vas a poder convencer de que participen?

—Aparte de Bryan, hay otros diez de la zona, incluyendo Baltimore y Washington, y Bryan ha reclutado a un amigo suyo de la escuela de cocina que tiene un restaurante en el norte de Virginia. Toda la región estará representada, y tal vez los clientes de esos cocineros vengan a apoyarlos. La respuesta ha sido mucho mejor de lo que esperaba. He pensado que eso sería suficiente para el primer año.

—Excelente —dijo Nell—. ¿Y la publicidad? ¿Cómo va eso?

—He publicado la lista en la página web del festival, en la del pueblo, en la del pub... Y Mack lo ha puesto en la sección de eventos del periódico —les dijo Luke—. Seguramente, vamos a tener uno o dos competidores para cada uno de los profesionales.

Nell se rio al ver su entusiasmo. Para ser tan reticente cuando lo había involucrado en la organización del concurso, Luke lo estaba haciendo muy bien.

—Buen trabajo, Luke.

—Pues eso no es todo —dijo él—. He hablado con una tienda de electrodomésticos para que nos presten las cocinas para ese día a cambio de aparecer en los anuncios del concurso como patrocinadores. Incluso van a donar un par de modelos nuevos para una rifa. Vamos a poner una carpa enorme en el césped del parque con las cocinas colocadas en círculo, para que la gente pueda ver cómo se cocina. Las mesas de degustación estarán fuera, y habrá urnas donde meter los votos. Creo que todo está más o menos resuelto.

Se apoyó en el respaldo de la silla y sonrió mientras todos los demás aplaudían.

—No seas tan petulante —le dijo Bree—. El año que viene te vamos a poner a cargo de toda la organización, porque estás demostrando que eres un gran sucesor de la abuela.

A él se le borró la sonrisa.

—Ni hablar. Esto es cosa de un año para mí.

—Ya veremos —dijo Bree, y se giró hacia Kiera—. Kiera, ¿has estado probando tu receta? Podemos ir todos a la cabaña para que nos la des a probar, si quieres.

Kiera se sobresaltó, como si solo hubiera estado escuchando a medias.

—Sinceramente, no se me había ocurrido practicar. Llevo haciendo el estofado irlandés toda la vida.

—De todos modos, no estaría de más que hicieras un ensayo general —le dijo Bree—. ¿Cuándo fue la última vez que lo hiciste para cientos de personas?

Kiera pestañeó. Su expresión se volvió de pánico.

—¿Cientos de personas? Creía que solo iban a ser unos cuantos jueces.

—Hablamos de eso —reconoció Nell, rápidamente—, pero después decidimos que sería más divertido si todo el mundo podía votar a su favorito.

—Y, con toda la publicidad que está haciendo la abuela por la región —dijo Luke—, este año habrá el doble o triple de gente que otros años. Yo oí un anuncio en una emisora de radio de Baltimore el otro día.

—Oh, Dios mío —susurró Kiera—. ¿Y los demás ya saben esto?

—Bryan, sí —dijo Luke—. Él estaba cuando oímos el anuncio, pero está acostumbrado a cocinar para mucha gente, así que no le importó.

Kiera tomó aire.

—Bueno, pues, entonces, supongo que será mejor que me prepare —dijo, con estoicismo—. Bree, y todos los demás, ¿os vendría bien venir alguna noche de la semana que viene? Estoy libre el martes.

—Pues, entonces, el martes. ¿Todo el mundo puede?

—Yo, sí —dijo Heather—. Me muero por ver si estoy mejorando en lo de detectar las especias que hay en la comida. Puede que tú uses algunas distintas a las que utiliza Bryan.

—Pero no podéis hablar de eso delante de Kiera —dijo Nell—. Ni delante de Bryan. Eso sería dar información privilegiada.

—Ni una palabra —prometió Heather.

—Yo también voy —dijo Shanna.

—Yo, también —dijo Luke—. Estoy invitado, ¿no?

—Algo me dice que tú estarás de parte del enemigo —le dijo Bree—. Vamos a celebrar una noche de mujeres. ¿Tú vienes, abuela?

—Allí estaré. Luke, ¿puedes decírselo a Moira?

—Se lo diré yo —dijo Kiera—. Opino lo mismo que Bree. No estoy segura de qué lado se pondrá Luke.

—Eh, eres mi suegra. Eres de la familia —protestó Luke, con indignación.

—Pero está en juego la reputación de tu pub —dijo Bree—. Eso te convierte en sospechoso.

Luke miró a las mujeres y se giró hacia Nell.

—Mira lo que has hecho, abuela. Por si no era suficiente que alteraras a mis empleados, además has dividido a la familia.

—Todo por una buena causa —dijo Nell, alegremente—. Además, a mí me parece que las cosas van a las mil maravillas.

Kiera suspiró, y todos se volvieron hacia ella.

—Bueno, estaba pensando en que Nell se ha apresurado un poco y ha olvidado la definición de «a las mil maravillas».

Cuando Kiera entró en el pub, después de aquella desconcertante reunión, se encontró a Mick sentado en su taburete favorito, en la barra. Como era la hora de comer, su presencia allí resultaba sospechosa. Y, cuando lo vio meterse algo en el bolsillo rápidamente, y el hombre que estaba hablando con él se alejó, sus sospechas aumentaron.

—Vaya, parece que el señor Pennington tenía mucha prisa —dijo Kiera, suavemente—. Y tú estás aquí muy temprano, ¿no?

—Estaba charlando con amigos y conocidos —dijo Mick.

—¿Y ese papel que me has intentado esconder? ¿Qué es?

—Un negocio.

—Entonces, el señor Pennington, que tiene ochenta años, y tú, que estás jubilado, ¿os habéis metido en una empresa conjunta?

—Pues... sí.

—¿Va a hacerse una casa nueva? O quizá esté pensando en ampliar esa casa maravillosa que tiene a dos manzanas de aquí, la que lleva ya dos generaciones en su familia. Tal vez necesite alguna reforma.

—No es ese tipo de negocio.

Kiera se puso en jarras y lo miró. Tuvo que reconocer que Mick sabía controlar los nervios, porque no pestañeó ni una vez.

—Mick O'Brien, ¿acaso estás aquí recogiendo apuestas para el concurso de cocina? ¿Qué pensaría la policía de que estuvieras implicado en un caso de apuestas ilegales? Tú eres uno de los pilares de la comunidad.

—Pregúntale a tu jefe —le dijo Mick con una gran sonrisa—. Tengo un resguardo de su apuesta aquí mismo, en el bolsillo. Y no seas tan altiva con él. Ha apostado por ti.

Kiera gruñó.

—Eres incorregible.

—Si le hubieras preguntado a Megan, ella te habría dicho eso en cuanto llegaste al pueblo.

Kiera lo dejó atrás y entró en la cocina. Allí, Bryan estaba cortando hierbas aromáticas que había llevado de su huerto.

—¿Te has dado cuenta de que Mick está recogiendo apuestas ahí mismo, delante de nuestras narices?

Bryan se echó a reír.

—¿Y te acabas de dar cuenta?

—De hecho, sí. Y ¿dónde has estado tú esta mañana? Has faltado a la reunión del comité.

—Si no hubieras salido tan temprano, sabrías que había ido a ver a uno de nuestros proveedores. Pasé a buscarte para llevarte a casa de Nell de camino al pueblo —dijo él. La obligó a sentarse en un taburete y le dio un vaso de agua fría—. Bueno, ¿por qué estás disgustada? No creo que sea porque Mick esté recogiendo apuestas o porque yo no haya ido a la reunión.

Ella suspiró.

—Todo esto del concurso de cocina se ha descontrolado. Acabo de enterarme de que tengo que preparar estofado para cientos de personas. Yo nunca he cocinado para más de media docena en toda mi vida.

Bryan sonrió.

—Vaya, pues eso me da ventaja.

—No tengo cazuelas del tamaño necesario.

—Puedes utilizar algunas de aquí. Solo tienes que multiplicar los ingredientes de la receta.

—Sí, eso ya lo sé —refunfuñó ella.

—Al principio, pensé que iba a ser muy divertido, pero todo el mundo se lo está tomando demasiado en serio. ¿Y si causo una intoxicación alimentaria?

—¿Alguna vez se ha intoxicado alguien con tu comida?

—No, pero siempre hay una primera vez.

—Bueno, también... Si prueban tu estofado y también el mío para poder emitir un voto justo, no sabrán cuál es el estofado por el que se han puesto malos, ¿no?

Ella lo miró con el ceño fruncido.

—¿Y se supone que eso está bien?

—Kiera, ¿es que tienes miedo de perder?

—¿Y por qué crees que voy a perder? Llevo toda la vida preparando estofados, y tú solo llevas unos años.

—Así que, si perdieras contra mí, sería el doble de humillante.

—Yo no me siento humillada con tanta facilidad –dijo ella, y se levantó del taburete. Ya había recuperado la energía, y le lanzó una mirada desafiante–. Pero no voy a perder.

Kiera salió de la cocina antes de que él se diera cuenta de que había acertado. ¿Cómo iba a volver al pub si perdía? ¿En qué lugar iba a quedar como asesora? Tendría que volverse a Irlanda. Y, cada día que pasaba, deseaba más y más quedarse.

Después de su visita Chesapeake Shores, Deanna se sintió muy agradecida por tener aquel trabajo en el laboratorio. Podía concentrarse en leer los casos, en hacer preguntas, en mirar por el microscopio e intentar ver lo mismo que veían los científicos.

Aquellos expertos tenían una paciencia infinita y estaban dispuestos a compartir sus conocimientos con gente joven y ansiosa por aprender. Aunque a Milos, a los demás y a ella les encargaran solo las tareas más básicas y rutinarias, podían aprender también de los proyectos pioneros que se llevaban a cabo a su alrededor.

Aunque ya tenía planes para ir a ver a su padre el sábado, trató de apartarse de la cabeza toda la agitación. El trabajo la ayudó.

Cuando salió del trabajo y se dirigía a su apartamento, oyó a alguien llamándola. Se dio la vuelta y vio a Ash, que estaba sentado en un banco. Lo miró con consternación, porque llevaba sin responder a sus llamadas de teléfono desde que había conocido a su padre; no sabía qué decirle, ni cómo pedirle que la perdonara por haberlos juzgado tan duramente a su madre y a él.

Suspiró y se sentó a su lado.

—No te esperaba.

—Y es obvio que tampoco querías hablar conmigo.

Deanna asintió.

—Lo siento. Han sido unos días de mucha confusión para mí.

—Cariño, ya lo sé. Quiero ayudarte, no ponerte las cosas más difíciles.

Allí estaba la generosidad de su padrastro, algo que a ella le había hecho la vida mucho más fácil.

—Te debo una disculpa.

—¿Por qué? ¿Por sentirte confusa? No. ¿Por enfadarte? Tenías derecho a sentirte traicionada.

—¡Ya está bien! —exclamó ella, con los ojos llenos de lágrimas—. Eres demasiado bueno.

Él se echó a reír.

—No sabía que eso fuera un delito.

Ella lo empujó suavemente con un hombro.

—No, claro que no. Pero me siento mucho peor. Me has dado amor y apoyo durante toda la vida y, la primera vez que me decepcionas, me comporto como una niña mimada. No tenía derecho.

Ash se echó a reír.

—Querida, he visto algunos niños mimados durante la vida, y tú no eres de esas. Te sentiste herida porque tu madre y yo te ocultamos un secreto muy grande. Te sentiste traicionada. Lo entiendo.

Ella lo miró a la cara para ver si detectaba algo de dolor, pero su expresión era de amor y de aceptación, como lo había sido siempre.

—¿Has cenado ya? —le preguntó él—. Porque yo me

muero de hambre. ¿Hay algún buen restaurante italiano por aquí?

–Sí, hay uno estupendo. Y yo también me muero de hambre.

Cuando se pusieron de pie, ella corrió hacia él y tuvo el reconfortante pensamiento de que su padrastro siguiera dando los mejores abrazos del mundo.

–Entonces, ¿todo está arreglado?

–Sí.

Deanna entrelazó el brazo con el de su padrastro y lo llevó a un restaurante italiano del barrio. El local olía a orégano, tomate y ajo.

–La pizza está buenísima, pero los espaguetis y la lasaña vegetariana también.

–A tu madre le habría encantado esa lasaña.

Ella sonrió.

–Sí, eso pensé yo la primera vez que la probé.

–Pero a mí me apetece una buena pizza –dijo él–. ¿Y a ti?

–Me has leído el pensamiento.

Después de pedir la cena, mientras se tomaban un vaso de agua con gas, Ash le preguntó:

–Bueno, y ¿vas a contarme qué tal fue el encuentro con tu padre biológico?

–Sé que no te lo vas a creer, pero me recordó mucho a ti. Entré en el pub a la defensiva y me puse a desahogarme con él.

–¿Y cómo reaccionó?

–Me dejó que dijera lo que quise y, después, me pidió que le permitiese que me demostrara que algunas de las cosas de las que le había acusado eran falsas.

–¿Por ejemplo?

–Le dije que era horrible que nunca hubiera intentado encontrarme.

–¿Y pudo demostrarte que sí lo había hecho?

Deanna asintió.

—Tenía una caja enorme llena de pruebas. El último cheque de un pago a su detective privado era de hace un mes. También tenía un informe del detective de la misma fecha, en el que decía que el rastro se había perdido.

Dejó que Ash asimilara todo aquello mientras les servían la pizza. Tenía un aroma delicioso. Cada uno tomó una porción, la sopló para enfriarla un poco y dio un bocado.

—Vaya, sí que está buena —dijo Ash.

—Sí, ya lo sé. Si solo pudiera quedar una sola comida en todo el mundo, creo que elegiría esta.

Ash se rio.

—¿Y qué pensaría tu padre, el chef?

Deanna se quedó pálida.

—Oh, vaya. Puede que no deba mencionar esto todavía. Tal vez le sentara peor que todas las acusaciones que le hice.

—Si se toma en serio su trabajo, puede ser, sí.

—Voy a volver a Chesapeake Shores el sábado —dijo ella, y miró a Ash para ver si desaprobaba su decisión.

—Entonces, las cosas debieron de terminar muy bien —dijo él.

—Todavía nos falta mucho camino por recorrer —dijo ella—, pero quiero intentarlo mientras estoy aquí, tan cerca. Cuando vuelva a Charlottesville será más difícil.

—Allí solo te queda un año —dijo Ash con cuidado—. No iba a decirte esto si las cosas no habían ido bien, pero, como parece que la visita fue positiva, ¿te gustaría hacer el curso de preparación para la universidad en el Johns Hopkins? Me imagino que, con tus excelentes notas y con el trabajo que has hecho aquí este verano, no tendrías problemas para hacer el traslado de expediente.

Ella miró a Ash con horror.

—Yo nunca he pensado en trasladar el expediente.

—Si no quieres hacerlo, no tienes por qué. Pero la escuela tiene una buenísima reputación y una situación muy cómoda, y pensé que, tal vez, merecería la pena probar.

—¿Y a ti no te importaría?

—No, siempre y cuando me dejes venir a comer más pizza de esta.

—Ashton Lane, ¿te he dicho alguna vez que eres el mejor padrastro del mundo universal?

—Una o dos veces –respondió él, aunque estaba muy contento de volver a oírlo–. Bueno, entonces, ¿sigue siendo cierto, aunque nunca fuera legal?

Ella le tomó la mano y se la apretó.

—Legal, o no legal, eres el mejor padre, padrastro, mentor, o lo que sea que cualquier chica pueda pedir. Y creo que mi madre te recordaría que también fuiste un buen marido, aunque no hubiera papeles de por medio. Últimamente, me he hecho a la idea de que las familias pueden formarse de muchas maneras. Lo que cuenta es el amor.

—Eres una jovencita muy lista –le dijo Ash.

—Todavía, no –dijo ella–, pero estoy trabajando para conseguirlo. Y, cuando llegue el momento, quiero que vengas a Chesapeake Shores a conocer a Bryan. Creo que vosotros dos os llevaríais bien.

—Bueno, lo cierto es que ya tenemos algo muy importante en común. Los dos te adoramos. Ese vínculo es muy importante.

Aunque había muchas cosas de su pasado que aún la inquietaban, Deanna sintió un repentino optimismo. Con el tiempo, todas las preguntas tendrían su respuesta y ella tendría una familia unida, muy parecida a aquellos O'Brien de los que había oído hablar a Kiera.

Capítulo 20

Bryan miró al otro lado de la isla de la cocina, en O'Brien's, y sonrió al ver a su hija con la cabeza agachada, muy concentrada en la tarea de cortar patatas en dados iguales. Llevaba unos pantalones vaqueros y una camiseta, y se había hecho una coleta. La punta de la lengua le asomaba por la comisura de los labios. Deanna alzó la vista y lo sorprendió.

–Deja de mirarme. Me voy a desconcentrar y a cortar un dedo –refunfuñó.

–No, si lo haces tal y como te he enseñado hace diez minutos. Encoge los dedos y apoya los nudillos contra la hoja del cuchillo.

Él hizo otra demostración, y cortó a tal velocidad, que ella se quedó boquiabierta. Lo miró con desesperación.

–Puede que no esté hecha para aprender a cocinar.

–¿Lo habías intentado en serio alguna vez?

–No. Sé hacer huevos revueltos; dejaron de quemárseme después de un tiempo. Ash dice que ahora son comestibles.

–Bueno, pues, entonces, cuando lleves unos cuantos meses cortando patatas, si no mejoras, ya hablaremos de lo que cuesta que invites siempre a comer fuera cuando te toque cocinar.

Ella frunció el ceño.

—Algunas veces dices cosas tan parecidas a Ash que es asombroso.

Las primeras veces que ella había mencionado a Ashton Lane, a él le había hecho daño, sin duda. Sin embargo, iba acostumbrándose a que lo nombrara y se sentía cada vez más cómodo con las comparaciones. Deanna no hablaba de Ash para desdeñarlo a él, sino solo para sugerir que estaba a la altura de un hombre a quien ella consideraba prácticamente un santo.

Por fin, Bryan se atrevió a preguntarle algo que llevaba rondándole la cabeza desde que ella le había dicho que iba a ir a visitarlo otra vez.

—¿Qué tal se siente él por el hecho de que vengas a pasar unos días a Chesapeake Shores conmigo?

—Sinceramente, creo que al principio estaba asustado, pero lo ha asimilado. De hecho, tiene muchas ganas de conocerte —dijo Deanna, y lo miró con una expresión esperanzada—. ¿Tú estarías dispuesto?

Bryan se quedó admirado del impacto de aquella mirada, y se echó a reír.

—¿Alguien te ha negado alguna vez algo que quisieras?

—Muchísimas veces —dijo ella, y se encogió de hombros—. Pero yo sigo insistiendo. Soy muy obstinada.

—Lo has heredado de tu madre.

—Creo que ella pensaba que lo había heredado de ti. Nunca reconoció que fuera terca.

—Pues lo era.

Deanna titubeó. Después, dijo, suavemente:

—Cuéntame cómo os conocisteis. ¿Fue amor a primera vista?

Él se quedó un poco sorprendido por aquella pregunta. ¿Acaso no era algo que las hijas preguntaban siempre a sus madres?

—¿Ella no te lo contó?

—No, nunca.

Bryan se preguntó si Melody lo habría hecho a propósito para mantener a Deanna apartada de él en otro sentido más. Sin embargo, el motivo ya no importaba, porque tenía la oportunidad de llenar los vacíos.

Pensó en la noche en que había visto a Melody por primera vez. Aunque le parecía que había pasado toda una vida, el recuerdo todavía le hizo sonreír.

—Yo estaba de prácticas en un restaurante, en Nueva York. Era el miembro más bajo de la jerarquía de la cocina, lo cual significa que lo que hacía era limpiar y cumplir las órdenes que el chef me daba a gritos. No era un sitio lujoso, aunque el chef tenía sus aspiraciones, y se comportaba como si lo fuera.

—Era pretencioso —dijo Deanna.

—Exactamente. Una noche, tu madre entró con unos amigos. Creo que todos estaban un poco achispados. Uno de ellos no dejaba de devolver los platos de la cena por un motivo absurdo tras otro. Al final, el chef se cansó y me mandó a la mesa para preguntar al que se estuviera quejando si quería ir a la cocina a hacerse la cena.

—¿Y era mamá?

—No, no. Ella estaba muy avergonzada. Cuando me alejé de la mesa, me siguió y se disculpó. Me dijo que su amigo se creía un gran cocinero, aunque nunca les había preparado nada a ninguno. Dijo que no le tomaban en serio, y que nosotros tampoco deberíamos hacerlo. Y dijo también que acababa de comer la mejor comida de su vida —dijo Bryan, y se encogió de hombros—. ¿Qué podía hacer yo? Le pregunté si alguna vez podría cocinar para ella. Le dije que sería incluso mejor que la de aquel día.

—Y ella dijo que sí.

—Pues, en realidad, dijo que no. Pero volvió la noche siguiente, y la siguiente, sola. En la cuarta visita, por fin, dijo que sí.

—Fascinante —dijo Deanna, y se quedó pensativa—. Así que no fue fácil. Algo me dice que Kiera, tampoco.

Él se quedó asombrado por su perspicacia. Notó que le ardían las mejillas.

—¿Por qué has hecho esa comparación?

Ella lo miró con la impertinencia de los adolescentes.

—Oh, por el amor de Dios, se nota la atracción que hay entre vosotros. Espero no ser un estorbo, porque me estoy quedando en su casa.

—Deanna, todo este pueblo está ocupadísimo metiendo las narices en mi vida personal últimamente. Por favor, no te subas tú también a ese tren.

—Interesante —respondió ella—. Eso es lo que me dijo Kiera, también. Como no estoy aquí todo el tiempo, creo que tengo que buscar a algún aliado que me ayude a darle un empujoncito a las cosas.

—No, claro que no. Kiera y yo vamos a nuestro ritmo.

—Pues sois dos caracoles.

—¿Cuánto tiempo has estado aquí? ¿Dos minutos? No sabes nada de eso.

Ella se echó a reír.

—Seguro que pensabas que iba a ser muy divertido recuperar a tu hija, ¿verdad? ¿Vas a tener dudas?

—Sí, claro que sí —dijo él, pero, sin poder evitarlo, rodeó la isla y le dio un beso en la frente a Deanna—. Pero tenerte aquí es lo mejor que me ha pasado desde hace muchos años.

Como no sabía si se había pasado del límite, retrocedió, pero, al ver que Deanna tenía los ojos llenos de lágrimas, se dio cuenta de que aquel beso era exactamente lo que tenía que hacer. Ojalá su instinto acertara siempre de ese modo.

Tal vez, si el sueño de recuperar a su hija se había hecho realidad, sus otros sueños, aquellos a los que había tenido que renunciar durante años, se hicieran realidad también. ¿Una esposa, tal vez? ¿Un restaurante propio? Aunque no supiera lo que le deparaba el futuro, de repente estaba lleno de esperanzas.

Aquella noche, ya tarde, a Deanna le pareció oír un murmullo a través de la ventana de la habitación de invitados de la cabaña de Kiera. La había dejado abierta para que entrara la brisa fresca, que ya anunciaba el otoño. Se acercó a la ventana y vio a Kiera y a su padre en el porche de su casa, entre las sombras. Estaban sentados en butacas, uno junto al otro, pero separados lo justo como para no tocarse. «Más lentos que caracoles», pensó.

Como, claramente, no había nada romántico que pudiera interrumpir, se puso una bata, se puso un vaso de agua en la cocina y atravesó el césped para reunirse con ellos. Era agradable tener otra oportunidad para fortalecer la conexión.

—Pensaba que estabas dormida cuando llegué del pub —dijo Kiera, sobresaltada.

—Sí, pero oí vuestras voces y decidí venir. ¿Os parece bien?

—Por supuesto —dijo su padre.

—¿No interrumpo nada? —preguntó ella, con una mirada elocuente.

—¡Deanna!

Ella se echó a reír y miró a Kiera.

—Cree que voy a empezar a entrometerme en vuestra relación —le dijo.

Kiera se atragantó con un sorbo de vino.

—¿Disculpa?

Bryan frunció el ceño.

—Parece que mi hija se cree una celestina, y que no vamos al ritmo que a ella le gustaría.

—Eso es —dijo Deanna.

—Le dije que se mantuviera al margen, pero parece que tiene una vena rebelde.

—No, lo que pasa es que tengo mis propias opiniones —le corrigió Deanna, con orgullo.

Kiera se echó a reír.

—Bueno, pues debes conservar esa cualidad —dijo—. Al mundo le vienen muy bien las personas con convicciones propias. En cuanto a nosotros dos —añadió, mirando a Bryan—, tenemos que mantenerla alejada de Nell.

Su padre gruñó.

—Ya la has fastidiado.

—¿Quién es Nell? —preguntó Deanna con avidez.

Kiera lo miró.

—¿He cometido un grave error?

—Me parece que sí —le confirmó él.

—¿Quién es Nell? —insistió Deanna.

—Nell O'Brien O'Malley —dijo Kiera por fin—. Está casada con mi padre. Se conocieron de jóvenes en Irlanda, se separaron, se reencontraron después de muchos años y se casaron. Es una historia muy romántica.

—¿Y ella es una de los O'Brien?

—Es la matriarca —le dijo Bryan—. Ella me enseñó a cocinar los platos irlandeses. Casi todos. Kiera me ha dado algunas nociones más desde que llegó —añadió con diplomacia.

—Pero no te ha dado su receta de estofado irlandés, ¿no? —bromeó Deanna.

—No. Eso lo mantiene en secreto.

—Por eso vais a competir en el concurso de cocina, y por eso todo el mundo habla de ello.

—Bueno, solo es uno de los motivos —dijo su padre.

—¿Y cuáles son los otros?

—Otro motivo es que Nell es una mujer astuta e inteligente —dijo Kiera.

Deanna miró a su padre para que se lo aclarara.

—Es una celestina –dijo Bryan–, y se aprovechó de que Kiera y yo no siempre nos hemos llevado bien. Decidió que era la receta perfecta para que saltaran chispas y la gente del pueblo tomara partido. Y, por supuesto, para recaudar dinero.

Deanna exhaló un suspiro de felicidad.

—Es mi aliada –dijo.

Kiera y su padre se miraron con resignación.

—Te lo advertí –le dijo Bryan a Kiera–. Parece que Nell y mi hija están cortadas por el mismo patrón. Por suerte, Dee va a volver a Charlottesville un día de estos y tendremos a una persona menos intentando dirigir nuestra vida.

Deanna pensó en su conversación con Ash y tomó una rápida decisión.

—Bueno, tengo que contaros una cosa. El otro día tuve una conversación con Ash, y he decidido intentar trasladar mi expediente a Johns Hopkins para hacer los cursos de preparación. No sé si podré conseguirlo para el próximo trimestre, pero estoy bastante segura de que me permitirán continuar como becaria en el laboratorio hasta entonces, mientras se termina el papeleo –dijo, y sonrió–. Podré veros todo el tiempo. ¿A que es estupendo?

Deanne se echó a reír al ver la expresión contradictoria de su padre. Se dio cuenta de que quería tenerla cerca, pero que había descubierto que la hija a quien acababa de recuperar podía ser también un sinapismo.

Lo que menos se esperaba al ir a Chesapeake Shores era que, además de conocer a su padre biológico, fuera a descubrir que meterse en su vida pudiera ser tan divertido.

Kiera esperó hasta que Deanna se hubo marchado a Baltimore, y a que terminara la hora de la comida en el pub, para decirle a Luke que Bryan y ella necesitaban un descanso.

—Vamos a ser rápidos, pero tenemos que hablar de algo que no puede esperar hasta esta noche.

—Adelante —dijo Luke—. Yo atiendo el bar durante la próxima hora. Llevaos el teléfono móvil, por si acaso aparece un autobús lleno de viajeros y entran todos a la vez.

—¿Cuándo ha ocurrido eso?

—Bueno, es raro, por eso dejo que os vayáis.

Kiera entró en la cocina, tomó un par de botellas de agua de la nevera y se plantó delante de Bryan.

—Vamos a dar un paseo —le dijo.

Él sonrió.

—¿Quién te ha nombrado jefa?

—No, de eso nada. Soy una mujer que necesita hablar con un hombre que se ha tirado la última hora dando cacharrazos por la cocina.

—No es verdad.

—Claro que sí. Puedo enseñarte dos marcas que lo demuestran —dijo ella, y señaló las cazuelas que estaban en el fregadero.

—Está bien, está bien —dijo él, al ver las pruebas—. Vamos a dar un paseo. Voy a decírselo a Luke.

—Ya lo he hecho yo —dijo ella, y tiró de él hacia la puerta trasera de la cocina.

Una vez fuera, le entregó una de las botellas de agua y se dirigió hacia el paseo marítimo. El aire tenía olor a salitre, y la temperatura había bajado ligeramente. Ella estaba deseando ver el cambio de estación antes de volver a Irlanda.

Se dio cuenta de que Bryan la estaba observando atentamente, y preguntó:

—¿Qué?

—Tal vez de lo que debamos hablar es de tu estado de ánimo —dijo él—. Estás un poco triste.

—Estaba pensando en lo cerca que está el final de mi visita a Estados Unidos. Deseaba experimentar el otoño en Chesapeake Shores, pero me di cuenta de que sería la última estación para mí en este país.

Bryan se detuvo e hizo que se girara hacia él. Mantuvo las manos en sus hombros, con suavidad.

—Kiera, dime una cosa. Si pudieras hacer lo que quisieras, ¿qué harías? ¿Te quedarías, o te irías?

—Ya no estoy segura.

—Yo creo que sí lo estás —dijo él.

—Me gusta mucho estar aquí —admitió ella—. Mucho más de lo que esperaba. Pensé que cambiar de aires me ayudaría a superar la muerte de Peter, pero estar aquí ha resultado ser algo más. Está la pequeña Kate, que es un tesoro, están Moira y Luke, y mi padre —dijo. Con un suspiro, y sin mirar a Bryan a los ojos, añadió—: Está todo el pueblo.

—¿Y yo soy parte de eso? ¿Soy una de las razones por las que te gustaría quedarte?

Kiera respiró profundamente para calmarse, y decidió ser sincera con sus emociones por una vez en la vida. Decidió responder lo que tenía en el corazón, y arriesgarse.

—Sabes que sí.

Él asintió lentamente.

—Sabes que es un momento complicado para mí —dijo.

A Kiera se le encogió el corazón.

—Por supuesto que lo sé. No es momento para añadir más presión. No se me ocurriría. Por eso voy a marcharme a casa.

—No me has dejado terminar.

—Creo que ya hemos dicho suficiente sobre eso por ahora —dijo ella con sequedad—. Y hemos salido de paseo a hablar de ti, no de mí. Y menos, de nosotros.

—Kiera...

Ella cortó la protesta.

—¿Por qué estabas de tan mal humor antes, en la cocina? Pensaba que la noticia de Deanna te habría puesto muy contento. Vas a tener muy cerca a tu hija, y tendrás todo el tiempo que necesitas para conocerla.

—En realidad, ella tenía un plan para su vida, y yo he interferido en él. ¿Y si esta decisión es errónea y, al final, acaba achacándomelo a mí?

—¿Acaso le has pedido tú que viniera a estudiar cerca de Chesapeake Shores? ¿Le has dicho una sola palabra sobre el traslado?

—No, claro que no. Yo ni siquiera sabía que era posible.

—Bueno, pues entonces, se trata de una decisión que Deanna ha tomado por sí misma. O, tal vez, con algo de ayuda del hombre que la ha estado guiando durante toda su vida. Si ellos creen que el traslado tiene sentido, ¿por qué vas a discutírselo tú?

—No quiero ser el responsable de que su vida se descarrile.

—A lo mejor estás haciendo que tome un nuevo rumbo, mejor que el anterior. Ella ya quería ser médico cuando la conociste. Que yo sepa, todavía quiere estudiar Medicina. Y ¿no es ese Johns Hopkins uno de los mejores sitios para estudiar?

—Eso es lo que tengo entendido —dijo él.

—Entonces, ¿te sientes inquieto por alguna otra cosa? ¿Has descubierto que ser padre no es para tanto, después de todo?

—¡Ni hablar!

—Pues entonces, si quieres que te dé mi opinión, todo va bien. Deanna me parece una muchacha con mucho sentido común, que se toma muy en serio sus objetivos. Dudo que haya tomado esta decisión sin haberlo pensado mucho. Deberías alegrarte de que quiera conocerte mejor, en vez de mantenerte en la periferia de su vida, como si fueras un extraño; yo creo que, cuando entró por primera vez a O'Brien's, esa era su intención.

—¿Estoy dándole demasiadas vueltas?

Kiera sonrió.

—Sí.

—Hablando de sentido común, tú también eres increíble. Espero que sepas que valoro mucho tu opinión. Un día de estos me gustaría saber qué piensas sobre otra cosa que he estado pensando.

Maravilloso, pensó Kiera. ¿No era el sueño de todas las mujeres que un hombre las valorara por sus opiniones, justo cuando ella había empezado a pensar que Bryan podría valorarla en otros muchos sentidos?

Moira colgó el teléfono después de hablar con su madre, el lunes por la noche, y miró a Luke.

—Espero que Nell sepa lo que está haciendo con este asunto del concurso. Mi madre está hecha un manojo de nervios. Tengo que ir a recogerla a primera hora de la mañana, llevarla al supermercado y, después, a la carnicería, si no le gusta la carne que encuentra en el supermercado y, después, al mercado a buscar las verduras y las hierbas aromáticas. Cuando le he sugerido que tomara algunas cosas del huerto de Bryan, me ha echado la bronca.

Luke se echó a reír.

—Pues Bryan también está muy nervioso, aunque lo disimule. Se queda delante de la olla del estofado hablando solo y mascullando. Creo que hoy ha enviado tres cazuelas de estofado perfectamente preparado al comedor social para no tirarlas a la basura. Aunque piense que no están perfectos, no es capaz de desperdiciar la comida.

—No sé si esto va a servir para acercarlos el uno al otro, precisamente.

—Me da la sensación de que solo es una pieza en un

rompecabezas mucho más complicado –dijo Luke–. Es irónico, pero han forjado un vínculo basado en la angustia que sienten. Para ser sincero, aunque creo que finalmente habrían acabado el uno con el otro incluso sin la intervención de nadie, pero esto ha sido un buen empujón para que vayan un poco más rápidamente.

–Supongo –dijo Moira con escepticismo–. La verdad es que el tiempo es una cuestión vital, porque se supone que mi madre tiene que marcharse dentro de un mes. Ni siquiera va a estar aquí para Halloween ni para Acción de Gracias –añadió con tristeza–. No va a ver a Kate emocionarse en la mañana de Navidad. ¿Acaso no quieren todas las abuelas ver algo así?

–Me imagino que Kiera no es la excepción –dijo Luke–. Podríamos hablar con Kate para que consiga una ampliación del permiso de trabajo.

–Pero es ella la que tiene que decir que quiere eso –respondió Moira con frustración–. Y creo que mi madre no lo hará por orgullo.

–Tú conoces a tu madre mejor que yo, pero ¿qué daño puede hacer que hable con Connor y averigüe si se puede conseguir esa ampliación? Así sabríamos si podemos animarla en caso de que insinúe que quiere quedarse.

Moira se animó.

–Eso me parece bien. ¿Podrías hacerlo mañana? Porque yo voy a estar con ella, de acá para allá, buscando los ingredientes perfectos.

–De acuerdo. Y, ahora, ven aquí. Me he sentido un poco abandonado, porque no hemos tenido ese fantástico tiempo libre que me prometiste cuando invitaste a tu madre a venir a Chesapeake Shores.

Ella se echó a reír.

–¿Estás pensando en que le demos otro motivo para quedarse?

–Eh... Bueno, no sé si quiero pedirle que se quede

para que podamos tener más relaciones sexuales –dijo Luke, en broma.

Moira le dio un codazo.

—No estaba pensando en eso. Bueno, no precisamente en eso.

—Entonces, ¿en qué?

—En que el motivo perfecto sería otro bebé.

Luke se quedó perplejo, y sonrió.

—¿En serio? ¿Quieres tener otro ya?

—O dos. O más, quizá.

—Pero ¿solo para que tu madre se quede? ¿O lo haces para que Megan no siga mandándote por todo el país para hacer exposiciones? Parece que cada vez te gusta menos, cuando debería ponerte muy contenta estar tan solicitada.

—Vaya, cuántos buenos motivos para ampliar la familia. Pues sí, querido esposo. Tienes muy buena intuición.

—Moira, dime una cosa en serio... ¿Es que no quieres seguir con la carrera profesional que te está ofreciendo Megan?

Moira vaciló.

—Quiero y no quiero.

—Y ¿qué significa eso?

—Después del éxito de la exposición de San Francisco, me siento muy contenta al saber que mis fotografías hacen feliz a la gente. Además, tengo que admitir que es muy gratificante ser el centro de atención. Sin embargo, en cuanto me alejo de ese ambiente, me entra el pánico y pienso que la siguiente exposición será un desastre, que tengo que parar mientras aún estoy en la cima.

Luke sonrió.

—¿Acabas de llegar a lo más alto, y ya tienes miedo a caer?

Ella asintió.

—No he tenido mucha experiencia con el éxito.

—Pues deberías disfrutar hasta del último minuto, y confiar en Megan, que te va a guiar hacia más éxitos y que, sin duda, te dirá cuándo es el momento en el que debes parar. ¿Es que no te fías de sus conocimientos?

Moira se quedó pensativa.

—¿Tú crees que debo comprometerme y cumplir ese compromiso, ¿no?

—Sí. Te mereces sentir esa alegría que sentiste en San Francisco y, antes que eso, en Nueva York.

—Pero ¿cómo lo vamos a conciliar con nuestra familia? Yo no quiero que eso quede en segundo plano.

—Podemos conseguirlo, te lo prometo.

—¿Aunque tengamos otro hijo? Yo lo deseo de verdad, Luke.

—Aunque tengamos media docena más de hijos, si quieres —le prometió él.

Moira sonrió.

—Bueno, entonces, creo que ahora podemos ocuparnos de eso, y mañana ya le diré a Megan que quiero aprovechar todas las oportunidades que me encuentre.

—Llámala y díselo ahora, antes de que cambies de opinión —le sugirió él.

—En este momento solo estoy pensando en la alegría de hacer esos bebés, pero si eso no te interesa…

—Oh, sí, sí me interesa —dijo él, abrazándola con fuerza—. Vamos a intentarlo.

Entonces, selló sus palabras con un beso que la dejó sin respiración, como de costumbre.

Capítulo 21

Kiera sabía que se estaba comportando como una loca. Estaba en el supermercado, descartando la mitad de lo que encontraba. Moira la seguía con el carro, en cuyo asiento infantil llevaba a Kate. La niña iba señalando todo lo que reconocía en las repisas, y gritaba cuando el producto en cuestión no era añadido al carrito.

–Hoy no, cariño –le decía Moira, con dulzura–. Estamos ayudando a la abuela a hacer la compra.

–Cómprale los cereales, son los que más le gustan –le dijo Kiera–. Así se pondrá contenta, y yo podré pensar.

–¿Te resultaría más fácil si te esperáramos en el coche? –le preguntó Moira, secamente.

Kiera se sobresaltó.

–No, no. Quiero que estés aquí conmigo, de verdad. Es que estoy muy nerviosa, porque quiero hacerlo bien.

–¿Para darle a Bryan una leccioncita?

–No, para demostrar que sé de qué hablo y que me tomen en serio. Si no, ¿de qué sirvo?

–Mamá, Bryan ya te toma en serio. Y todos los demás del pub. Has ayudado mucho en todo lo que te ha pedido Luke. Si dejaras de ser tan obstinada con lo de volverte a Irlanda, donde no hay nada que te espere, podrías tener un trabajo fijo y una buena vida aquí.

—Te agradezco que quieras que me quede por una cuestión de lealtad familiar, pero esta es la gran prueba, ¿no? Mi momento decisivo.

Moira frunció el ceño.

—Pero... ¿por qué lo ves así? No es eso en absoluto.

—Claro que sí. Si fracaso, ¿qué asesora voy a ser?

Moira soltó el carro y le dio un abrazo a su madre. Kate se levantó hacia su abuela y le pidió que la tomara en brazos.

Kiera sonrió, por fin, y tomó a su nieta.

—De acuerdo, pequeñaja. Voy a poder con esto.

—Y empieza a acordarte de que nosotros valoramos tu presencia aquí porque te queremos —le dijo Moira.

Kiera estuvo a punto de echarse a llorar, pero giró la cabeza para que su hija no lo viera, y se concentró en las compras hasta poder controlarse.

Al ver la carne de cordero, la descartó, porque parecía dura.

—¿Crees que en la carnicería tendrán algo mejor? —le preguntó a Moira.

—Seguro que sí. El carnicero es proveedor del pub.

—Vaya, ¿por qué no me lo habías dicho? No habría perdido el tiempo viniendo aquí. Vamos a la carnicería y, después, al mercado de los granjeros.

—Estamos a finales de temporada y a mediados de semana. No sé si allí tendrán una oferta mejor en este momento —le advirtió Moira.

—Yo creo que sí —dijo Kiera—. Y los productos serán orgánicos.

—¿Y desde cuándo te interesa a ti que los productos sean orgánicos? —le preguntó Moira; sin embargo, por el brillo de sus ojos, ya debía de saber la respuesta, y le parecía muy elocuente.

—A Bryan le importa. Está muy orgulloso de que su huerto sea ecológico —dijo Kiera, y Moira tuvo que contener una sonrisa—. Y no empieces. Esto no lo voy a cocinar para Bryan. Él ni siquiera va a estar en la cena esta noche.

—Ni una palabra —le prometió su hija, mientras iban hacia el coche.

Una hora más tarde, tenían carne de vaca y de cordero de la carnicería, una materia prima que había satisfecho a Kiera. Las zanahorias, las cebollas y el tomillo eran frescos y ecológicos.

—Necesitamos cebada perlada —dijo, mirando la lista—. ¿Dónde la tendrán?

—A lo mejor, en una tienda gourmet del pueblo. Vamos a ver —sugirió Moira—. Tiene pan artesano, y sería un buen acompañamiento para el estofado. Y también tienen ensaladas preparadas que podemos comprar para la comida.

Kiera sintió pánico.

—¿Ya es la hora de comer? Tengo que empezar a cocinar. Las invitadas van a venir a las seis.

—Estarás en casa con tiempo suficiente —le dijo Moira, para tranquilizarla—. Y podemos comer un poco mientras se está haciendo el estofado. Incluso tomarnos una copita de vino, si quieres.

Kiera volvió a tranquilizarse.

—Si tomo vino a estas horas, me entra sueño. Necesito estar muy bien despierta si quiero que me salga bien el estofado. Pero gracias, hija, muchas gracias.

—Mamá, no tienes por qué darme las gracias.

—Puede que no, pero me has ayudado a calmarme y me has sugerido el pan y el vino. A mí no se me había ocurrido servir nada con el estofado. ¿Y el postre? ¿Tú crees que deberíamos comprar algo en la pastelería?

—Ya le he dicho a Bree que le pregunte a su hermana

Jess si la chef de Inn at Eagle Point puede hacer algo para que te lo lleve a casa. Es famosa por sus postres exquisitos. Todo va a salir bien. Esto solo es una oportunidad para que practiques y para que la familia pruebe tu estofado. No es una cena especial para impresionar a nadie.

Kiera sabía todo eso, pero no podía evitar sentirse como si fuera un examen, y tenía terror a suspenderlo. En cierto modo, cocinar para Nell y para el resto de las O'Brien le importaba más, incluso, que ganar el concurso.

A través de Luke, aquellas mujeres eran la familia de su hija, y aquella familia la había acogido. Sin embargo, Kiera quería algo más; quería pertenecer a ella, quería recibirlas como si fuera una de ellas. Y no recordaba haber deseado algo con tanta intensidad desde hacía mucho tiempo.

—Huele a algo celestial —declaró Bree, al entrar en la cabaña, un minuto antes de las seis. Fue la primera en llegar, y le dio un abrazo rápido a Kiera antes de encaminarse hacia la cocina a mirar la cazuela que había al fuego. Levantó la tapa e inhaló profundamente el aroma—. Si el sabor es la mitad de bueno que el olor, vas a ganar el concurso.

Aquel halago fue reconfortante, pero la verdadera prueba llegaría más tarde, cuando se sirviera la comida. Kiera había probado el estofado una docena de veces, y le había parecido que era tan bueno como los que hacía siempre, pero ¿sería lo suficientemente bueno? No tenía ni idea.

—¿Pánico?

Kiera asintió.

—Es una ridiculez, ¿verdad?

—Tenías que verme a mí en los estrenos de mis obras

de teatro –dijo Bree–. Por muy bien que haya ido todo en los ensayos, y por mucha seguridad que tenga de que va a haber carcajadas cuando tiene que haberlas, me paseo entre bambalinas intentando no salir corriendo al baño para vomitar. Me han dicho que el nerviosismo es parte del proceso.

Kiera se sintió reconfortada con aquellas palabras de Bree, pero lo que terminó de calmarla de verdad fue la copa de vino que le puso en la mano.

–Pero recuerda que hoy estás entre amigas y familiares –le dijo.

–Lo cual significa me daréis vuestro apoyo –dijo Kiera–. Decirme que el estofado está bueno si es horrible no me va a hacer ningún bien.

Bree se echó a reír.

–Los O'Brien pueden decir las cosas bien claras cuando es necesario. A ninguno se nos conoce por ser precisamente sutil. Esperamos que los demás sean lo suficientemente fuertes como para enfrentarse a la realidad, incluso cuando puede hacer daño.

–Y eso es exactamente lo que yo necesito –le dijo Kiera–. La verdad.

Cuando las mujeres entraron a la casita, todos los rincones se llenaron de risas.

El vino terminó de calmarle los nervios a Kiera, que pudo disfrutar de la compañía.

Sirvió el estofado en un par de grandes soperas y las llevó a la mesa, añadió paneras con pan caliente y la mantequilla irlandesa que había descubierto, para su deleite, en el mercado.

–Creo que ya está todo listo –dijo–. Me gustaría servir a todo el mundo alrededor de una gran mesa, pero vamos a tener que comer en donde encontremos un sitio para sentarnos.

–Lo importante es la compañía y la comida, no el

asiento –dijo Nell–. Yo me voy a llevar el plato fuera, para disfrutar de la deliciosa brisa del mar.

–Yo voy contigo, abuela –dijo Bree, y la siguió al exterior.

Ante la nerviosa mirada de Kiera, todas salieron con ellas. Eran felices por poder estar juntas y tener sus queridas vistas a la bahía.

–Mamá, todo el mundo se lo está pasando muy bien. Puedes relajarte. Toma tu plato de estofado y ven con nosotras –le dijo Moira.

–Sí –dijo Megan–. Ya es hora de que te sientes y disfrutes de las estupendas críticas que estás recibiendo, Kiera.

–No sé si puedo –dijo Kiera–. Además, ya he comido suficiente mientras lo cocinaba. No creo que pueda comer ni un bocado más.

–Entonces, tráete tu vino –dijo Moira, empujándola hacia la puerta.

En la puerta, Kiera vaciló, y su hija le dio otro empujón suave.

Heather la vio inmediatamente.

–Quiero esta receta –le dijo.

–Y yo –añadió Nell.

Kiera se quedó muy asombrada por el comentario de Nell.

–¿Tú?

–Tu padre me ha dicho que al mío le falta algo, y no tenía ni idea de qué podía ser hasta que he probado el tuyo. Sigo sin saber exactamente qué es, pero lo sabré en cuanto vea las especias que has utilizado.

–Pero... Bryan utiliza tu receta –dijo Kiera.

Bree se echó a reír al ver su reacción.

–Lo que significa que tienes muchas posibilidades de ganar el concurso, Kiera. Estoy segura.

–¿Y no lo dices por decir? –le preguntó ella, con preocupación–. ¿No lo dices solo para calmarme los nervios y que me presente al concurso?

–Acuérdate de lo que te he dicho antes. Los O'Brien siempre decimos la verdad.

–Siempre –repitieron algunas más.

Por fin, Kiera se relajó. Estaba muy aliviada. Perdiera o ganara, sabía que no iba a hacer el ridículo delante de Bryan ni de aquella familia.

Después del estofado, había una enorme bandeja de magdalenas *red velvet* que habían enviado desde Inn at Eagle Point. Fue el cierre perfecto para una noche que había conseguido que Kiera sintiera, verdaderamente, que estaba en familia.

–Hubo mucha gente ayer en tu casa –comentó Bryan, cuando Kiera entró en el coche al día siguiente, para ir al pub.

–Solo hubo chicas –dijo ella. No quería decirle que había sido su ensayo general para el estofado irlandés, y que había ido muy bien. Todavía estaba asombrada de lo bien que había ido, en realidad, tanto por la comida, como por la camaradería–. Cenamos y tomamos un postre delicioso.

–¿Y vino? –preguntó Bryan, en tono de diversión.

–Sí, tomamos algunas copas –reconoció ella–. ¿Por qué lo preguntas?

–Por la serenata que estabais dando cuando llegué a casa. A propósito, todas desafinabais.

Kiera se quedó atónita.

–¿Estábamos cantando?

–Oh, sí.

–Pero... si yo no sé cantar.

Él se echó a reír.

–Eso puedo corroborarlo. Pero le poníais mucho entusiasmo. Ha sido el mejor recibimiento que he tenido en mucho tiempo. ¿No te acuerdas de eso?

—Me acuerdo de que alguien sugirió que cantáramos algunas canciones irlandesas, pero, a partir de ese momento, las cosas están un poco borrosas. Siento que no te dejáramos dormir.

—No te preocupes. Yo también me serví una copa de vino, me senté en el porche y estuve disfrutando del espectáculo. Pero que sepas que no os voy a recomendar a Luke para que cantéis en el pub.

Kiera gruñó.

—Eso espero. De hecho, preferiría que no le contaras nada de esto a nadie. Mi primera fiesta solo de chicas y todo se sale de madre.

—¿Sí? ¿De veras es la primera vez que haces una fiesta con amigas?

Kiera asintió.

—Aparte de un par de veces que me quedé a dormir en casa de mis amigas cuando era pequeña.

—Pero... en Irlanda tendrás amigas, ¿no? ¿Nunca habéis salido juntas?

—Tenía tres niños pequeños en casa y trabajaba de sol a sol. No tenía ni tiempo ni dinero para salir con mis amigas.

Debería añadir que ni siquiera tenía tiempo para hacer amistades, pero eso sería demasiado patético, y ella no quería que Bryan le tuviera pena. Tampoco quería explicarle lo importante que había sido la noche anterior. Cuando las mujeres iban marchándose de su casa, le había dado un abrazo a cada una, con la esperanza de transmitirles lo mucho que había significado para ella su bondad.

Cuando Bryan aparcó en el pub, ella miró el reloj y vio que todavía era temprano. Algunas de las O'Brien estarían todavía en Sally's.

—Gracias por traerme —le dijo—. Tengo que ir a un sitio.

Bryan la miró y asintió. Para su sorpresa, Kiera vio comprensión en sus ojos.

—Que te diviertas con las chicas —le dijo él, demostrándole que sabía exactamente dónde iba, y por qué.

Desde la entrada de la cafetería, Kiera vio que había tres mujeres en la mesa O'Brien. Se acercó a Sally y le dijo que quería pagar la cuenta de todo el mundo. Después, pidió un café y un *croissant*. Cuando pagó, fue a sentarse con ellas.

—Muchísimas gracias por venir anoche —les agradeció.

—Justo estábamos hablando de lo divertido que fue —respondió Megan—. Llevamos años disfrutando de estos desayunos juntas, pero, después, tenemos que salir corriendo a trabajar. Las comidas familiares de los domingos son estupendas, pero hay niños corriendo por todas partes, y los hombres también están allí. Nunca podemos desmelenarnos como hicimos anoche. Fue muy especial, Kiera, y hemos decidido que vamos a encontrar otras ocasiones para hacer lo mismo.

—Me temo que nos desmelenamos demasiado —dijo Kiera—. Bryan presenció todo el espectáculo.

Las demás se miraron y sonrieron.

—Ya era hora de que conociera esta faceta tuya —dijo Megan—. Algunas veces, las cosas entre hombres y mujeres se ponen muy serias, y a las parejas se les olvida lo mucho que se pueden divertir. A Mick y a mí nos sucedió eso. Tuvimos tantas crisis, tantos problemas, tantas peleas cuando estuvimos casados la primera vez, que se nos olvidó lo mucho que nos gustaba la compañía del otro, y lo mucho que nos habíamos reído siempre cuando estábamos juntos. La risa es tan importante en una relación como cualquier otra cosa. Te ayuda a superar los momentos difíciles.

Para diversión de Kiera, aquellas palabras provocaron un encendido debate sobre la importancia de la risa contra la importancia del sexo, y Megan se ruborizó.

–Demasiada información –les dijo a las demás–. Sobre todo, para que una madre la oiga por parte de sus hijas.

–Amén –dijo Kiera, y miró con elocuencia a Moira, que acababa de sentarse y había contribuido un poco a la conversación.

–Esto ha sido muy divertido, como siempre –dijo Megan–, pero tengo que abrir la galería. Moira, ¿vas a venir después a hablar de algunas exposiciones que tengo que organizar?

–Sí –dijo Moira.

Megan la miró con curiosidad.

–¿Y no vas a vacilar incluso antes de que yo abra la boca, como siempre?

Moira se echó a reír.

–Creo que vas a ver una Moira sorprendentemente dócil.

–Entonces, por favor, date prisa –le dijo Megan.

Las mujeres se dispersaron, y Moira y Kiera se fueron al pub.

–Te caen muy bien, ¿eh? –preguntó Moira.

Kiera asintió, y se le llenaron los ojos de lágrimas al pensar que iba a tener que separarse de ellas, dejar aquel pueblo y perder a Bryan.

–No te vayas, mamá –le dijo Moira–. No tienes por qué hacerlo.

–Es lo que habíamos planeado desde el principio –dijo Kiera.

–Pero los planes se pueden cambiar. Por favor, quédate.

Sin embargo, para Kiera era muy importante tener un plan y cumplirlo. El hecho de apartarse de aquella senda era exponerse al caos, y ella ya lo había sufrido suficiente para toda una vida.

Bryan había tenido una mañana muy tranquila y plácida en la cocina, sin nadie que le alterara. Sin embargo, se había quedado un poco descontento. Parecía que se había acostumbrado a que Kiera estuviera por allí, haciendo sus comentarios y dando los consejos que nadie le había pedido.

Sin embargo, no iba a permitir que Moira acabara con su paz de espíritu cuando entró por la puerta de mal humor y lo tomó como chivo expiatorio.

–Bryan Laramie, no sé qué es lo que tienes en la cabeza, pero últimamente me estás pareciendo un completo idiota.

Aunque él ya se había acostumbrado a su genio y sabía que lo mejor era mantenerse en silencio hasta que ella se calmara, aquel día él no estaba dispuesto a callarse.

–Qué saludo más amable –le dijo, con sarcasmo–. ¿Qué es lo que te ha fastidiado hoy?

–Acabo de hablar con mi madre.

Bryan frunció el ceño.

–¿Y qué te ha dicho? La última vez que la he visto, estaba muy contenta y se iba a Sally's a ver a sus amigas.

–Bueno, pues ahora ya no estaba tan contenta. Se ha puesto a llorar.

Bryan se sintió alarmado. ¿Qué podía haber sucedido durante la última hora?

–¿Dónde está? Voy a hablar con ella.

–No, de eso, nada. Meterías la pata y lo empeorarías todo.

–Entonces, ¿qué quieres de mí?

—Quiero que consigas que se quede en Chesapeake Shores. Tú eres el único a quien va a hacer caso.

—Moira, tú eres su hija, la madre de su única nieta. Si tú no puedes convencerla de que se quede, ¿qué puedo hacer yo?

—El mero hecho de que tengas que preguntarlo ya da una idea de lo idiota que eres. A ella le importas, y no se va a quedar si tú no se lo pides. Pero no puedes pedírselo como si fuera una amiga a la que echarías de menos de vez en cuando. Tienes que darle a entender que verdaderamente quieres que se quede.

—¿Me estás sugiriendo que le pida que se case conmigo?

—Pues sí, ¿por qué no? Ya no estás casado, como creías antes. Tú estás enamorado de ella, tanto como ella de ti. Si hay dos personas que tengan que estar juntas por puro amor, sois tú y ella. No seas idiota, y no dejes que se vaya.

¿Amor? Aquella palabra quedó suspendida en el aire. Hacía tanto tiempo que Bryan no pensaba en el amor, que fue algo muy impactante oírlo con relación a Kiera. Sin embargo, no podía negar que la idea de que ella se volviera a Dublín lo dejaba vacío. Ella había entrado en su vida y había cubierto una necesidad que él no sabía que tuviera.

Pero... ¿casarse? Había intentado tener un buen matrimonio una vez, y había fracasado tan rotundamente, que no sabía si era inteligente volver a intentarlo. Kiera, al contrario que Melody, era perfectamente capaz de decirle lo que necesitaba, de exigírselo. Tenía un temperamento tan fuerte como el de su hija, y sabría la ruta que debía seguir. Con ella no habría señales contradictorias ni sentimientos heridos.

Pero... ¿y si trataba de poner en marcha aquella idea que le estaba rondando la cabeza últimamente? ¿Y si se decidía a abrir su propio restaurante? ¿Había aprendido bien la lección de su primer matrimonio, o volvería a cometer los mismos errores? Además, debía tener en cuenta a Deanna.

Había muchas cosas que debía tener en cuenta antes de pedirle a Kiera que se casara con él.

—¿Y bien? —le preguntó Moira—. ¿He conseguido poner en marcha esa cabezota tuya?

Bryan sonrió.

—Tendrás que esperar para comprobarlo. Piensa que tu madre y yo nunca hemos salido juntos. Ni siquiera hemos tenido una cita. El matrimonio sería un paso muy grande.

—Deja de dar excusas porque estés asustado. Ciertamente, estar aquí sentados hablando durante horas no es lo mismo que salir juntos o tener citas formales, pero habéis llegado a conoceros como pocas parejas.

—Eso sí es cierto.

—Entonces, ¿vas a hablar con ella del futuro?

—Lo que decida lo hablaré con tu madre, no contigo.

—Eso no me parece justo —dijo Moira, y lo miró con dureza—. Por favor, no me decepciones.

—Moira, te adoro, pero evitar que tú te decepciones no es precisamente mi prioridad en este asunto.

Ella se quedó asombrada por un momento, pero, después, sonrió.

—Bueno, si soy lógica, cosa que no ocurre a menudo, supongo que no debería serlo.

Cuando se marchó de la cocina, Bryan intentó seguir cocinando, pero estaba desconcentrado. Por suerte, el plato especial de aquel día podía hacerlo casi con los ojos cerrados. Los clientes no iban a sufrir a causa de su distracción.

Sin embargo, iba a ser un día muy largo para él y, sinceramente, no sabía cómo iba a terminar.

Capítulo 22

Después de su visita a Chesapeake Shores, Deanna esperó un par de días para reflexionar con calma sobre su impulsiva decisión de estudiar en Johns Hopkins. En aquel momento estaba allí sentada, con el teléfono móvil en la mano, pensando en si debía llamar primero a la doctora Robbins para pedirle consejo o a Ash para hablarle de su decisión. Aunque aquel traslado de expediente se lo había sugerido él mismo, ella no dejaba de preguntarse si iba a hacerle daño alejándose de su hogar. Por mucho que la apoyara, sabía que su padrastro se apoyaba en ella desde que su madre había muerto.

–Estás muy pensativa –le dijo Milos, mientras se sentaba a su lado–. ¿Tienes algún problema? ¿Puedo ayudarte?

Deanna sonrió a aquel joven serio, cuya amistad valoraba mucho. Era considerado y sabía escuchar sin censurar. Seguramente, era la tabla de salvación que necesitaba.

Comenzó a hablar lentamente, para poner las ideas en orden, y le explicó lo que estaba sucediendo en su vida.

–Esto podría ser un cambio muy importante –dijo él.

Ella asintió.

–Por eso estoy tan confusa. Me preocupa hacerle daño

al hombre que me crio, y apresurarme en la incipiente relación con mi padre biológico, a quien conozco desde hace muy poco.

—Pero... también es importante lo que es mejor para tu futuro, ¿no?

—Sí, por supuesto.

—¿Y no estarías recibiendo aquí la mejor educación? Si los estudios son lo más importante y, además, el cambio te permite conocer mejor a tu padre biológico, yo lo vería como una ventaja.

—Sí —dijo ella. Le agradecía a su amigo aquella nueva forma de ver las cosas.

—¿Y no acabas de decirme que tu padrastro vino a verte hace poco solo para tomar una pizza y hablar?

—Sí.

—Entonces, él podría venir más a menudo, tal vez, y tú podrías seguir yendo a casa los fines de semana.

—Tú lo dices de una forma que parece muy fácil —dijo ella, riéndose.

—Es que me parece fácil, una vez que apartas las emociones que están tan enredadas y a flor de piel.

Ella, impulsivamente, le dio un abrazo. Milos se quedó sorprendido.

—¡Muchas gracias! —dijo Deanna, mientras él se ruborizaba.

—Entonces, ¿vas a intentar matricularte aquí?

—Sí.

Él sonrió con satisfacción.

—Pues me alegro, porque parece que yo también me voy a quedar. Ayer mismo hice el papeleo. El profesor Wheeler me preguntó si me interesaba y, cuando le dije que sí, se puso al teléfono y empezó a mover los hilos.

—¡Milos, eso es fantástico! ¿Por qué no me lo habías contado antes?

Él se encogió de hombros.

—Estoy acostumbrado al hecho de que, a veces, los sueños no se cumplen —dijo él con una sonrisa tímida—. Este sí se ha cumplido.

—Me alegro muchísimo por ti, y me alegro de que vayamos a estar más tiempo juntos —dijo ella, y vaciló—. Bueno, si a tu novia no le molesta, claro.

Él suspiró.

—Creo que eso ya se ha terminado. Ella sabía que venir aquí este verano era muy importante para mí, pero creo que se ha cansado de estar sola. Al contrario que yo, es una persona muy sociable, le gusta mucho salir y relacionarse con la gente. Me ha dicho que ya está viendo a otras personas.

—Lo siento muchísimo.

—Bueno, no pudo ser —dijo él, filosóficamente—. Y esta oportunidad me va a dar el futuro que quiero vivir. Quiero formar parte de un equipo que descubra la cura para el cáncer o para el alzhéimer. Quiero hacer algo que tenga importancia.

—Y yo creo que lo vas a conseguir —dijo Deanna—. He oído decir al profesor Wheeler que eres una gran promesa de la investigación científica. Este verano ha quedado claro que valora mucho tu trabajo. Incluso te ha dado un proyecto individual.

—Muy pequeño —dijo él.

—Sí, pero a ninguno de los demás nos ha dado una investigación independiente. Eso es un gran éxito, Milos.

—Espero estar a la altura —dijo él, con modestia—. Voy a intentarlo con todas mis fuerzas.

—Algún día, vamos a salvar muchas vidas entre todos nosotros —dijo Deanna, con confianza. De repente, se sentía llena de entusiasmo por todas las posibilidades—. Voy a llamar a mi tutora de la Universidad de Virginia para ver si ella puede ayudarme a hacer el traslado de expediente. Y, después, llamaré a mi padrastro.

—Entonces, te dejo para que empieces —dijo Milos.

—Muchas gracias por ayudarme a aclarar las cosas —le dijo.

—Tú ya sabías lo que querías —respondió él—. Yo no he hecho nada, salvo escuchar.

Deanna se quedó mirándolo. Obviamente, no tenía ni idea de lo importante que era escuchar y hacer unas cuantas preguntas que llevaran a la reflexión.

Llamó a la doctora Robbins y puso el proceso en marcha y, después, llamó a Ash, que llegaba a su casa del trabajo.

—¿A estas horas? —le preguntó Deanna, en tono de reprobación—. Son casi las nueve. Estás trabajando demasiado.

—¿Me has llamado para vigilarme? —bromeó él, riéndose—. ¿O es que ahora nuestra relación está del revés?

—No, pero tal vez fuera bueno que empezara a vigilarte.

—Bueno, dime por qué me has llamado —le sugirió él—. Mientras, yo voy a ir sacando, antes de que se enfríe, la comida china que he traído del Imperial Palace para cenar. Pollo *Kung Pao*.

Deanna tomó aire.

—He decidido venir a estudiar al Johns Hopkins —dijo, mientras oía de fondo el ruido del papel y de los utensilios de plástico. El sonido cesó de repente.

—Ah —dijo él.

—Parece que te has quedado sorprendido —le dijo ella, con preocupación—. Pero tú me lo sugeriste.

—Te lo sugerí porque pensé que podía ser una buena opción.

—Pero ahora ¿tienes dudas?

—Eso depende de por qué lo estés haciendo. Si se trata de los estudios, te apoyo por completo. Si solo es para estar cerca de tu padre, entonces me preocupa.

—¿Y si es por las dos cosas?

—Te voy a hacer una pregunta. Si las cosas no salen bien entre vosotros y la situación se vuelve tirante, o si él no tiene tiempo para dedicártelo, ¿seguirías estando contenta en Baltimore, en el Johns Hopkins?

—Por supuesto que sí –respondió ella–. Me encanta el programa y el trabajo que estoy haciendo.

—En ese caso, me parece muy bien que traslades allí el expediente –dijo él, aunque no parecía que estuviera tan entusiasmado como ella esperaba.

—Ash, las cosas van bien entre Bryan y yo –dijo ella, con la esperanza de darle confianza–. Creo que los dos queremos tener la oportunidad de recuperar el tiempo perdido.

—Lo único que quiero es que no te lleves una desilusión si las cosas no salen tal y como tú te las has imaginado. Tu madre lo abandonó por un motivo.

—Ya lo sé. Seguramente, en aquel momento, dejarlo era algo que tenía todo el sentido para ella, pero ha pasado mucho tiempo. Él ya no es la misma persona, y yo soy una persona adulta. Creo que seré capaz de dilucidar si es egoísta, o está centrado en sí mismo, o lo que fuera que hizo que mi madre se alejara de él. Ha sido muy sincero al contarme que, en aquel momento, había puesto su profesión por delante de su familia.

—Y puede que lo haga de nuevo –le advirtió Ash–. Una cosa es que tú aparezcas de repente y haya una reunión feliz, y otra cosa es que tú requieras su atención durante más tiempo. Ha tenido muchos años para dedicarse a su trabajo sin otras exigencias en la vida, y quizá su adicción al trabajo haya empeorado.

—No, estoy segura de que no. ¿Por qué, de repente, estás en contra de esto?

—Bueno, seguramente me estoy preocupando por nada –reconoció Ash–. Pero no quiero que te lleves un golpe.

—No voy a llevarme ningún golpe. Te prometo que tengo los ojos bien abiertos y que no tengo unas expectativas demasiado altas.

—Está bien. Entonces, te apoyo por completo. Solo tienes que pedirme lo que necesites.

—Te quiero, Ash —dijo ella, para reconfortarlo—. Eso no va a cambiar jamás.

—Lo mismo digo —respondió él, suavemente—. Tenme informado de lo que vaya ocurriendo.

—Claro que sí.

Al colgar, Deanna se sentía un poco apagada. Siempre había confiado en las advertencias de Ash, y sus preocupaciones la habían afectado. ¿Y si resultaba que, al final, se convertía en una molestia en la vida perfectamente ordenada de su padre?

Respiró profundamente. Ya se enfrentaría a eso cuando llegara el momento. En aquel momento, lo único que pensaba era que tenía que aprovechar las segundas oportunidades.

Kiera abrió la puerta de la cocina. Hacía una mañana lluviosa, fría. Esperaba encontrarse a Bryan, pero se encontró a su padre en el umbral, calado.

—Vamos, pasa —le dijo—. Voy a traerte una toalla para que te seques. ¿Cómo se te ha ocurrido venir andando con lo que llueve?

Dillon se echó a reír.

—¿Es que se te ha olvidado que la lluvia no puede parar a un irlandés? Si así fuera, nunca haríamos el más mínimo ejercicio.

Kiera tomó su camisa mojada y la metió en la secadora; le llevó una toalla y una camiseta vieja de Bryan, que ella se ponía para trabajar en el jardín. La había lavado el día anterior. Dillon observó el logotipo de una granja de productos orgánicos.

—¿Es tuya?

—No, Bryan me la ha prestado para que no estropee mi ropa mientras trabajo en su huerto –dijo ella. Vio que su padre la miraba especulativamente, y decidió cambiar rápidamente de tema–. ¿Te apetece un té o un café? Hay las dos cosas.

—Un café, si no es molestia. Nell me haría flotar en té, si pudiera. Ella piensa que una taza de té fuerte puede resolver todos los problemas del mundo. Sin embargo, su café no tiene fuerza. Me temo que me he acostumbrado al expreso de Panini Bistro.

—Haré lo que pueda, pero no sé si el mío es tan fuerte –le dijo Kiera.

Mientras llenaba su pequeña cafetera y la ponía al fuego, observó a su padre. Había envejecido muy bien. De hecho, parecía que estaba más fuerte desde que vivía en Chesapeake Shores, y tenía un aspecto muy saludable gracias a sus paseos diarios. Sin embargo, no cabía duda de que iba envejeciendo, y Kiera se preguntó cuánto tiempo más lo tendría en su vida. Y, si volvía a Irlanda, ¿cuánto de ese tiempo iba a perder?

Cuando le dio la taza de café, él la miró con preocupación.

—¿Estás llorando? ¿Qué te pasa?

—Estaba pensando en que, cuando vuelva a Dublín, te voy a echar mucho de menos.

—Eso tiene fácil solución, Kiera. No vuelvas.

—No, no es tan fácil. Hay cuestiones legales.

—Que se pueden solucionar, si es eso lo que quieres. Connor conoce bien las leyes, y Mick tiene contactos por todas partes. Los dos te ayudarían.

—Sí, ya lo sé, y se lo agradezco.

—¿Pero?

—Yo no he mencionado ningún «pero».

—No es necesario. Es por Bryan, ¿no? Te has enamorado de él. Quieres que él sea quien te pida que te quedes.

Kiera suspiró. No podía negarlo.

—A mi edad, soy idiota por querer algo así.

—Tonterías. Por lo que he visto, Bryan es un tipo estupendo. Y, si tú te has enamorado, eso me dice mucho. Eres una mujer precavida, Kiera, y ¿cómo no ibas a serlo, después de lo que ocurrió con Sean? Te has vuelto muy recelosa, pero también has aprendido a juzgar bien a la gente.

—No se trata de que Bryan sea un buen tipo o no, eso no está en duda, papá. Lo que está en duda es si siente algo por mí, o no —dijo. En cuanto aquellas palabras salieron de sus labios, se tapó la cara con las manos—. Mira lo que estoy diciendo. Parezco una adolescente insegura.

—En el amor, todos nos sentimos un poco inseguros al principio.

—Tú no te sentías inseguro cuando viniste a Chesapeake Shores siguiendo a Nell.

—No, pero yo tenía una historia con ella. Sabía que el amor todavía existía, aunque hubiéramos pasado tantos años separados. Yo solo dudé en aprovechar esta segunda oportunidad por lo que estaba dejando atrás.

—¿Tus negocios?

—¡No, por Dios! Ya era hora de que lo dejara todo en manos de los demás. Era por Moira, que aún me necesitaba, y por ti. La gente de aquí tiene a los O'Brien como un buen ejemplo de lo que debería ser una familia. Han tenido sus dificultades, pero están unidos. Y yo quería que nosotros también los estuviéramos. Tenía miedo de que, si me iba, tú y yo nunca lo conseguiríamos. Estábamos haciendo progresos, pero la confianza hay que alimentarla, y yo no iba a estar allí para hacerlo. Por eso me alegré tanto cuando accediste a venir. Me gustaría que fuéramos una familia unida para el tiempo que me quede.

—Me estás dando buenos argumentos para que me quede, pase lo que pase con Bryan y conmigo —admitió Kiera—. Y yo también lo he estado pensando.

—Pero, claro, si supieras que vas a tener un futuro junto a Bryan, las posibilidades serían mucho mayores.

Ella asintió.

—Sé que él no debería tener ese poder, pero no sé si podría soportar el hecho de seguir sentándome a charlar con él de vez en cuando, porque lo que siento por él es muy intenso. Yo no quería que esto ocurriera, ¿sabes?

Dillon se rio.

—Sí, seguro que no querías. Pero el destino, algunas veces, toma las riendas de la vida. Y, si hay una cosa predestinada, suele suceder, aunque nosotros no la tengamos prevista.

—Bueno, pues yo no tengo tiempo para esperar —dijo ella, con frustración.

Él se echó a reír.

—Dices lo mismo que cuando tenías tres años y tu madre no sacaba las galletas del horno tan rápido como tú querías.

—La impaciencia es uno de mis famosos defectos.

—Entonces, vamos a cambiar de tema. ¿Cuándo me vas a contar lo que pasa con mis nietos?

Kiera se quedó asombrada, no solo porque su padre hubiera elegido aquel tema, sino, también, por el hecho de que hubiera tardado todos aquellos meses en abordarlo.

—No me apetece hablar de eso.

—¿Por qué?

—Porque me avergüenzo de ellos. Y no quiero que te enteres de sus problemas.

—¿Es que se han metido en algún lío?

—Seguramente, estarán en la cárcel, porque ahí es donde los dejé. Y, antes de que te enfades conmigo, te diré que he pagado la fianza varias veces para que los dejaran salir. Parece que no tienen intención de cambiar. Yo lo hacía por un sentimiento de culpabilidad, pero Peter me convenció de que no les estaba haciendo ningún favor. Dijo que, a lo mejor, si pasaban más tiempo entre rejas, entendieran mejor las cosas.

Su padre tenía cara de preocupación, pero no de sorpresa.

—Ya lo sabías, ¿no? —le preguntó Kiera.

—Me había enterado de unas cuantas cosas. Sabía que frecuentan a Sean Malone, así que, más tarde o más temprano, terminarían mal. Peter me contó el resto de la historia. Llevo desde que llegaste esperando a que tú me lo contaras.

—Ya te he dicho que es algo que me da vergüenza.

—Su comportamiento no es culpa tuya, Kiera. Son adultos.

—Son mis hijos, y los he criado yo.

—Pero entraron en contacto con su padre cuando ya eran lo suficientemente mayores para distinguir el bien del mal, pese a la mala influencia de Sean.

—Me duele muchísimo —dijo ella—. Los perdí, y ni siquiera sé cómo. Intenté educarlos bien a los tres.

—Moira es prueba de ello —le dijo Dillon—. Pero los niños necesitan un modelo masculino fuerte y, por desgracia, se fijaron en Sean.

—Si hubiera recuperado antes la relación contigo, habrías podido ser tú.

—No se puede volver atrás, Kiera. Tú hiciste las cosas lo mejor que pudiste. ¿Te gustaría que yo fuera a Irlanda para ver si puedo ayudarlos? Todavía tengo amigos que podrían interceder.

Ella negó con la cabeza.

—Han recibido demasiada ayuda, y ni siquiera han dado las gracias. No voy a permitir que te hagan lo mismo a ti.

—Pues entonces, ellos podrían venir aquí. Solo tienen algunos delitos menores en el historial, peleas y alteración del orden público. Creo que podríamos resolverlo, y ellos podrían empezar de cero.

—Sí, pero en el proceso, alterarían la vida de mucha gente que me importa —insistió ella—. No, no voy a permitirlo.

—Piénsalo, Kiera. Las segundas oportunidades no son solo para algunas personas con suerte. Sus vidas pueden cambiar. Reflexiona sobre ello.

Kiera suspiró.

—Voy a pensarlo porque me lo has pedido, pero creo que sería un error.

—Está bien. Si sigues pensando lo mismo dentro de unos días o unas semanas, yo aceptaré tu decisión. Pero acuérdate de que la familia no solo se compone de los que cumplen las normas. También están los que las incumplen.

Dillon se levantó, sacó la camisa de la secadora y se la puso. Después, le dio un beso en la frente a Kiera.

—Ya sabes que puedes hablar conmigo de esto o de lo que quieras.

Ella se puso en pie y lo abrazó con todas sus fuerzas.

—Nunca sabrás lo mucho que te lo agradezco, ni lo mucho que te eché de menos cuando estuvimos separados, todos esos años. Todavía recuerdo los paseos que dábamos cuando yo era pequeña, y las conversaciones que teníamos. Y, a pesar de eso, yo me aparté del buen camino durante un tiempo.

—Pero volviste a él —le recordó su padre—. Eso es lo que importa, al final.

Lo acompañó a la puerta, y estuvo mirándolo mientras él se alejaba. Parecía que no le importaba en absoluto la lluvia que, a aquellas alturas, ya se había transformado en una llovizna suave. Kiera sonrió. Su padre debía de sentirse como en casa.

Bryan estaba a punto de salir de casa para ir a buscar a Kiera, pero llamaron a la puerta delantera, la que nadie utilizaba nunca, salvo los desconocidos o los repartidores.

Abrió y se encontró ante un hombre de menos de cincuenta años, en vaqueros y con una camisa. Iba remangado, y se le veían unos antebrazos fuertes. Llevaba unas botas de construcción desgastadas.

–¿Bryan Laramie? –preguntó, en un tono de cierta sorpresa.

Bryan asintió.

–Sí. ¿Y usted?

–Ashton Lane, el padrastro de Deanna –dijo él–. Bueno, el padrastro no oficial.

Bryan lo observó de nuevo y, a pesar de su recelo, le gustó lo que vio. No tenía pretensiones de nada, y el hecho de que hubiera ido hasta allí a verlo demostraba que era discreto y que tenía confianza en sí mismo.

–Pase –le dijo Bryan–. No me queda mucho tiempo, porque tengo que irme al restaurante en el que trabajo, pero ¿le apetece una taza de café?

–Llámame Ash, por favor. A decir verdad, ya he tomado demasiada cafeína para atreverme a venir aquí. Seguro que a mi hija le daría un ataque si lo supiera.

–Pero estás preocupado por ella, claro –dijo Bryan–. Y tienes curiosidad por mí.

–Cualquiera estaría preocupado, en mi situación –dijo Ashton.

Bryan asintió.

—Está bien, vamos a hablar. Espero poder calmar tu intranquilidad. Vamos a la cocina, que es más acogedora. Por lo menos, a Dee se lo parece. Dice que el resto de la casa está muy vacía y que la cocina está un poco mejor, porque trajo unos trapos de colores la última vez que vino de visita. Está deseando redecorarlo todo.

Ashton se echó a reír.

—Pues vigílala. Tiene unas opiniones muy sólidas y es obstinada.

—Eso es lo que estoy descubriendo.

—Pero, afortunadamente para ti, sus gustos decorativos ya han dejado atrás la fase de princesas de Disney.

Bryan también se echó a reír.

—¡Menos mal!

Aunque su invitado rehusó el café, Bryan le sirvió un vaso de agua fría con una rodaja de limón, sobre todo, para calmarse los nervios. Aquello iba a ser más intenso que ninguna entrevista de trabajo que hubiera tenido, y se jugaba mucho más. Los dos aprovecharon aquellos momentos de silencio para evaluarse el uno al otro disimuladamente.

—¿Puedo preguntarte cómo te sentiste cuando Deanna apareció en tu vida de repente?

Bryan se sentó frente a él, y lo miró a la cara.

—No sé qué te habrá contado, pero llevo buscándolas a su madre y a ella desde el día que desaparecieron. Le he enseñado todos los informes, los cheques con los que pagué a los detectives, todas las pruebas que tengo de que nunca me rendí. Por eso, que apareciera aquí fue como un milagro.

—¿No está alterando tu vida?

—No, al contrario. Estoy deseando conocerla. ¿Qué te parece a ti?

—Yo he querido a la niña incondicionalmente desde que conocí a su madre. Si a ella le hace feliz que formes parte de su vida, me parece muy bien. Pero no quiero que sufra porque la novedad pierda interés para ti.

—No, eso no va a ocurrir —dijo Bryan, intentando no sentirse ofendido. Al fin y al cabo, era una pregunta lógica—. Tú has vivido con ella casi toda su vida. Yo solo la tuve un año, cuando era un bebé. Ahora es una adulta, así que tengo que conocer muchas cosas de ella.

Observó a Ash, y solamente vio preocupación en su rostro.

—Espero que no te opongas a eso. Sé que Dee te quiere y te respeta mucho, y que no haría nada que pudiera hacerte daño, pero creo que los dos queremos aprovechar esta oportunidad. Lo necesitamos.

Ashton Lane asintió.

—Va a cambiar de universidad para estar más cerca de ti. Lo sabes, ¿no?

—Sí, me lo comentó.

—Lo único que te pido es que no hagas que lo lamente.

Bryan titubeó antes de responder.

—Si hace ese cambio, ¿sería perjudicial para su expediente académico, o para su futuro?

—No. En cuanto a su educación, es positivo, pero los dos sabemos que no es lo único que hay detrás de esta decisión. Deanna quiere averiguar cómo puede encajarte en su vida.

Bryan entendió su preocupación, y asintió.

—Ya hablaré de eso con ella. Yo tampoco quiero que se arrepienta de su decisión.

Entonces, Ashton se levantó. Se notaba que estaba aliviado.

—Me alegro de haber venido. Creo que nos entendemos el uno al otro —dijo. Después, vaciló un instante, y añadió—: Tal vez sea mejor no mencionarle esta visita a Deanna. Me mataría por haberme entrometido.

Bryan se rio.

—Como ella ya está buscando la forma de entrometerse en la mía, no voy a ser muy comprensivo en esto.

Por un momento, Ashton se quedó sorprendido. Después, se echó a reír.

—Ten cuidado. Si se le mete algo en la cabeza, normalmente encuentra la forma de conseguirlo.

—Tomo nota —dijo Bryan—. Gracias por venir. Te agradezco que la estés cuidando. Y te agradezco cómo la has cuidado durante todos estos años. Es una joven estupenda, y eso es gracias a Melody y a ti.

—Gracias por decir eso. Estarías en todo tu derecho de sentir resentimiento hacia mí.

—Bueno, un poco, sí lo tengo, pero es por los años que yo perdí, no porque tú no hayas sido el padre que ella necesitaba cuando yo no pude serlo.

—Me imagino que, si Deanna se sale con la suya, nos veremos más a menudo —dijo Ashton.

—Por supuesto. Ella ya me lo ha mencionado. Estoy deseándolo.

Y, para su asombro, se dio cuenta de que era cierto.

Capítulo 23

Durante el trayecto al restaurante, Bryan estaba muy silencioso.

—No me habías dicho que esta mañana ibas a llegar tarde —comentó Kiera, con la esperanza de poder iniciar una conversación sobre su estado de ánimo.

—He tenido una visita inesperada —respondió él.

—¿El coche de Virginia que he visto en el camino de entrada a tu casa al despedir a mi padre?

Él asintió.

—Supongo que la visita tendría algo que ver con tu hija, pero me parece que no quieres hablar de eso.

Él la miró con ironía.

—Aunque eso no te impide hacer preguntas.

—Por supuesto que no —respondió ella, sonriente—. He aprendido que, al final, es mejor insistir hasta que tú te desahogas que esperar a que se te ocurra desahogarte con una amiga.

—Algunas veces se me olvida lo bien que has llegado a conocerme. Y que conste que no estoy seguro de lo que siento al respecto.

—Te acostumbrarás —dijo ella, con ligereza. Esperaba que él sonriera, pero Bryan no lo hizo—. ¿Era algo relacionado con Deanna?

—Sí, era el padre adoptivo de Deanna, si es que se puede llamar así a un hombre que no llegó a adoptarla legalmente ni se casó con su madre.

Antes de que Kiera pudiera hacer un comentario, él añadió:

—Pero no fue culpa suya. Es obvio que ese hombre las quiso mucho, y se ocupó de Dee como si fuera suya. Lo respeto por haber sacado lo mejor de la difícil situación en que lo puso Melody.

—Entonces, ¿reconoces que Deanna ha tenido una buena vida por él?

—Sí, claro que sí. Y me alegro. Algunas veces, me ponía enfermo pensando en las cosas horribles que podían estar sucediéndoles, o pensando en que estaban viviendo en malas condiciones. Melody era una buena persona y quería a nuestra hija, pero yo conocía sus defectos. Podía llegar a ser muy impulsiva e irresponsable. ¿Sabes que solo se llevó cien dólares de nuestra cuenta bancaria cuando se marchó? ¿Cuánto tiempo iban a poder vivir con eso? Yo me habría sentido mejor si se hubiera llevado todo lo que teníamos. Supongo que estaba empeñada en mandarme el mensaje de que ya no me necesitaba, ni necesitaba el sueldo que yo ganaba para mantenernos a todos, porque ese sueldo le costaba muy caro a la familia. Durante años he tenido una cuenta aparte por si alguna vez ella me hacía saber que necesitaban ayuda.

—Pero ella ya se había emparejado con otro hombre —dijo Kiera—. Y, esta mañana, tú estás un poco celoso porque fuera él y no tú el que vivió con ellas todos estos años.

Él suspiró.

—Sí. Ya sé que soy mezquino por ello.

Ella sonrió.

—No. Eres humano, que no es lo mismo. La mayoría de las personas tendría sentimientos contradictorios en este caso. Y algunas se habrían olvidado hace muchos años y habrían continuado con su vida sin volver a lamentarse por su mujer y su hija. Sean se olvidó de todos nosotros hasta que sus hijos aparecieron para convertirse en sus compañeros de juergas.

Kiera notó su propio tono de amargura y le quitó importancia al comentario con un gesto de la mano antes de que Bryan pudiera cambiar el rumbo de la conversación.

—¿Por qué ha venido a verte Ashton Lane?

—Para estar seguro de que yo no iba a tratar a Deanna como si fuera un juguete nuevo y a abandonarla cuando me aburriera de la paternidad.

Kiera lo miró con indignación.

—¡Pero si tú nunca harías algo así!

—Claro que no, pero él no tiene la culpa de no estar seguro. Sobre todo, ahora que Deanna va a dejar la Universidad de Virginia para estar más cerca de mí. ¿Acaso no me he preocupado yo por lo mismo?

Aunque Kiera no sabía si debía implicarse en una situación que ya era complicada de por sí, sabía que ella podía comunicarse con Deanna de un modo especial. Ella era la persona ajena a quien había elegido la muchacha para confiarle sus miedos y preocupaciones; tal vez, en cierto modo, como sustituta de la madre a la que había perdido.

—¿Te gustaría que hablara con ella acerca de esto la próxima vez que venga de visita? —le preguntó, cuidadosamente—. ¿O preferirías hacerlo tú mismo?

—Aunque odio tener que admitirlo, creo que Deanna confía en que tú vas a ser sincera con ella.

—También quiere confiar en ti. Lo único que pasa es que es más difícil, porque lleva muchos años pensando que lo que ocurrió en su familia fue culpa tuya. Su madre no hizo nada por cambiar esa percepción.

—¿Y por qué iba a hacerlo? Ella me culpaba de haber

puesto el trabajo por delante de la familia, y tenía razón. Es lo que hice.

—No voy a defender tus actos. Sin embargo, son los actos de tu esposa los que te privaron a ti de la relación con tu hija. Entiendo que te dejara, si era lo que necesitaba para sí misma. Sin embargo, llevarse a tu hija y no permitir que volvieras a verla... Eso es imperdonable. Yo, aunque me quedé hundida por la traición de Sean, dejé la puerta abierta para que pudiera ver a sus hijos. Él fue quien no quiso hacerlo hasta que le convino porque sus hijos ya tenían un poco de dinero para gastarse en juergas y en pintas de cerveza.

Bryan suspiró.

—En mi caso, ya no tiene sentido echarle la culpa a uno o a otro. Tenemos que enfrentarnos al presente, encontrar un modo de relacionarnos como padre e hija, algo que ninguno de los dos ha experimentado nunca.

—Ella, sí —le dijo Kiera—. No contigo, pero sí con Ashton Lane. Tal vez Deanna pueda enseñarte la manera, enseñarte lo que necesita, si tienes paciencia y entiendes lo que ella te está pidiendo.

Bryan sonrió sin poder evitarlo.

—¿Qué pasa?

—Tú, precisamente, recomendando paciencia.

Kiera se echó a reír.

—No importa que yo no sea capaz de seguir mi propio consejo. Se trata de ti.

—Y estoy en un terreno desconocido.

—Pero no estás solo.

Él aparcó en su sitio habitual, detrás del pub, y se giró hacia ella.

—Esto significa mucho para mí. Kiera...

A ella se le cortó la respiración al ver la intensidad con la que la miraba, pero, antes de que Bryan pudiera decir lo que estaba pensando, o abrazarla, tal y como ella esperaba, alguien tocó el cristal de la puerta del conductor. Los dos se sobresaltaron y, al mirar, vieron la cara sonriente de Deanna.

—¡Sorpresa!

Para consternación de Kiera, Bryan no terminó su frase. Sin embargo, no pudo sentirlo mucho al ver la expresión de felicidad que apareció en su cara. Salió del coche al instante.

—No te esperaba —le dijo a Deanna.

—Sí, ya lo sé —respondió Deanna, riéndose—. Por eso es una sorpresa —añadió. De repente, vaciló, y preguntó—: ¿Os he molestado? Sé que tenía que haber llamado para avisar. Kiera, ¿te importaría que me quedara unos días? El programa de verano ha terminado, y he pensado que podría estar un poco aquí, pero solo si no molesto, claro.

Kiera salió del coche.

—Por supuesto que no molestas. Tú siempre eres bienvenida.

—¿Hay algo en concreto que te apetezca hacer durante esta visita? —le preguntó Bryan.

Aunque no estaba segura de si Bryan lo percibió, Kiera sí vio un brillo de picardía en los ojos de Deanna al oír la pregunta.

—He pensado que me gustaría mucho conocer a esa Nell de la que tanto habláis. ¿Tú crees que sería posible?

—Claro —dijo Bryan, que parecía que aquel día estaba dispuesto a hacer todo lo que Deanna propusiera—. Hoy mismo va a venir a ver qué tal va mi estofado irlandés para el concurso.

—¿Y no vais a estar muy ocupados? —le preguntó Kiera, mirándolo de un modo elocuente que, obviamente, él no captó.

—No, por supuesto que no —respondió Bryan, frunciendo el ceño—. Dee, ¿por qué no vas a la cocina mientras yo termino una conversación que estaba manteniendo con Kiera ahora mismo?

Cuando Deanna entró en el restaurante, él se giró hacia Kiera.

—Creía que me habías dicho que entendiera las cosas que me pide.

—Claro que sí, pero acabas de concederle una ventaja que creo que no entiendes.

Bryan se quedó confuso.

—Tu hija está buscando una aliada para intentar emparejarte —le recordó Kiera—, y espera que Nell sea esa aliada.

Para sorpresa de Kiera, él no se quedó tan consternado como ella pensaba.

—¿Es que, de repente, eso no te parece mal?

Él sonrió.

—Puede ser.

Y, con aquel comentario, se dio la vuelta y la dejó allí, preguntándose por qué el mundo se había puesto a girar de repente a su alrededor.

—Mamá, ¿qué te pasa esta mañana? —le preguntó Moira a Kiera, al ver que perdía la cuenta del inventario de bebidas alcohólicas del pub por tercera vez.

Su madre pestañeó y la miró.

—No sé qué quieres decir. Estoy perfectamente.

Moira cabeceó. Se llevó a su madre a una mesa de un rincón y volvió con una taza de té.

—No, no estás bien. Estás distraída —le dijo—. No dejas de mirar hacia la cocina con una expresión rara. ¿Es por Bryan, o por su hija? ¿Ha ocurrido algo? ¿Te ha disgustado Bryan?

—Parece que Bryan es lo único que tengo en la cabeza —respondió Kiera, con indignación—. Mi vida no gira alrededor de Bryan Laramie, ni de ningún otro hombre.

Moira no se lo creyó ni por un instante. Esperaba que la conversación que había tenido con Bryan el día anterior hubiera conseguido que él diera algún paso, pero ¿y si no había sido así, y solo había conseguido empeorar las cosas? No sería la primera vez que le salía el tiro por la culata, a pesar de sus buenas intenciones. Luke podía recordarle bastantes ocasiones. Sencillamente, ella no tenía la astucia de Nell para entrometerse en las parejas con éxito.

–Mamá, no puedo ayudarte si no me hablas –dijo con frustración.

–¿Quién ha dicho que yo necesito ayuda?

Moira estaba a punto de tirar la toalla y volver a contar botellas de whiskey cuando su madre añadió:

–¿Qué crees tú que está pasando en la cocina?

–¿En la cocina?

–Sí, sí, en la cocina. No hay nadie más aquí a estas horas. Luke se ha ido a ver a un proveedor.

–La última vez que he entrado, hace un buen rato, Deanna estaba intentando seguir las instrucciones de Bryan. ¿Es que te preocupa que se lleven tan bien?

–No, no son ellos dos los que me preocupan –dijo Kiera–. Es que Nell se ha ido con ellos.

–Ah –dijo Moira, que no entendía cuál podía ser el problema–. No creo que Nell les cause ningún problema.

–Claro que no.

–¿Es porque temes que Deanna se alíe con Nell para entrometerse en tu relación con Bryan? Luke me contó que Bryan le había dicho algo así hace unos días.

–Y parece que, después, se le olvidó todo –dijo Kiera, con disgusto–. Pero, no, tampoco es eso lo que me preocupa en este momento. ¿No te acuerdas de que Nell me pidió la receta del estofado irlandés cuando estuvo en mi casa?

Moira se alarmó un poco.

—Pero no se la diste, ¿verdad? No se la darías antes del concurso.

—¿Te crees que me voy a dejar enredar con tanta facilidad? —contestó Kiera—. Le dije que me la sabía de memoria, pero que se la escribiría y se la daría enseguida.

—Entonces, todo va bien.

—¿Tú crees? Nell lleva toda la vida haciendo el estofado. Cuando probó el mío, se dio cuenta inmediatamente de que era diferente. Puede que ahora mismo estén ahí experimentando. Bryan es un cocinero con mucha experiencia, y conoce bien las especias. Entre los dos, podrían dar con una versión mejor que la mía.

Moira se quedó verdaderamente asombrada por el hecho de que fuera aquel estúpido concurso lo que preocupaba tanto a su madre.

—¿De verdad que la distracción y los suspiros son solo por el concurso?

—Puede que no sea importante para ti, pero para mí, sí lo es, y ya te he dicho por qué.

—Ya, por tu reputación. Y yo te dije que te estabas preocupando por nada.

—Tengo que participar en este concurso porque unas cuantas personas muy listas, incluidas Nell y tú, me manipulasteis para que aceptara. No te rías de mí porque me lo tome en serio.

—¿Quieres que entre para ver qué está pasando en la cocina?

Kiera se quedó sorprendida.

—¿Estarías dispuesta a espiar?

—Es mi pub, mi cocina. Bueno, técnicamente, es de Luke, pero tengo derecho a pasar ahí dentro cuando quiera.

Y, para su asombro, vio que Kiera se levantaba.

—Interesante observación. Tenía que haberlo pensado yo misma. Trabajo aquí, así que yo también tengo derecho a entrar. Tú quédate aquí. Yo voy a entrar para ver qué están tramando esos tres.

Echó a andar con la cabeza alta y una actitud de desafío. Moira la llamó y le dijo:

—Si necesitas ayuda, avísame.

Kiera movió la mano y respondió:

—Lo tengo controlado.

Moira se echó a reír. Era impresionante verla tomar las riendas. Tal vez su madre ya no necesitara que ella interfiriese, y ¿no sería eso la prueba de lo mucho que había cambiado desde que había llegado a Chesapeake Shores?

Para sorpresa y consternación de Kiera, Nell y Deanna estaban en un rincón de la cocina, charlando como si fueran viejas amigas, mientras Bryan preparaba la comida y el estofado borboteaba en uno de los fuegos, sin vigilancia. Ella olfateó el aroma, pero no detectó ninguna diferencia entre la versión antigua y aquella. Tal vez hubiera exagerado y no había ninguna conspiración para robarle la receta.

—¿Necesitabas algo? —le preguntó Bryan, mirándola con una expresión burlona.

—Un poco de agua —dijo ella.

Él sonrió.

—Ah. ¿Y no hay en el bar?

—Me refería a que quiero hielo para el agua.

—Yo mismo he comprobado esta mañana que la máquina de hielo funcionaba bien. ¿Se ha estropeado?

Ella frunció el ceño.

—Bueno, también necesito rodajas de lima y limón. ¿Has preparado eso también? ¿O es que no las he visto?

Él se echó a reír.

—Están preparadas en la nevera, como siempre. Las ha cortado Deanna.

Deanna alzó la vista al oírlo.

—He tardado tres veces más que él en hacerlas bien, pero creo que me ha encargado la tarea para apartarme de su camino mientras hacía el estofado. No se fía de mí. Cree que lo voy a echar todo a perder y que le dejaré sin posibilidades de ganarte.

—Es una duda razonable –dijo Bryan con una sonrisa.

—Pues sí –respondió Deanna–. Hay pruebas de que no debo enfocar mi carrera en la Medicina hacia la cirugía. Mi destreza con el cuchillo está en cuestión.

—Si practicaras, no sucedería eso –le dijo Bryan.

—¿Y cómo, si tú no me lo permites?

—Te he permitido que cortaras los limones y las limas, ¿no?

—Y le has pedido a Nell que me vigilara –replicó Deanna.

Nell y Kiera se miraron y se echaron a reír.

—Ya parecen un padre y una hija típicos, ¿verdad? –comentó Nell.

—Sí, así es como interactuábamos siempre mi padre y yo –dijo Kiera–. Y, a veces, todavía seguimos así.

Tomó las rodajas de lima y limón y los dejó a los tres en la cocina. Cuando salió al bar, se preguntó por qué estarían Deanna y Nell cuchicheando en un rincón, de manera que Bryan no pudiera oírlas. Pero esa era una preocupación para otro momento.

Por muy bien que hubieran ido las cosas desde que había llegado Deanna, aquella mañana, Bryan permaneció alerta y atento a cada matiz de su tono de voz, a cada señal de que no creyera algún detalle del pasado tal y como él se lo había descrito.

Aquella noche, le había pedido que le permitiera ver otra vez la caja de pruebas de que la había estado buscando siempre y, después, le había preguntado, con cara de expectación, si tenía alguna fotografía más de su vida en familia. Quería tener la certeza de que aquellas fotos y aquel tiempo le importaban lo suficiente como para conservar las imágenes.

Él había sacado todos los recuerdos que tenía cuidadosamente guardados, y se los había llevado a casa de Kiera durante su descanso del trabajo. Cuando había tenido que volver al pub, Deanna estaba sacando y examinando atentamente cada uno de los objetos, desde su brazalete del hospital, hasta la mantita de bebé, pasando por una cucharita de plata que le había regalado el chef para el que trabajaba, un sonajero, trajecitos diminutos, fotos enmarcadas, animalitos de peluche... Él tenía la sensación de que su hija intentaba sacar a flote los recuerdos, aunque eso era algo improbable.

No pudo dejar de darle vueltas a la expresión de Deanna, ni a sus lágrimas, durante el resto del día. Tampoco podía dejar de preguntarse cuándo iba a confiar en él tanto como confiaba en Kiera. Entre ellas se había formado una conexión casi mágica. Por una parte, se alegraba, pero, por la otra, deseaba que su vínculo con su hija fuera igual de fuerte. Se recordó con severidad que debía tener paciencia.

Estaba a punto de abrir la puerta trasera de la cabaña de Kiera cuando oyó voces.

—Yo entiendo perfectamente el dolor que se siente al ser abandonado —le estaba diciendo Kiera a su hija—. Sin embargo, hay una diferencia entre un acto deliberado y un acto que no implica la responsabilidad de la otra persona. Tu padre nunca quiso abandonarte y, por muchos defectos que tuviera, fue tu madre la que decidió dejarlo, no él. Tú solo fuiste una víctima de la situación.

Deanna salió rápidamente en defensa de su madre, y Kiera se echó a reír.

—Yo no he dicho que la estuviera culpando. Me imagino que tu padre puede desesperar incluso a un santo de vez en cuando. Algunos días, yo misma quiero salir del pub y no volver nunca más. Sin embargo, soy mucho mayor que tu madre cuando ella lo abandonó y por eso, tal vez, sé mantenerme firme y luchar por lo que creo que es valioso.

Aquellas palabras hicieron reaccionar a Bryan. Sin poder evitarlo, entró en la casa.

—¿Estás diciendo que tal vez yo tenga algún valor?

Deanna y Kiera lo miraron con asombro.

—¿Estabas escuchando? —le preguntó Kiera.

—Acabo de llegar. No quería interrumpir vuestra conversación, porque parecía muy intensa. En vez de hablar sobre mi supuesto crimen, vamos a hablar de lo que has dicho. Has sugerido que tengo algo de valor.

Kiera se puso muy colorada, pero no se amilanó.

—He dicho que esos sentimientos que hay entre nosotros pueden tener valor. Y, si no hubieras estado escuchando a escondidas y no lo hubieras oído, yo habría negado que lo he dicho.

Él le guiñó un ojo a Deanna que, de repente, los estaba observando con diversión. Parecía que, por un momento, había olvidado su conversación seria con Kiera.

—¿Estorbo? —preguntó, aunque no hiciera ademán de marcharse.

—Quédate —le ordenó Bryan—. Necesito un testigo. Creo que Kiera Malone acaba de decir que siente algo por mí.

—Es lo mismo que he oído yo —dijo Deanna.

—Entonces, ¿ahora sois dos contra uno? —preguntó Kiera con indignación—. Pues muy bonito, después de todo lo que he hecho yo por mediar entre vosotros.

—Me parece que nosotros tres unidos seríamos una fuerza muy poderosa —dijo Bryan, mirándolas a las dos.

–¿Y qué significa eso? –preguntó Kiera–. ¿Contra quién tenemos que unirnos para ser fuertes?

–Últimamente, he estado pensando que ha llegado el momento de que haga algunos cambios en mi vida. No estaba preparado para hablar de ello, pero creo que este es el momento perfecto.

Al oírlo, Deanna se alarmó.

–No estarás pensando en marcharte de Chesapeake Shores, ¿no?

–No, por supuesto que no –le dijo él–. Esto se ha convertido en mi hogar, y más aún, desde que tú vas a estar cerca.

–Entonces, ¿qué? –preguntó Kiera con asombro.

–¿Es lo vuestro? –preguntó Deanna–. ¿Vas a pedirle a Kiera que se case contigo?

Bryan se echó a reír al ver su cara de avidez, mientras se preguntaba si Kiera estaba asustándose.

–Si fuera a hacer eso, ¿crees que necesitaría que tú anunciaras mis intenciones?

Deanna se disgustó.

–Lo siento mucho. Pero... ¿es eso?

–Ese tema es para otro momento –dijo él, y vio sus expresiones de decepción, aunque Kiera disimuló rápidamente–. Esto es acerca del trabajo, acerca de un sueño que tuve una vez y que había dejado en suspenso. No se trata de que sea desleal a Luke, pero creo que ha llegado el momento de empezar algo por mí mismo. El pub ya tiene un lugar único, y Brady's lleva demasiado tiempo siendo el único restaurante lujoso de Chesapeake Shores. Kiera, ¿estarías interesada en ayudarme a competir con ellos? Tengo algunas ideas que no son adecuadas para un pub, pero que creo que serían muy apreciadas tanto por la gente del pueblo como por los turistas.

–¿Qué ideas? –preguntó Kiera, desconfiadamente.

–Tal vez, una mezcla de comidas exóticas con un toque de elegancia, y con productos de proximidad, ecológicos, de las granjas cercanas. ¿Te gustaría?

Kiera entrecerró los ojos.

—Entonces, ¿se trata de una propuesta de negocios?

Deanna cabeceó, riéndose.

—¡Papá, que no te enteras!

Bryan las miró a las dos con cara de inocencia.

—¿Estabas esperando algo más? —inquirió, dirigiéndose a Kiera.

—¿Y si lo estaba?

—Bueno, no voy a pedirte que te cases conmigo con mi hija aquí delante. Vete, Deanna.

—Quédate. Vete —dijo Deanna, riéndose—. A mí me parece un tipo indeciso, Kiera. Piénsatelo bien antes de decirle que sí.

Cuando Deanna se marchó, Bryan hizo que Kiera se pusiera en pie.

—¿Vas a decir que sí?

—Todavía no he oído ninguna pregunta, aparte de si estoy dispuesta a abandonar a mi yerno para ir a trabajar contigo.

—Estaba pensando que el primer evento del restaurante podría ser nuestra celebración nupcial. ¿Qué te parece, Kiera? Ya es hora de que acabemos con nuestras peleas en la cocina y nos convirtamos en un equipo.

—¿De dónde sale todo esto, Bryan? Antes nunca me habías insinuado nada. Ni siquiera hemos tenido una cita formal.

—Si lo que necesitas es que te corteje, lo haré, pero he perdido toda la práctica.

Para su sorpresa, ella le acarició la mejilla. Se le habían llenado los ojos de lágrimas.

—Lo pensaré —le dijo, suavemente—. Pero solo después de que hayamos terminado lo que hemos empezado.

—¿A qué te refieres?

—A que tenemos que participar en el concurso de cocina, o decepcionaremos a Nell.

—Pero... una cosa no tiene nada que ver con la otra.

—Si me ganas limpiamente, Bryan Laramie, te llevarás el trofeo y a mí.

—Estás de broma.

—¿Crees que tu estofado irlandés es el mejor?

—Sí.

—Entonces, tendrás que demostrarlo.

—Con una cosa tan importante en juego, no voy a tener escrúpulos para conseguir que todo el mundo vote por mí –le advirtió.

—¿Te atreverías a hacer trampas?

—Si es para ganarme tu corazón, creo que me atrevería a cualquier cosa –dijo él, solemnemente.

Y, aunque le resultara sorprendente, después de haber pasado solo tantos años, era cierto. El hecho de que su hija hubiera aparecido y formara parte de su vida era maravilloso, pero Kiera era el pedazo que le había faltado siempre a su corazón.

Capítulo 24

A la mañana siguiente, a la primera oportunidad, Deanna salió de casa de Kiera y se fue a la de Nell. Antes de llamar a la puerta, se quedó admirando la encantadora casita, su espectacular jardín y las vistas a la bahía, que eran incluso mejores que las que tenía su padre desde su porche.

Cuando estaba a punto de llamar, la puerta se abrió de par en par, y apareció un hombre mayor con el pelo blanco, ligeramente encorvado y muy sonriente.

—Algo me dice que tú eres la hija de nuestro chef favorito —dijo el anciano—. Y yo soy Dillon O'Malley.

—El padre de Kiera —dijo Deanna—. He oído hablar de usted.

—Tutéame, por favor. Espero que hayas oído cosas buenas.

—Sí, todas ellas. Después de todo, me las han contado Nell y Kiera.

—Ah, pero Kiera no siempre ha hablado tan bien de mí. Seguro que eso también te lo ha contado.

—Lo mencionó de pasada —dijo Deanna—. Pero solo para demostrarme que las relaciones entre padres e hijas pueden ser complicadas. En mi situación, eso me da confianza.

—Ah, lo entiendo. Pasa, pasa. Nell te está esperando. Está en la cocina, sacando unos bollos del horno —dijo Dillon, e hizo un gesto hacia la parte posterior de la casa—. Yo os dejo para que toméis un té.

—No, por favor, no quiero que te vayas por mi culpa.

—Claro que no. No se lo digas a mi mujer, pero a estas horas del día, me escapo en busca de una taza de café decente.

A Deanna le hizo mucha gracia que Dillon tuviera que ocultarle su necesidad de cafeína a su mujer. Se despidió de él y fue en la dirección que le había indicado, hacia la cocina. Olía a bollos de mantequilla.

—Aquí estás —dijo Nell—. Siéntate y dime qué ha pasado desde ayer. Cuando me llamaste, me dio la impresión de que había alguna noticia.

—No te lo imaginas —dijo Deanna con entusiasmo—. Mi padre le ha pedido a Kiera que se case con él. Yo estaba delante. Bueno, casi. Al final, me echó de la cocina, pero me quedé remoloneando fuera para escuchar.

Nell se quedó asombrada.

—¿Seguro? Con lo tercos que son los dos, pensaba que haría falta que nos esforzáramos más.

Deanna asintió.

—Y yo. Estaba deseando conspirar contigo. Después de todo, mi padre se ha pasado todos estos años sin sustituir a mi madre en su vida, aunque, bueno, había razones complicadas. Pero creo que, si hubiera conocido a alguien importante, habría superado esas razones. Y, por lo que tú me contaste ayer, Kiera también tenía sus dudas.

—Pero esta vez ha dicho que sí, por supuesto —afirmó Nell, con seguridad.

Deanna se rio.

—¿Conoces bien a Kiera? ¿No fuiste tú la que me dijo que era muy obstinada?

Nell se quedó asombrada y se sentó.

—¿Le ha dicho que no? —preguntó con incredulidad—. Una cosa es la obstinación, pero esto... No me lo esperaba.

Deanna explicó el trato que habían hecho su padre y Kiera.

—Gracias a Dios que me quedé escuchando, aunque sé que está mal. Me quedé allí plantada, pensando que ella iba a decir que sí inmediatamente, pero tengo que admitir que me pareció muy inteligente por su parte. Y, a propósito, sube la expectación por tu concurso, aunque no fuera su intención.

—Tal vez sea inteligente el hecho de hacerle esperar, pero también es muy arriesgado. ¿Y si sale mal? ¿Y si gana ella, tu padre queda humillado y retira la proposición de matrimonio? Los hombres pueden llegar a cometer estupideces si ven herido su orgullo, sobre todo, en público.

—Seguramente, tú sabes mucho más de eso que yo —admitió Deanna—. Supongo que tendremos que ocuparnos de que mi padre gane el concurso.

Nell asintió.

—Sí, por supuesto, y eso es lo que vamos a hacer, aunque algunas personas crean que estoy traicionando a un miembro de la familia por sugerir tal cosa. No voy a poder explicar por qué es tan importante, ¿verdad?

Deanna la miró con preocupación.

—No había caído en lo que podría pensar la gente de tu papel en todo esto. Yo puedo hacer la campaña. Nadie pensará mal de mí por ponerme del lado de mi padre. El problema es que en el pueblo nadie me conoce ni me respeta como a ti.

—Bueno, me han llamado cosas peores que traidora. Al final, todo el mundo se dará cuenta de por qué era necesario que me pusiera del lado de Bryan. Además, él trabaja para mi nieto y ha estado utilizando mi receta en el pub.

Seguro que alguna gente creerá que estoy defendiendo eso por mi orgullo y por lealtad a Luke.

−¿Te perdonarán que te pongas en contra de Kiera? ¿Y Dillon?

Nell se encogió de hombros.

−He tenido que ganarme el perdón una o dos veces en mi vida. Puedo hacerlo de nuevo.

Deanna asintió lentamente.

−Entonces, ¿por dónde empezamos?

Nell se quedó pensativa.

−Lo primero que tenemos que hacer es pensar en lo que vamos a decirle a la gente. A lo mejor deberíamos decir la verdad. Un susurro un poco sutil por aquí y por allá, y el rumor se extenderá en un abrir y cerrar de ojos. A todo el mundo le gusta saber que ha participado en el final feliz de una buena historia de amor. Tal vez esa sea la mejor táctica.

−De acuerdo −dijo Deanna con entusiasmo−. ¿Y después?

Nell sacó una hoja de papel y se puso a hacer una lista de la gente con la que podían ponerse en contacto y de la mejor forma de abordar el tema.

−Si tú te ocupas de estos, yo hablaré con el resto −le dijo a Deanna, entregándole la hoja−. Cuando se sepa que estoy haciendo campaña por el enemigo, y lo mucho que hay en juego, la noticia correrá como la pólvora.

−¿Le vas a explicar a Dillon lo que te propones? Porque vas a ponerte en contra de su hija −le dijo Deanna−. No quiero que haya ninguna pelea entre vosotros, aunque sea por una buena causa.

−No te preocupes por Dillon. Yo le explicaré lo que ocurre y le pediré que guarde el secreto. Él desea con todas sus fuerzas que Kiera se quede en el pueblo y encuentre la felicidad.

Deanna sonrió.

—Ojalá hubiera tenido una abuela como tú —le dijo a Nell—. Mi abuela materna murió antes de que yo naciera, y no pude conocer a mi abuela paterna. La madre de Ash es muy dulce, pero nunca habría participado en algo tan astuto.

Nell la miró con preocupación.

—No sé si tú deberías hacerlo. Entrometerse de este modo se considera una malísima costumbre.

—Pero es divertidísimo —dijo Deanna—. Estoy impaciente.

Nell la observó un instante y, después, se echó a reír.

—Deanna, vas a ser una gran adquisición para los O'Brien, incluso siendo familia política.

Asombrosamente, a Deanna le pareció que, aunque había tenido una familia extraordinaria, aquella conexión con los O'Brien, por lejana que fuera, iba a aportar algo muy especial a su vida.

Bryan encontró a Luke y a Mick O'Brien juntos en el pub, dos días antes del festival de otoño. Susurraban de un modo que delató que ocurría algo.

—¿Qué pasa? —preguntó Bryan, mientras se servía una taza de café y se unía a ellos en la barra.

—Nada —dijo Luke, que retrocedió rápidamente, con una expresión neutral.

—Nada en absoluto —confirmó Mick, aunque no pudo disimular tan rápidamente como Luke. Además, se guardó un papel en el bolsillo apresuradamente.

—¿Es algo relacionado con las apuestas del concurso? —preguntó Bryan—. Lo sé todo, y sé que Moira no está de acuerdo. Ni Nell, ni Kiera.

—Si supieran lo que sabemos nosotros, estarían todavía más disgustadas —dijo Mick—. Te sugiero que finjas que no has oído ni visto nada.

—Me parece que, como soy una de las partes interesadas, tengo derecho a saber qué ocurre.

Los dos hombres se miraron.

—Creo que deberíamos decírselo. Después de todo, es uno de los concursantes.

Mick no estaba muy convencido.

—Puede que no tenga ninguna importancia. No hay ningún motivo para enredar las cosas.

Bryan lo miró a los ojos, y esperó. Mick no era capaz de guardar un secreto. Y, muy al contrario de lo que acababa de decir, le encantaba enredar las cosas.

—Está bien —dijo Mick—. Hace unos días, las apuestas estaban a favor de Kiera. Después de probar el estofado en su casa, todas las mujeres de la familia empezaron a hacer campaña por ella. Allí donde iba, me encontraba a una de ellas dándome billetes y apostándolo todo por Kiera.

A Bryan no le sorprendió que la apoyaran, porque las mujeres de la familia habían empezado a considerar a Kiera como una de las suyas. Había oído grandes elogios de su estofado y suponía que eran merecidos. Eso hacía que él se esforzara más aún. Ahora, por supuesto, tenía un incentivo que ni Mick ni Luke se imaginaban.

—A juzgar por vuestra expresión, hay algún cambio —dijo.

—Un cambio radical —dijo Mick—. De la noche a la mañana, todo el mundo está apostando por ti. Esas mismas mujeres vienen a mí para apostar más y más pero por ti. Y sus maridos, también. Es como si supieran algo.

Bryan frunció el ceño.

—No supondrás que alguien está pensando en sabotear el estofado de Kiera echándole un paquete de sal a escondidas, o algo así, ¿no?

—No, en Chesapeake Shores, no —dijo Mick—. A la gente de aquí le gusta hacer apuestas sobre las cosas más inusitadas de vez en cuando, pero nadie tiene tanto dinero en juego como para arriesgarse a amañar así el resultado.

—Además, hemos oído decir que Nell está detrás de esto —reconoció Luke—. Aunque haga campaña con todo su tesón, ella no haría trampas. Tu hija y ella han estado paseándose por todo el pueblo para conseguirte apoyos. No lo entiendo. Tiene sentido que Deanna quiera que ganes tú, pero ¿mi abuela? No es normal que vaya en contra de la hija de su marido. Me imagino que Dillon estará enfadado.

—Puede que lo haga por el bien del pub —dijo Bryan, encogiéndose de hombros, aunque estaba empezando a pensar que no tenía nada que ver con eso. Se dio cuenta de que su hija debía de haberle contado a Nell que él le había pedido a Kiera que se casara con él, y las dos habían formado un equipo para apoyarlo—. Después de todo, yo soy el chef de O'Brien's, y nuestra reputación está en juego.

—Pero eso no es típico de mi abuela —dijo Luke.

—No, parece algo más personal —dijo Mick, aunque era evidente que no tenía ni idea de lo que tramaba su madre, ni por qué.

Bryan intentó no reírse, y pensó en ponerles al corriente de lo que sucedía. Él sí sabía exactamente qué era lo que había puesto en marcha de repente aquella campaña en su favor. Era aquel trato que había hecho con Kiera, por el que ella se había comprometido a aceptar su proposición de matrimonio si él ganaba el concurso de cocina.

Luke lo observó atentamente.

—No parece que estés muy sorprendido por esto —le dijo a Bryan—. ¿Sabes qué están tramando?

—Más o menos —respondió él.

—Entonces, por favor, cuéntanoslo —dijo Mick—. Si hay alguna conspiración, necesito saberlo. ¿Se lo has pedido tú?

—Por supuesto que no —respondió Bryan—. Si gano, quiero ganar limpiamente.

—¿Y no puedes conseguir que dejen de hacer esto, para que la gente sepa que el ganador ha ganado con justicia? —le preguntó Luke—. No quiero que se extienda el rumor de que ha habido trampas.

—Aunque me dé pena reconocerlo, no conozco lo suficiente a mi hija como para poder influir en ella. Parece que está bajo el influjo de tu madre, Mick. Tal vez tú debieras intervenir. ¿Crees que Nell te hará caso?

Mick suspiró.

—No hay muchas posibilidades. Si mi madre tiene una misión, y es una misión tan importante que está dispuesta, incluso, a ponerse en contra de su marido, entonces no me va a escuchar.

—Pues tendremos que esperar a ver qué ocurre —dijo Bryan—. Luke, será mejor que avises a los encargados del aparcamiento y de la organización de los asientos que este año va a haber un récord de asistencia. Y dile también a tu cuñado Mack que haga más tickets de votación para el concurso de cocina. Creo que debería triplicar la cantidad. Algo me dice que vamos a vender muchísimo estofado irlandés.

Kiera no tenía la intención de escuchar las conversaciones ajenas, pero había oído lo suficiente de aquella conversación tan intensa que estaban manteniendo Mick, Luke y Bryan como para saber que había un plan para que Bryan ganara el concurso. Y, como Nell y Deanna estaban metidas en ello, sabía exactamente el motivo de aquel plan.

Cerró la puerta silenciosamente, volvió a atravesar la cocina y salió por la puerta trasera al callejón. Se encaminó hacia Sally's. Al ver que ninguna de las mujeres O'Brien estaba por allí, fue a la floristería de Bree.

Se encontró a su amiga haciendo un ramo de crisantemos naranjas, dorados y marrones, en un jarrón alto, con ramas de hojas de otoño. Era una preciosidad.

—Es para la mesa de la entrada de Inn at Eagle Point– le dijo Bree–. ¿Qué te parece? ¿Es lo bastante llamativo?

—Es maravilloso –le dijo Kiera con sinceridad–. Creía que tu talento era la escritura, pero ahora veo que también tienes un don para esto.

Bree sonrió con agrado.

—Para desesperación de la abuela, cuando era pequeña me pasaba el tiempo arrancando lo que no debía de su jardín. Sin embargo, para su satisfacción, aprendí a hacer ramos. Me relaja verlos junto a la pantalla negra del ordenador cuando estoy escribiendo y me quedo bloqueada –le explicó Bree. Después, la observó con atención–. ¿Qué te trae por aquí? Creo que no has venido a comprar un ramo de flores.

—Acabo de oír una cosa en el pub. Creo que hay un plan en marcha para que Bryan gane el concurso.

Bree se quedó consternada.

—¿Un plan de quién?

—Bueno, los que estaban hablando eran Luke, Mick y Bryan, pero estaban diciendo que las organizadoras son Nell y la hija de Bryan.

Bree se quedó pensativa.

—Sí, eso tiene sentido. Deanna está apoyando a su padre, y Bryan utiliza la receta de Nell.

—Si solo fuera eso, no me importaría. Pero hay algo más que tú no sabes –le dijo Kiera, y le explicó el trato que había hecho con Bryan–. No creía que él fuera a conseguir un montón de aliados para tratar de robarme la victoria. El concurso debería ganarlo quien haga el mejor estofado –declaró, y miró con suma atención a Bree–, ¿no? Por eso estabais hablando bien del mío a todo el mundo, ¿no? Porque os gustó.

Bree se echó a reír.

—Ah, Kiera, esto no tiene nada que ver con el estofado. Era solo para mantener las chispas que saltaban entre Bryan y tú. Ahora que eso ya está hecho y hay una proposición de matrimonio encima de la mesa, ¿de verdad piensas que no hay un solo O'Brien que no esté dispuesto a hacer lo que sea para cerrar ese trato?

—Pero ¿cómo voy a casarme con un hombre que gane el concurso haciendo trampas?

—Dudo que ni Bryan, ni Deanna ni Nell, ni nadie más, lo vea de esa manera. Solo tratan de asegurarse de que seas feliz. Es algo un poco confuso.

—¿Un poco?

—Bueno, mucho, sí, pero estamos hablando de los O'Brien. Para nosotros, la familia y el amor están por encima de todo lo demás.

—Bueno, pues nuestro trato queda anulado si Bryan gana de este modo —dijo Kiera con terquedad—. Y es mi última palabra al respecto.

Salió de la floristería con la cabeza alta, dispuesta a desahogar su mal humor con cualquiera que la irritase aquel día, incluyendo a Bryan y a todos los O'Brien, empezando por Nell. Sin embargo, iba a tener que pensar con mucha cautela lo que le iba a decir a Deanna, que estaba alojada en su casa. Después de todo, la muchacha solo estaba intentando apoyar a su padre, y Kiera sabía muy bien que no debía hacer nada para impedir que aquel vínculo se fortaleciera.

La afluencia de público aquel año en el festival de otoño era mayor que ningún otro. La gente se arremolinaba alrededor de las casetas para comprar artesanía, frascos de mermelada casera y comida. Sin embargo, estaba claro que lo que más expectación causaba era el concurso de cocina, porque solo se hablaba de eso. Y, aunque la gente estaba probando postres y dulces, y las especialidades de los otros chefs que iban a participar en la competición, las colas más largas eran para los estofados irlandeses. Kiera estaba asombrada. Claramente, todo Chesapeake Shores estaba al corriente de la indignante apuesta entre Bryan y ella. A pesar de lo que le había dicho a Bree, los O'Brien se habían puesto de acuerdo e iban diciéndole a todo el pueblo que un voto para Bryan Laramie era un voto por el amor.

Dillon se llevó a Kiera aparte cuando ella estaba a punto de empezar a poner los ingredientes en una de las enormes ollas de su estofado.

–¿Quieres ganar este concurso?

–Sabes que mi estofado es el mejor –dijo ella.

–Eso no es lo que te he preguntado. ¿Quieres a ese hombre, o no?

Se encogió de hombros.

–Pero no quiero ponérselo fácil, que parece que es lo que quiere todo el mundo. Nell y los demás lo han convertido todo en una fantasía romántica. Ya no tiene nada que ver con el estofado.

–Kiera, querida mía, no le pones fácil a nadie que te quiera –le dijo su padre con ironía–. ¿Qué vas a hacer si gana tu estofado? ¿Eso te hará feliz? Ganarías el concurso, pero perderías al hombre del que te has enamorado. Y no me lo niegues, porque lo vi claramente hace ya un tiempo.

–No iba a negarlo. Y, en cuanto a lo que voy a hacer si gano, tendrás que esperar para verlo. Teniendo en cuenta la campaña que están haciendo los O'Brien, no creo que tenga muchas posibilidades.

A las seis de la tarde, cuando estaba atardeciendo y se había terminado el recuento de votos, Bryan y ella estaban esperando, con nerviosismo, sobre el escenario del parque. Nell iba a anunciar quién era el ganador del concurso del estofado irlandés.

Cuando Nell se acercó al micrófono, tenía una expresión de consternación.

—Señores y señoras, el ganador de la primera edición del concurso de cocina del festival de otoño es... ¡Kiera Malone!

Aquel anuncio fue recibido con una mezcla de vítores y silencio.

Kiera miró a Bryan. Él tenía un brillo de satisfacción en los ojos.

—¿Querías que ganara yo? —le preguntó con horror.

—Te lo merecías. Yo te he votado. Te he votado varias veces, en realidad. No sabía si había comprado los tickets suficientes, pero Dillon me dijo que él compraría unos cuantos más.

—Pero... ¿No querías ganar?

—Si lo que me estás preguntando es si no te quiero lo suficiente, te diré que sí, que sí te quiero. Pero no de esta manera. Te quiero porque mi amor es suficiente, no porque mi estofado irlandés sea mejor que el tuyo.

Entonces, ella sonrió sin poder evitarlo. Al final, su propia apuesta había salido bien.

—En ese caso, a lo mejor puedes quitarle el micrófono a Nell y anunciar algo.

—¿Qué quieres que anuncie?

—Algo que agrade a toda esta gente. A los O'Brien, especialmente, que piensan que el amor lo conquista todo. Puedes decirles que, aunque yo haya ganado el concurso, tú te has llevado un premio mejor: te has llevado a la mujer y a su premio.

Bryan se echó a reír.

—Eres una mujer complicada, Kiera Malone —dijo.

—Pero la vida conmigo nunca va a ser aburrida.

—Con eso ya cuento —dijo él, y fue a pedirle el micrófono a Nell.

Repitió exactamente las palabras que ella le había

sugerido. Después, se arrodilló delante de Kiera con un anillo en la mano. Kiera vio la satisfacción de su padre, de Nell, de Moira. Incluso Deanna estaba gritando de alegría mientras ella le permitía a su padre que le pusiera el anillo en el dedo.

Bryan se levantó y la besó. Aquel beso animó a la multitud como ninguna otra cosa. Y, con el corazón lleno de alegría, Kiera se dio cuenta de que la magia de Chesapeake Shores, de la que tanto había oído hablar, se había apoderado de ella.

Epílogo

Desde que escribí mi primer libro, a principios de los años ochenta, los lectores me han preguntado si los escenarios de mis historias son reales o ficticios. Sobre todo, los pueblecitos que aparecen en muchas de las series. Aunque he escrito un buen número de libros ambientados en ciudades como Miami, Los Ángeles, San Francisco y Nueva York, entre otras, la mayoría de mis escenarios son producto de mi imaginación.

Eso no significa que no estén inspirados en un pueblo muy real y, dentro de unas semanas, presentaré a mis lectores ese pueblo en un libro llamado *A Small Town Love Story: Colonial Beach, Virginia*. Se trata de una pequeña comunidad de 3.500 personas, a las orillas del río Potomac, que he llevado en el corazón durante toda mi vida. Pasaba los veranos allí cuando era niña y adolescente, y he seguido yendo siempre a la casa que compraron mis padres allí cuando yo tenía cuatro años.

En cada rincón de ese pueblecito tengo maravillosos recuerdos. Colonial Beach tiene un pasado maravilloso y peculiar, y está lleno de excelentes narradores, y posee un ambiente encantador y fascinante en el que me he inspirado para crear los pueblos de mis novelas.

Así pues, para todos aquellos que os habéis preguntado por Trinity Harbor, Chesapeake Shores, Serenity, South Carolina, Whispering Wind, Wyoming... en *A Small Town Love Story: Colonial Beach, Virginia*, encontraréis respuestas. Espero que os fascine la historia del pueblo y de algunos de sus habitantes, y espero que, si tenéis suerte, podáis ir a visitarlo alguna vez.

Mientras tanto, buscad en vuestra librería esta obra, en el que encontraréis la explicación de por qué Colonial Beach y sus gentes merecen su propio libro.

ÚLTIMOS TÍTULOS PUBLICADOS EN HQN

Nada más que tú de Brenda Novak

Corazones de plata de Josephine Lys

Acércate más de Megan Hart

El camino del amor de Sherryl Woods

Antes beso a un hobbit de Carla Crespo

El ático de la Quinta Avenida de Sarah Morgan

La príncesa del millón de dólares de Claudia Velasco

Hora de soñar de Kristan Higgins

El año del frío de Jane Kelder

Las chicas de la bahía de Susan Mallery

Con solo tocarte de Victoria Dahl

La chica del sombrero azul vive enfrente de María Draghia

La viuda y el escocés de Julia London

El guerrero más oscuro de Gena Showalter

Spanish Lady de Claudia Velasco

www.ingramcontent.com/pod-product-compliance
Lightning Source LLC
LaVergne TN
LVHW091620070526
838199LV00044B/876